LA FAUSSAIRE

PATRICIA DELAHAIE

LA FAUSSAIRE

belfond

#lisez! engagé
www.lisez.com
Pour plus d'information :
Imprimé sur du papier issu de forêts gérées durablement.

ISBN : 978-2-266-32903-3
Dépôt légal : février 2023

Avertissement

Pour écrire ce roman, je me suis inspirée d'un fait divers mais de si loin que les personnages, leur psychologie, leurs échanges, leurs relations, le déroulement du procès, les scènes de prison et la suite de leur vie amoureuse et familiale relèvent de la pure fiction. En ce sens, Marc, Paul, Camille, Céleste, Hélène, Chantal et tous ceux que vous croiserez dans ce livre n'ont jamais existé. Et pourtant, j'espère qu'une part de leur humanité rencontrera la vôtre.

- 1 -

Certains disent que la Beauce est le pays de l'ennui…
Des hectares de terres agricoles sans arbres ni relief.
Un paysage géométrique.
Des quadrilatères accolés.
Des croisements déserts.
Un clocher.
Un château d'eau.
Une moissonneuse-batteuse, rouge.
Au loin, les tours d'une cathédrale.
Une longue ligne droite de bitume gris.

Et Cernon-en-Beauce, des deux côtés de la route communale.

Un semis de maisons neuves, toits en tuiles mécaniques, portails en bois verni, un jardinet sur le devant. À l'arrière, un terrain où planter ses légumes, installer une balançoire, servir le barbecue du dimanche.

Tout autour, à perte de vue, l'or du blé qui ondoie au gré du vent.

Ce mardi 14 juillet 1998, il est presque midi.

Les Cernonnais ont dormi tard. Certains boivent leur café du matin, heureux de la victoire des Bleus.

D'autres préparent le pastis de l'apéritif ou déballent les grillades.

Un ciel bleu azur.

On entend la radio, des bruits de vaisselle, des pleurs d'enfants.

Un corbeau pousse un croassement.

Le vrombissement d'une tondeuse s'arrête net.

Le silence retombe sur la chaleur d'été.

À l'orée des vacances, on a envie de mer, de châteaux de sable, de pêche aux coques. On prépare les valises : shorts, sandales et maillots de bain. La vie est paisible à Cernon. Les enfants sont gâtés et les soucis mineurs. La mort reste une abstraction. Quand on y pense, c'est pour les autres, les vieillards, les malades ou les malchanceux. Si bien que le break des pompes funèbres qui s'arrête devant le numéro 12 de la route des Champverts est vu comme une curiosité. On écarte simplement son rideau. Il a dû s'égarer…

Deux agents funéraires descendent de voiture. Ils ruissellent dans leurs costumes et cravates sombres. Ils portent des lunettes de soleil. Ils ont la lenteur et la gravité qui siéent à leur fonction. Ils cherchent une sonnette, ne la trouvent pas, reculent de quelques pas, vérifient qu'il s'agit bien du numéro 12, hésitent, poussent un battant du portail.

Le corbeau repasse. Il se perche sur la clôture.

Les hommes avancent sur les dalles branlantes qui mènent à la porte d'entrée. Les mallettes noires qui se balancent au bout de leurs bras tranchent sur le rose des rhododendrons. Ils sonnent et patientent. Respectueusement.

Finalement, une femme blonde paraît, la mine défaite, les yeux rougis. Elle hoche la tête et s'efface pour les laisser entrer. Elle désigne un endroit, à l'étage.

Quelques minutes plus tard, un agent ressort de la maison, parcourt le chemin en sens inverse, monte à l'arrière de la fourgonnette. Il en extrait un brancard à petites roues escamotables qu'il manœuvre comme une brouette. De nouveau le portail, les rhododendrons et la porte d'entrée qui se referme doucement.

Les curieux sont sortis en bermudas et robes légères, un torchon à la main, un tournevis dans la poche. Ils commencent à s'interroger.

— C'est les pompes funèbres, on dirait…

— Un 14 juillet !

— Il doit y avoir un décès…

— Chez les Ellis ?

— Bah oui, forcément, puisque c'est au 12 !

— Pourtant, je les ai vus… C'était quand ?…

L'homme s'interrompt. Il ne sait plus si cette image date de trois semaines ou de quelques jours.

— J'espère que c'est pas la petite. La mort d'un enfant, y a pas pire.

— Ça ne peut pas être elle. Je l'ai croisée ce matin près de la barrière. Elle n'a même pas dit bonjour, comme d'habitude…

— C'est qui, alors ?

— Pas madame, elle vient d'ouvrir la porte.

— L'aviateur ?

— Vous rigolez, c'est un copain de chasse, on l'appelle Mermoz, comme le pilote ! Fort comme un Turc, même pas quarante ans…

— Et qui prenait soin de sa petite personne. Ils sont venus boire l'apéritif plusieurs fois, c'était toujours un verre, pas plus !

— Vous avez remarqué ?

— Quoi donc ?
— On parle de lui au passé !
— Mais il serait mort comment ? Un accident d'avion ?
— On l'aurait su !
— Une maladie ?
— Fulgurante, alors. Pas plus tard que… y a pas longtemps en tout cas, il déposait sa fille au sport. Il m'a fait un petit signe. Il paraissait normal.
— Et si c'était un suicide ?
— Un suicide !
— On ne se suicide pas comme ça. Il faut une raison grave…
— La dernière fois que je l'ai vu, il portait des lunettes noires. Sa femme le soutenait. La petite était comme d'habitude, sacrément butée.
La porte des Ellis s'entrouvre.
L'un des agents se présente de dos, à reculons, courbé sur le brancard dont il tient les montants. Le corps… Car il y a un corps dans une housse gris clair.
— Mon Dieu !
On pousse des cris d'effroi.
— Je n'arrive pas à y croire !
C'est un choc. D'autant que, depuis l'avant-veille, on était si heureux, heureux comme jamais, heureux en agitant des drapeaux, en formant le V de la victoire. Heureux ensemble. « Vive la France ! On a gagné ! On a gagné ! » Plus d'ennemis, plus de fâcheries, on s'est embrassés, on s'est sentis forts, les plus forts du monde, unis dans la même joie, derrière Zizou. « *We are the champions !* »
Et voilà que ce corps allongé dans un sac change l'ivresse en gueule de bois. Cernon se dégrise d'un coup, devant le 12 de la route des Champverts.

— C'est terrible ! pleure une femme.

On se tait, à court d'idées devant le drame.

Quelqu'un relance les imaginations :

— Et si c'était le docteur ?

— Le docteur ? Quel docteur ?

— Mais si, vous savez bien, le docteur…

On rapporte les bruits qui courent, des bruits de coucheries entre la femme de Mermoz et le médecin de Saint-Rémy.

— Ah oui, le docteur ! On aurait dû y penser plus tôt. On l'a beaucoup vu ces temps-ci, sans la barbe ni les lunettes…

— Même qu'on l'a surnommée « la femme du docteur ».

— Qui ça ?

— Mais elle, la Ellis !

— Je les ai vus main dans la main, fumant des cigarettes, jetant leurs mégots sur la route…

— Qui ça ?

— Elle et le docteur ! Vous êtes bouchée ou quoi ?

— Moi aussi, je les ai vus ensemble, il n'y a même pas quinze jours.

— Ils ne se cachaient pas…

— C'est de notoriété publique, leur affaire !

— Et c'est le major qui l'aurait tué ?

— Ça se pourrait. Un drame de la jalousie.

— Vous lisez trop de romans !

Le silence revient. On réfléchit.

On suit l'évolution du brancard derrière le portail.

— Alors ce serait le docteur !

De l'autre côté de la route, dans l'allée aux dalles branlantes, la femme blonde esquisse un curieux pas de danse. Elle hésite à se positionner devant ou derrière le brancard. Finalement, elle se place en aval, légèrement ployée, comme pour filmer les hommes en noir et le corps du défunt qui arrivent à sa hauteur. Elle lève la main.

— Attendez !

Les agents des pompes funèbres s'immobilisent à contrecœur. Ils s'inquiètent. Il fait chaud. On ne doit pas traîner.

Par respect pour la cliente, ils abaissent les petites roues et attendent.

Mme Ellis – car c'est bien elle – s'approche. Elle avance la main vers la gaine mortuaire, tâtonne l'épaisseur du plastique, à la hauteur du visage sans doute. Ses mains tremblent. Ses lèvres psalmodient… Elle paraît folle.

Les gens qui regardent hésitent entre compassion et sentiment d'indécence.

Certains rentrent chez eux. Les grillades n'attendent pas. Une mouche bourdonne.

Un des agents décide d'intervenir. Il s'approche de Mme Ellis, lui effleure le coude.

— Madame ? Madame !

Comme pour réveiller une somnambule.

Elle semble revenir à elle. Il explique d'une voix douce :

— Nous allons l'emmener, maintenant… Vous pourrez venir le voir à l'agence… Quand vous voudrez… Tout à l'heure même…

Elle hoche la tête machinalement et s'écarte à regret. Les deux roues remontent. Le brancard repart.

Retranchée dans un coin du jardin, une fillette observe la procession, sans réaction, comme si elle regardait passer un train. Environ dix ans, la peau blanche, des yeux de chat, des cheveux cuivrés dressés en piques sur le sommet du crâne. Malgré la chaleur, elle porte un survêtement bleu électrique et des baskets.

— La pauvre petite, dit quelqu'un.

— Elle a perdu son père !

— C'est tout de même bizarre qu'elle n'exprime rien…

— Elle ne doit pas réaliser…

— Mouais… lâche une voisine, sceptique.

Elle a vu les écouteurs vissés aux oreilles de la gamine et son léger mouvement de tête qui bat la mesure.

- 2 -

Quinze mois plus tôt

Une Peugeot 406 bleu métallisé, avec caducée de médecin et téléphone intérieur, s'engouffre dans la cour de la ferme des Rouelles. Les sièges sont en cuir brun. Les quatre haut-parleurs annoncent « une météo ensoleillée sur le pourtour méditerranéen, un temps maussade sur le reste de la France ». En s'arrêtant, le docteur Ménard dérape sur la boue. Il bougonne en attrapant sa sacoche, récupère son bloc d'ordonnances, ouvre la portière et plonge le pied dans une flaque d'eau.

— Mince, c'est tout moi ! dit-il en boitillant vers l'entrée.

La cinquantaine dégarnie, de taille moyenne, le ventre rebondi, il porte une barbe grisonnante. L'humidité embrume ses lunettes à monture carrée. Il rabat contre lui les pans de son imperméable. Francine le guette derrière la porte. Elle l'attend comme le Messie. Elle l'a appelé tôt ce matin pour son fils Fabien qui refuse de se lever et de manger.

Comme à chaque visite, Ménard est saisi par la rutilance des tomettes, la propreté du carrelage mural.

— Je suis désolé, je vais salir, dit-il en montrant ses chaussures crottées.

— Vous en faites pas, docteur, je passerai la lavette, j'ai l'habitude… Vous voudriez pas un café ? J'en ai du tout chaud ! dit-elle en désignant le poêle de la grande salle.

— Merci, je viens d'en prendre un.

— Un petit remontant ?

— Ah, non, sourit-il, jamais pendant le service !

— De quoi essuyer vos lunettes, alors ? dit-elle en sortant une serviette bien pliée d'un placard à côté de la cheminée.

— Oui, ça, je veux bien. Merci, Francine.

— Je m'inquiète pour le petit. Il est revenu y a trois jours. Il voulait faire sa vie à Paris, vous vous souvenez, docteur ?

Ménard opine.

— On a toujours su qu'il serait jamais paysan. Il a pas le goût agricole et ça, c'est radical. On peut pas faire sans ! Comme pour l'amour, ça se force pas ! Son père se demande qui va prendre la suite. C'est triste, une belle exploitation comme ça… Donc, pendant presque deux ans, on n'entend plus parler du gamin. Il vient à Noël, pour les anniversaires et la fête des Mères. Souvent, le dimanche, il téléphone pour dire que ça va bien. Il sert dans un bar de nuit. Il s'y plaît. Mais quand je l'ai vu arriver, mon Dieu, dit Francine en portant les mains à ses joues… Il avait la peau sur les os. Et pâle à faire peur ! Il a dit qu'il avait quitté son travail et, depuis, il est couché. Quand je pose des questions, il me dit de le laisser tranquille. Je lui monte des bouillons. Il y touche à peine. On se fait de la bile, docteur.

Le gamin, on le connaît plus vraiment. Il a peut-être attrapé le cancer ou la dépression…

— On va voir ça, tempère le docteur Ménard. Il est solide, votre garçon. Il a vu un autre médecin à Paris ?

— Sûrement pas !

À l'étage, on entend du bruit.

— Il doit être réveillé. Vous voulez que je l'appelle ? propose Francine.

— Non, merci, je connais le chemin, dit le docteur, qui attrape sa trousse et file vers le corridor.

Un escalier sombre monte au palier du premier, éclairé par une fenêtre. La pluie martèle le toit. « Par un temps pareil, tout le monde aimerait rester au lit », pense Ménard.

Les vieilles marches craquent sous son poids.

Francine tourne le bouton de la radio qui parle « de la grogne des hospitaliers et de la CGT qui appelle à manifester ». Le docteur fait glisser sa main sur la rampe. À l'étage, il dépasse la première puis la deuxième porte. Il frappe à la troisième.

— Maman ? demande une voix masculine.

— Non, c'est moi, le docteur Ménard, je peux entrer ? dit-il en tournant la poignée.

Une forme humaine se dessine sous la couette. La pénombre, une odeur de renfermé. D'un pas énergique, Paul se dirige vers la fenêtre. Il écarte les rideaux d'un coup sec.

— On ne peut rien voir sans lumière, se justifie le médecin.

Le malade pousse un grognement plaintif et se redresse contre son oreiller en clignant des yeux, ébloui.

Fabien semble à peine sorti de l'adolescence. Ses traits sont creusés, ses cheveux en désordre.

— Une mine de fêtard ! plaisante Ménard.

— Fêtard ! Si seulement…

— C'est ta mère qui m'a appelé aux aurores. Elle s'inquiète…

Fabien baisse les ycux.

Ménard cherche son tensiomètre, tout en poursuivant son interrogatoire médical.

— D'autres symptômes que cette petite mine ?

— Je suis crevé, j'ai tout le temps froid et pourtant je suis en eau.

Le médecin écoute le cœur, la respiration. Il prend sa tension, tâte les ganglions sous le cou, longuement.

— Tu as grossi ou maigri récemment ?

— Plutôt maigri. Moins deux kilos, je dirais.

— En combien dc temps ?

— Un mois.

— Autre chose ?

— Des courbatures.

— Où ça ?

— Un peu partout…

— Comme si tu avais la grippe ?

— J'ai jamais eu la grippe.

Ménard sourit.

— Autre chose ?

Le jeune homme pique du nez et se met à triturer le rabat de son drap. Son visage se brouille comme s'il allait pleurer. Le docteur se penche vers lui.

— Je sais ce que j'ai, murmure Fabien.

Le garçon hésite.

— C'est… J'ai… J'ai le sida !

Ménard produit un son bourru qui l'engage à poursuivre.

— J'avais un ami à Paris. Enfin, c'était plus qu'un ami…

En avouant cela, il surveille la réaction de Paul, qui reste impassible.

— Lui aussi, il avait des suées, de la fièvre, et il avait maigri. On est partis en vacances chez ses parents en Bavière. C'est des Allemands, ils vivent près de Munich. On a fait des kilomètres en forêt. Il était épuisé. En revenant, il m'a quitté brutalement. Il est malade, c'est la seule explication. Il m'a contaminé, il a honte…

— On va procéder par ordre… propose Ménard calmement.

— Je l'ai appelé, appelé, dit le gamin comme s'il n'entendait pas. Il n'a jamais décroché. Il a changé de numéro. Il doit se sentir coupable…

Il s'accroche à la manche du docteur.

— Dites rien à mes parents ! Surtout à mon père. Il aime les hommes, les vrais, vous voyez le genre.

— Mais tu es un homme, tonne Ménard.

— Je veux dire : un homme à sa façon. Vous imaginez… Déjà que je reprends pas la ferme si, en plus, il apprend que… Promettez-moi, docteur !

— Je suis tenu par le secret professionnel mais…

— Mais quoi ? s'inquiète Fabien.

— Je n'ai pas fini de t'examiner. Est-ce que tu peux te lever ?

Le jeune homme s'extrait du lit péniblement. Il enlève son haut de pyjama.

— Le bas aussi ?

— Oui, si tu veux bien. Ça ne va pas durer longtemps.

Le docteur Ménard inspecte les aisselles, les plis de l'aine, les extrémités.

— Tourne-toi, s'il te plaît…

Il s'attarde derrière le mollet, en passant le pouce plusieurs fois au même endroit.

— Au cours de ces promenades, comment étais-tu habillé ?

— Quelles promenades ?

— En Bavière…

— Bermuda.

— Chemise rentrée ?

— Vous en avez, de ces questions ! Non, plutôt sortie, sur le short.

— Je rédige une ordonnance pour une prise de sang et on se revoit la semaine prochaine, tu seras encore là ?

— Oui, sûrement.

— Alors téléphone à Chantal, mon assistante, tu dois la connaître, et prends rendez-vous au cabinet. Tu peux te lever.

— C'est pas le sida ?

— Je suis sur une autre piste mais nous allons vérifier quand même. On saura ça très vite… Quoi qu'il en soit, c'est un préservatif à chaque rapport. J'ai bien dit à chaque rapport ! Donc trois préservatifs si tu fais trois fois l'amour en une heure, c'est compris ?

Fabien opine comme un enfant sermonné. Le docteur range ses affaires et annonce qu'il descend. Fabien a repris des couleurs. Une fois en bas, autour de la table de ferme, Ménard s'assied pour écrire. Francine a dû écouter aux portes.

— Alors c'est pas grave ! dit-elle, soulagée.

— Il est inquiet, ce serait bien d'aller au labo le plus vite possible.

— Ouf ! C'est pas le sida.

Le docteur Ménard relève la tête, surpris.

— J'ai pas les yeux dans ma poche. Faut pas m'en conter… C'est pour les petits-enfants que ça me rend triste. J'aurais bien aimé en avoir… Enfin, du moment qu'il est en bonne santé.

— Voilà, dit le docteur Ménard en lui tendant l'ordonnance. Et votre mari, comment va-t-il ?

— Il s'y fera, lui aussi. C'est un homme bon. Il aime son fils.

Paul sourit. Elle n'a pas répondu à sa question. Ils se serrent la main chaleureusement.

La pluie a cessé. Une fois remonté dans sa voiture, Paul se détend. France Musique diffuse du Mozart, le *Concerto pour clarinette*. Il actionne les essuie-glaces. Il est satisfait de cette consultation. Quel confrère se serait déplacé pour un peu de fièvre et des symptômes si vagues ? Lequel aurait pris le temps d'examiner Fabien de la tête aux pieds ? Pas le docteur Monnier en tout cas ! Il débite les clients comme un charcutier des saucisses. Dix minutes par « cas », ordonnance comprise. Paul, lui, soigne des personnes et prend son temps…

La route est encore glissante. Le docteur Ménard tient le volant d'une main et consulte son agenda de l'autre, en pensant qu'un jour, avec sa manie de conduire et de faire autre chose en même temps, il va mal finir. Il appuie sur une touche de son téléphone de voiture.

— Allô, Chantal ? C'est Paul. Je sors de chez Francine, je suis sur la route… Je vais à l'hôpital, après je passe à la maison de retraite, je serai là vers 18 heures. Beaucoup de patients à mon retour ?

— Six ! Les autres, je les ai reportés à demain. À la télé, ils nous rabattent les oreilles avec les trente-cinq heures et le docteur en fait le double !

— Rebattent.

— Quoi, *rebattent* ?

— Ils nous *rebattent* les oreilles, pas *rabattent*…

— Ah bon ? Pourtant, *rabattent*, c'est comme *battre*... OK, puisque le docteur le dit… J'ai bien fait de décaler ?

— Mais oui, Chantal, vous avez bien fait. Comme toujours. Merci. Bonne soirée…

— De même pour le docteur, à demain ! Et bonjour à madame.

Paul sourit. La bavarde a du mal à terminer une conversation. Il raccroche et pousse le son du concerto. Il aurait aimé jouer du piano ou du violoncelle mais la médecine lui a tout pris : son temps, son énergie, sa jeunesse. Pas de regrets, c'est une passion, encore que, ces derniers temps… Il en est là de ses réflexions quand il arrive à la hauteur de l'église. Une tache de lumière sur fond sombre attire son attention. C'est une silhouette de femme, jeune. Elle porte un manteau blanc serré à la taille, un sac minuscule couleur crème sur l'avant-bras, des talons aiguilles assortis. C'est étrange : ici, personne ne s'habille en blanc un jour ordinaire. C'est salissant et réservé aux baptêmes, aux mariages, aux communions…

Paul est d'autant plus intrigué qu'il éprouve une impression de déjà-vu. On dirait une héroïne d'Hitchcock égarée au village. Que fait-elle ici ? Un corps tout en formes mais svelte. Il se demande quel visage elle peut avoir. Certaines femmes sont éblouissantes de dos et décevantes de face… Il la double à vitesse lente en se retournant pour l'apercevoir.

Des mèches de cheveux blonds et bouclés sur le front, le sein fier. Il avance encore un peu. Le choc de la beauté ! Le teint rose, des lèvres carmin et des yeux immenses, clairs… bleus… mais… mais…

Paul sursaute. Elle le regarde fixement ! Oui, c'est bien lui qu'elle dévisage.

Le cœur de Paul se met à cogner dans sa poitrine. Il est vu alors qu'il croyait voir ! Pire, la femme se met à lui sourire avec une expression espiègle.

Un coup de klaxon, prolongé et furieux, le ramène à la réalité. Un car scolaire surgit devant lui… Ils vont se percuter !

Il donne un coup de volant, la voiture oscille et revient dans sa file.

Le docteur Ménard doit s'arrêter à la sortie du bourg pour retrouver son calme.

- 3 -

Hélène et Paul Ménard habitent Saint-Rémy depuis vingt et un ans. Ce chef-lieu de canton comprend une église, une école communale, un boulanger-pâtissier, un bar-tabac, une épicerie, une pharmacie et deux médecins, les docteurs Monnier et Ménard, qui ne se saluent pas.

Les Ménard possèdent la plus belle maison du bourg, qu'on appelle le Château. C'est un corps de logis majestueux, aux volets rouge foncé, avec un perron blanc orné de rampes à colonnades. À l'origine, deux tours devaient compléter l'édifice, mais une seule a été construite, la tour nord. L'autre s'est égarée dans les reventes, les indivisions. Longtemps, cette seconde tour a fait l'objet de débats. Les Ménard ont tranché en construisant, sur son emplacement, une excroissance moderne de plain-pied : le cabinet médical.

Depuis, les mauvaises langues parlent à voix basse de « mi-château », mais le cadre est d'une telle harmonie que les envieux restent discrets. Rares en ce pays de plaine, des platanes à feuilles d'érable forment un demi-cercle devant la maison. Ils la protègent sans l'étouffer. Le soleil du matin caresse la vigne vierge grimpant le long des murs.

Souvent, en sortant de chez lui, Paul s'arrête un instant pour admirer le paysage, sentir le parfum d'herbe coupée et penser aux seuls vers de Baudelaire qu'il connaisse :

« Là, tout n'est qu'ordre et beauté,
Luxe, calme et volupté. »

Un moment de paix avant la course de la journée.

Le « parc » se compose d'une allée circulaire gravillonnée où se garent les voitures. Elle borde un cercle de gazon ras. Au centre se trouve un bassin qu'alimente une fontaine baroque octogonale qui surprend. Elle serait plus adaptée à une villa romaine qu'à une gentilhommière de la campagne française. Ce coin d'eau a servi de piscine, de mare aux canards, de théâtre pour batailles navales. Quentin et Manon, les jumeaux des Ménard, l'ont animé de cris, de disputes et de rires. Été comme hiver, le triton cracheur qui surmonte la fontaine a observé leurs jeux. Quant aux platanes, ils se rappellent les genoux écorchés, les parties de cache-cache, les initiales gravées dans leur écorce et les premiers baisers.

Depuis toujours, Paul et Hélène voulaient une famille nombreuse (ils n'ont ni l'un ni l'autre de frères et sœurs). Les jumeaux ont été une bonne surprise. Malheureusement, après ce début prometteur, Hélène ne pourra plus avoir d'enfant. Le couple renonce aux grandes tablées, aux jeux de piste, aux parties de ballon prisonnier dont ils avaient rêvé. L'unique tour reste vide. Des pièces de la maison sont affectées à des tâches superflues. Hélène installe une buanderie. Chaque enfant dispose de sa chambre et d'une salle de jeu. Ce n'est pas un luxe mais le signe d'une inadaptation, comme un vêtement mal coupé dont les manches sont trop longues et les poches en surnombre.

En juin 1996, les enfants décrochent leur bac scientifique avec mention bien et un an d'avance. Ils obtiennent de leurs parents deux années sabbatiques, en promettant de revenir polyglottes. Paul cède facilement en revoyant sa jeunesse penchée sur les annales, les abrégés, les polycopiés. Dans sa mémoire s'agitaient les artères rouges, les veines bleues, les vingt-six os du pied, des pathologies effrayantes. Il en faisait des cauchemars, s'imaginait atteint du locked-in syndrome : corps paralysé et cerveau intact. Les jumeaux s'envolent donc pour Mexico, chez des cousins de leur mère, en laissant leurs parents orphelins dans une maison encore plus vide et toujours trop vaste.

Pour Paul, l'absence de Manon est la plus déchirante. Dès sa naissance, il a ressenti pour elle une sorte de coup de foudre. Elle venait à peine de naître quand elle a posé sur lui ses grands yeux confiants. Dès cet instant, la paternité lui est tombée dessus, entre passion et anxiété. Pour elle, il a eu peur de tout : peur qu'elle soit trop jolie ou pas assez. Peur qu'elle ait mal, peur qu'elle ait peur, peur qu'elle meure, peur qu'elle soit abîmée par un salaud ou enlevée par un fou.

Il a moins tremblé pour son frère, ce gaillard costaud, combatif, sans états d'âme. Quentin est le fils que Tarzan – le propre père de Paul – aurait voulu avoir. Tarzan qui vient de mourir, alors qu'on l'opérait pour un triple pontage. Un comble pour ce professeur de chirurgie cardiaque !

Toute sa vie, Paul s'est senti décevant pour ce grand homme. Trop féminin, trop chétif, trop intello. On ne choisit pas ses parents, mais on ne choisit pas non plus ses enfants. Tarzan ne s'est pas reconnu dans ce gringalet hypersensible qu'il appelait Minus. Minus qui n'aimait ni le sport, ni les grosses voitures, ni les belles nanas comme son père, ni même la chirurgie qu'il compare secrètement à une forme anoblie de bricolage. Paul préfère la médecine, soulager les corps et les âmes, accompagner les souffrants, soigner les bébés et les arrière-grands-mères.

— Un métier de chien ! tonnait son père. Chirurgien, ça, oui, c'est la gloire ! D'ailleurs, sais-tu la différence entre Dieu et un chirurgien ?

— Oui, Papa, je sais, soupirait Minus, qui entendait cette blague depuis toujours.

— Eh bien, Dieu ne se prend pas pour un chirurgien ! s'esclaffait Tarzan.

Depuis que les enfants sont partis, les Ménard ne savent plus vivre dans le silence. La télé sert de bruit de fond. Hélène promène la radio de pièce en pièce, si bien qu'elle n'entend pas le « Bonsoir ! » que Paul lance en rentrant. Il accroche sa veste à la patère du vestibule, enfile ses chaussons, prend le courrier sur la console où il pose ses clés. L'inventaire le déprime.

— Que des factures !

— Ah, c'est toi, dit Hélène.

Il hausse les épaules.

— Oui, c'est moi !

Et plus bas :

— Qui d'autre ?

Il repose le courrier sur le meuble de l'entrée. Hélène s'en chargera. Il gagne l'argent ; elle signe les chèques. Le salon des Ménard regorge de bibelots, de statuettes, de peintures et de portraits d'ancêtres qui semblent chinés dans les brocantes mais, non, ce sont des objets hérités qu'ils n'ont pas osé jeter. Ils les ont placés au hasard des legs familiaux. D'où ce bric-à-brac de fidélité que personne n'a vraiment choisi. Les enfants voulaient-ils emporter quelque chose ? Ils ont répondu par un éclat de rire :

— Ces vieilleries ? Pour quoi faire ?

Certains jours, Paul se demande s'il habite bien chez lui. Il ignore dans quel placard se trouvent les casseroles et où est la trappe de l'arrivée d'eau. Hélène s'occupe des factures et du reste. Comme la plupart des couples, ils se sont harmonisés en fonction des emplois du temps et des compétences. Pour eux, l'affaire s'est vite réglée. Elle à la maison. Lui au travail. Était-ce une erreur ? Il se reproche de n'avoir pas vu grandir ses enfants. Il sait, comme tout le monde, que Manon est confiante, joyeuse, et Quentin sportif, ambitieux. Mais, plus intimement, qui sont-ils ? Il n'a pas su leurs chagrins, leurs peurs, leurs colères. Seul l'écho lui en parvenait. Leur mère veillait sur eux. Et maintenant, ils sont loin. Pour combien de temps ? Reviendront-ils cet été embrasser cette entité que Manon appelait « Mapa » lorsqu'elle était petite ? À l'époque, il en riait. Aujourd'hui, il pourrait en pleurer, comme s'il était passé à côté d'eux, c'est-à-dire de l'essentiel.

Cependant, la coutume du vendredi soir demeure : apéritif et repas amélioré. Paul ne sait plus à quelle occasion ce rituel s'est installé. Ce n'est pas pour clore la semaine puisqu'il travaille le lendemain. S'il lui posait la question, Hélène répondrait :

— Mais nous fêtons la vie, le bonheur d'être ensemble, en bonne santé, d'avoir des enfants merveilleux, d'être nés du bon côté de la planète, d'être assez aisés pour ne pas avoir à compter. Nous fêtons la chance d'être…

Hélène fait partie de ces gens qui se réjouissent de presque rien et par principe. Ne voit-elle pas que le monde va mal ? Paul s'en agace à l'occasion. D'autres fois, il lui envie sa bonne humeur et se reproche d'être anxieux, maussade, pessimiste. Comme s'il souffrait d'une forme de handicap, Hélène l'excuse :

— C'est ton métier qui veut ça. Ne fréquenter que des malades, ça déprime forcément.

Est-ce de l'amour entre eux ? En tout cas, ils sont associés comme les doigts d'une main. Lui sans elle, elle sans lui, c'est inconcevable.

Ce soir, comme tous les vendredis, elle s'affaire dans la cuisine. Silhouette mince, coiffure courte, jean-baskets comme souvent, pattes-d'oie au coin des yeux, fils d'argent dans les cheveux, un regard qui s'éclaire dès qu'on lui sourit. À côté d'elle, la radio déverse son lot de rires forcés.

— Plus une émission sans ricaneurs, peste-t-il.

Puis, se penchant sur la cocotte :

— Qu'est-ce qu'on mange ?

— Une surprise ! dit-elle sans rire.

— Et c'est…

— Caille aux raisins ! annonce fièrement Hélène.

Paul descend chercher du vin à la cave et remonte pesamment. La soirée n'éveille en lui aucune curiosité, aucune impatience. Comme chaque vendredi soir, Hélène a fourni un effort de cuisine avec une prédilection pour le salé-sucré : veau à l'orange, porc aux pruneaux, poulet aux noix de cajou… Cette bonne volonté l'a découragé de dire qu'il préfère le sel avec le sel, le sucre avec le sucre et les plats sans complications, du genre blanquette de veau ou pot-au-feu. Sur le plan culinaire, entre autres, il est un homme d'autrefois.

Hélas, quand un faux-semblant est installé depuis longtemps, comment le démentir sans passer pour un faible ou un lâche ? De plus, comment être bonne cuisinière quand on manque d'appétit ? Hélène n'éprouve aucune espèce de gourmandise. Elle grignote, elle chipote. Il faut la voir devant un gâteau, oublieuse, rayant le glaçage d'un coup de cuiller distrait. Elle aime le sport, le grand air, les randonnées, les sandwiches jambon-beurre à demi avalés, abandonnés dans une poubelle.

— Mange ! l'encourage-t-il parfois.

— Ah oui, c'est vrai, dit-elle, comme prise en faute.

Le plaisir du sacro-saint vendredi soir s'en trouve amoindri. Paul, le gourmet contrarié, dîne sans déguster. La finesse de son palais apprécierait un mets étudié, accompagné d'un grand cru, mais en si tiède compagnie… Entre Hélène et Paul, les désaccords ne sont ni très nombreux ni très profonds, mais suffisants pour créer un arrière-fond d'incommunicabilité qui limite le vrai bonheur d'être à deux. N'ayant pas tout à fait la même tournure d'esprit, le moment où ils n'ont plus rien à se dire arrive vite. Alors ils parlent des enfants, mais de moins en moins, car les nouvelles s'espacent.

Hélène, perdue dans ses pensées, boit du bout des lèvres.

— Tu ne dînes pas ? demande Paul.

— Oh, si, pardon, dit-elle avec un empressement feint.

— Alors, ta journée ?

— Comme d'habitude le vendredi, rien de spécial, Sébastien n'était pas là.

— Sébastien ?

— Le marchand de légumes…

— ?

— Le marchand de légumes… du marché ! insiste Hélène, comme si Paul n'avait que lui en tête.

— Ah ! Oui, et alors ?

— Je suis allée en face, mais avec méfiance. À Noël, ils m'ont vendu des pommes farineuses, tu te souviens ?

Paul se rappelle rarement leurs conversations.

Charitable, Hélène change de sujet.

— Et toi, ta journée ?

Ils mâchent en silence.

Soudain, Paul s'anime :

— J'ai croisé une drôle de femme dans la rue. Une blonde habillée tout en blanc. Une apparition. Perchée sur des talons aiguilles. Elle se tenait très droite. Elle marchait comme si elle défilait sur un podium. Pas pressée. C'était bizarre. Complètement décalé dans Saint-Rémy.

— Il était quelle heure ?

— Dix-sept heures à peu près. En rentrant de l'hôpital, je suis passé voir le petit Vincent après sa péritonite. Pas pour lui, pour ses parents. Ce sont de grands anxieux.

— T'es bonne poire, tout de même ! lâche Hélène, admirative.

— Je n'aime pas que les gens s'inquiètent.

— Alors, cette femme en blanc ?

— C'était irréel. Personne ne s'habille en blanc par ici. Elle était très parisienne, très distinguée, comme échappée d'un film d'Hitchcock.

— Et alors, qu'est-ce que tu as fait ?

— J'avais envie de voir sa tête. Il y a des femmes magnifiques de dos et qui, de face…

— Je sais, interrompt Hélène sèchement.

(Elle fait partie de ces femmes mûres à la silhouette juvénile.)

Paul poursuit :

— J'hésitais à la dépasser. Je craignais d'être déçu.

— Déçu ! répète Hélène, pincée.

— Oui, quelquefois on imagine des choses…

— Ah, parce que tu imaginais des choses !

— Quand je dis « imaginer », je veux dire que j'étais intrigué. Je me demandais quel visage pouvait avoir un corps aussi extraordinaire…

— Oui, j'ai bien compris, s'impatiente Hélène en maltraitant sa mie de pain, et alors ?

Paul réalise qu'Hélène est fâchée.

— Mais quoi, je n'ai rien fait de mal ! proteste-t-il.

— Oh non, tu es simplement fasciné !

— Oui, peut-être… Comme on peut l'être par un ovni, une star de cinéma, quelqu'un d'inaccessible.

— Et alors ?

— Je la double en me retournant pour la voir et tu ne vas pas me croire : elle me regarde droit dans les yeux. Comme si elle avait vu mon manège… Elle m'a percé à jour, et elle le montre avec une expression moqueuse.

Paul se tait, pensif. En sirotant son vin, il imagine le prénom de la belle dame blanche. Catherine, Marilyn, Aurore ? Aurore lui irait bien.

C'est la première fois qu'il s'interroge sans en parler à sa femme.

— Et sinon, elle était belle ? demande Hélène innocemment.

— Je ne sais pas, ment-il. Je n'ai vu que ses yeux… Mmm, elle est délicieuse, ta pintade. Tu as changé de recette ?

— C'est de la caille…

— C'est pas ce que j'ai dit ?

- 4 -

11 mars 2002
Premier jour du procès
Déposition d'Hélène à la barre des témoins

« Je trouvais mon mari – pardon, mon ex-mari – un peu déprimé depuis quelque temps. Il n'a jamais eu un tempérament très gai. Il était devenu carrément morose. Je lui donnais des nouvelles des enfants. Je parlais de projets de sorties, de vacances. Rien ne semblait l'intéresser. Quand je lui demandais ce qui n'allait pas, il invoquait ses malades "qui exigeaient beaucoup de lui". Rien de très nouveau. Je crois que Manon, notre fille, lui manquait particulièrement. Paul avait cru qu'elle ne partirait jamais. À la campagne, on hérite des terres, on reste au pays, les enfants, les petits-enfants vivent à quelques kilomètres les uns des autres. Paul se rêvait en patriarche, avec Manon auprès de lui. Il l'imaginait médecin ou pharmacienne à Saint-Rémy, près de son papa.

Ses lettres disaient qu'elle adorait Mexico. Elle n'avait pas l'intention de revenir en France "s'enterrer dans un trou". Paul souffrait du syndrome du "nid vide", celui des mères au foyer quand les enfants s'en vont. Pourtant, il n'était pas si proche d'eux. C'est à moi seule que Manon confiait ses petits secrets. Mais, attention, elle adorait son père. Soudain, c'était une urgence, il fallait qu'elle le voie. Elle dévalait le perron en chaussons, traversait l'allée et courait le rejoindre au cabinet. Tous les patients connaissaient "la petite du docteur". Chantal, la secrétaire de mon mari... – je veux dire de Paul –, me racontait qu'elle la cachait derrière la demi-cloison du secrétariat : "On va lui faire la surprise !" Paul raccompagnait son patient jusqu'à la porte, et la petite surgissait pour lui sauter au cou. Paul s'illuminait. Elle restait accrochée à lui pour lui faire un câlin. Chantal devait intervenir gentiment pour les séparer : "Allez, ma chérie, il faut laisser ton papa travailler !"

Avec Quentin, il y avait plus de distance. Paul a un côté féminin. Il n'a jamais su comment s'y prendre avec son fils, un vrai petit gars, intéressé par les autos, les avions, les engins de chantier... À l'adolescence, l'écart s'est encore creusé. Un jour, il a convoqué Quentin dans son bureau pour lui parler "d'homme à homme". C'était très solennel. Il lui a fait une tirade sur les filles qu'il fallait "traiter avec douceur". Il en parlait comme de petites choses fragiles. Quentin a fait semblant d'écouter la leçon mais, avec moi, il en a ri. Il disait : "Papa est à côté de la plaque." Pour Quentin, sa sœur et les filles en général sont des égales. Il estime même que certaines sont "des brutes". Ce jour-là, il a mesuré l'écart de générations entre son père et lui. Je crois que c'est la seule discussion un peu intime qu'ils aient eue. Cela dit, Quentin a toujours admiré son père. Il le voyait comme une sorte de héros, un humaniste engagé auprès de ses malades, des pompiers, de Médecins du monde. Un jour – il avait peut-être quatre ans –, une voiture accidentée attendait une dépanneuse dans la rue. Elle était cabossée, aplatie, impressionnante à voir. Quentin a attrapé sa sœur par le bras : "T'inquiète pas, Manon, Papa sait réparer tout ça !" »

Hélène et Paul se sont connus à Paris, rue Saint-Jacques, au sixième étage d'un immeuble bourgeois, une enfilade de chambres de bonne occupées par cinq étudiants : quatre garçons qui « font médecine » et Hélène, la seule fille, qui étudie l'espagnol. Ils sont studieux, inquiets du volume de connaissances à savoir. Elle s'amuse, sèche des cours, dévore la littérature sud-américaine. Les filles de son milieu et de sa génération ont lu la collection des *Martine*. Elles veulent devenir infirmières ou hôtesses de l'air pour épouser un médecin ou un commandant de bord. Pour beaucoup, les études sont envisagées comme tremplin vers un beau parti. Mai 68 balaie leurs rêves de petites filles assujetties… Elles prennent la parole, brûlent leur soutien-gorge, dénoncent les « phallocrates », militent pour le droit à l'avortement et se découvrent des ambitions personnelles et professionnelles.

Ils donnent un nom à leur groupe : le Cardo, en référence au *Cardo maximus*, voie romaine qui passait précisément rue Saint-Jacques. Hélène leur fait du thé.

Elle descend chercher le pain, prête son shampoing, remonte le moral des plus découragés. Paul est son voisin de chambre. Entre eux commence un sympathique copinage. Ils n'abusent pas des grands mots. Ne prétendent même pas être amis.

C'est un samedi soir, ils poussent les meubles pour faire la fête, une soirée rock. Le Cardo est au complet plus quelques invitées dont la sœur d'un copain. Paul enlace cette fille. Ils dansent langoureusement. Hélène s'avance et décrète avec autorité :

— C'est mon tour !

Épaté par son culot, Paul la laisse faire. C'est ainsi qu'elle entre dans sa vie, par effraction.

En ce temps-là, certains hommes jugent encore les femmes à partir d'une négation. L'une n'est pas farouche. L'autre n'est pas coureuse. Une autre encore n'est pas laide ou pas compliquée. Comme Hélène n'est ni farouche, ni coureuse, ni laide, ni compliquée, autrement dit comme c'est une chic fille, Paul ne voit aucune raison de l'écarter de sa vie.

Dès ce moment, ils font équipe. Il ingurgite quantité de connaissances. Elle assure l'intendance et l'interroge :

— Une douleur intercostale avec fièvre autour de 39 degrés ? Une douleur près du nombril évoluant graduellement vers la partie inférieure droite de l'abdomen ?

Pour leur dernière année d'études (elle a redoublé), ils s'installent dans un deux-pièces, rue du Mont-Cenis, toujours à Paris. Les week-ends se passent en Beauce chez les parents d'Hélène, à quelques kilomètres de Chartres. Les jeunes gens font du vélo sur les routes rectilignes. Ils s'amusent à reconnaître le chant des oiseaux. Ils font l'amour dans les granges à foin et se marient comme il se doit. Antoine – son beau-père, médecin de campagne – apprend à Paul que la médecine est « une science et un art ».

— Quelle est la première qualité d'un médecin ? demande-t-il à son protégé. Le sens de l'observation, mon jeune ami : comment les gens parlent, comment ils marchent, comment ils respirent… Si tu te contentes d'appliquer le *Vidal*, ce sera facile de te remplacer par des graphiques et un robot ! Si tu sais observer, écouter, interroger, si tu sais débusquer des symptômes que les patients ignorent, alors tu deviendras un toubib hors pair. Exemple clinique : je vais chez une mamie que je soigne régulièrement. Elle qui tricote depuis le berceau me raconte qu'elle a raté dix mailles et qu'elle a dû défaire son rang. Aussitôt, je pressens un AVC. Hospitalisation, bilans et bingo ! C'était ça.

L'été, Paul remplace son beau-père, qui peut enfin prendre des vacances. Les patients aiment bien le « jeunot », dont on dit qu'il est « taiseux mais consciencieux ». Ainsi, Hélène et Paul quittent l'enfance en douceur, entourés d'adultes bienveillants et de bon conseil. Quand le médecin de Saint-Rémy, un ami de la famille, prend sa retraite, Antoine pense bien sûr à son gendre pour lui succéder. Le jeune couple s'installe au Château, que Paul occupera jusqu'au drame.

Si la maison subit peu de transformations, le cabinet, lui, bénéficie de tous leurs soins. Le plan est dessiné par un architecte (cadeau d'installation des parents d'Hélène). Les murs sont peints en blanc, le sol est couvert d'un parquet en chêne clair. On entre par un vestibule. À droite, la salle d'attente meublée de fauteuils paillés et d'un mobilier pour enfants. Des livres, des revues s'alignent sur des étagères et la table basse. Des plantes égaient l'ensemble.

Le bureau de Paul se compose de deux pièces. La première est accueillante. Un bureau plat, une bibliothèque essentiellement garnie de livres de médecine et deux « fauteuils invités » comme les appellera Chantal, son assistante. On s'y assoit pour dire ce qui ne va pas, puis on passe dans la pièce contiguë. Elle est plus petite, carrelée de blanc du sol au plafond. Un lavabo, un pèse-bébé, un pèse-personne, une toise, un plan de travail, des boîtes d'instruments froids comme l'acier, une table d'examen sur laquelle on déroule une bande d'essuie-tout, un radioscope, une poubelle dans laquelle atterrissent le coton, le fil, les pansements, les abaisse-langues, les seringues, les conditionnements de vaccins. Dans l'air, une odeur de désinfectant.

Ce 14 août 1976, le jeune docteur Ménard appose sa plaque (lettres dorées sur fond gris) avec appréhension.

Docteur Paul Ménard
Médecine générale
Diplômé de la faculté de médecine de Paris
Consultations et visites à domicile
Sur rendez-vous au 37 28 60 60
Le samedi sans rendez-vous de 9 heures à 17 heures

Hélène s'intéresse au cabinet, que les Ménard ont voulu ensemble. En attendant leur premier patient, elle fait office d'assistante médicale. Elle, au secrétariat, à gauche en entrant, délimité par une cloison à mi-hauteur. Lui, dans son bureau, vérifiant que le *Vidal*, le bloc d'ordonnances, les feuilles d'assurance maladie, le pot à crayons, le stylo-plume offert par son père sont à portée de main.

Il est prêt.

Les heures passent. Enfin, ils entendent marcher dans l'allée. Paul a le trac. Doit-il enfiler sa blouse blanche, rester en tenue de ville, mettre son stéthoscope autour du cou comme les internes de l'hôpital ? Il renonce à toute stratégie, en pensant que la médecine de proximité qu'il entend pratiquer s'effectue sans déguisement. Il respire un grand coup et ouvre la porte de son cabinet pour accueillir son premier vrai patient personnel. Il s'attend à recevoir un homme de la terre plutôt petit, râblé, les mains calleuses, le cou bruni par le soleil. Ou une femme de la campagne énergique, robuste, efficace. Ou encore un bébé joufflu, oxygéné par le bon air, déjà marcheur et conducteur de tracteur sur les genoux de son papa… L'imagination ne lui manque pas.

Or, l'homme qui se lève pour le saluer est un trentenaire affûté, grand, mince, ventre plat, large d'épaules, une belle mâchoire, des cheveux bruns fournis, un sourire radieux, un chic anglais, des petites lunettes rondes d'intellectuel. Paul lui tend une main amicale et l'introduit dans son bureau. En s'asseyant, le nouveau venu constate :

— Je ne suis jamais malade, pas une grippe, pas une opération, rien du tout.

Paul sourit en observant que c'est plutôt rare dans un cabinet médical.

Le non-malade explique qu'il n'a jamais bu, jamais fumé, qu'il mange peu, essentiellement des légumes et des fruits, en mâchant longuement ; son épouse a déjà rangé son assiette qu'il est toujours à table pour brouter son repas. Il se porte d'autant mieux qu'il pratique le sport de manière régulière et… les femmes aussi.

Nouveau sourire de Ménard.

— Pardonnez-moi de mettre le sport et les femmes sur le même plan mais, quand c'est bien fait…

Paul se racle la gorge. Son expérience des femmes se limite à Hélène, et on ne peut pas dire… Enfin… leurs ébats n'ont rien à voir avec le sport. L'homme se met à rire franchement et clôt le sujet.

— Pardon, docteur, je ne voulais pas vous gêner. Revenons à l'objet de ma visite : on me demande un certificat d'aptitude à la pratique du sport en salle. Voilà le papier, vous n'avez qu'à mettre un tampon ici, dit-il en désignant une case en bas de la feuille.

Le docteur Ménard lit l'imprimé avec attention, ne sort pas de tampon, ne signe pas.

— Passons à côté si vous le voulez bien, je vais vous examiner, dit-il en indiquant la pièce clinique.

— Ah bon, d'habitude…

— Je n'exerce pas comme d'habitude, dit le docteur Ménard, soudain très assuré. Je vais vous mesurer et vous peser. Déshabillez-vous ! ordonne-t-il en se dirigeant vers le lavabo pour se laver les mains.

Quand il se retourne, le malade est nu. Il n'a gardé que ses chaussettes.

— Ma mère m'a toujours dit qu'on attrape froid par les pieds…

Le docteur Ménard sourit encore. Il écoute le cœur, les poumons, mesure les réflexes, tâte les ganglions, regarde la langue, demande si les vaccins sont à jour, presse sur la poire du tensiomètre.

— 12-8, c'est parfait. Vous pouvez vous rhabiller. Si vous le voulez bien, précise le docteur avec une pointe d'amusement. Je vous attends dans mon bureau pour établir votre fiche.

Paul s'assied devant sa table, prend un carton blanc, le stylo de son père.

— Votre nom, s'il vous plaît ?

— Beynac, Daniel, né le 8 juin 1945, commune de Malbo dans le Cantal. J'habite la maison de Sarrus, à Saint-Rémy. Tout le monde connaît.

— En effet. Marié ?

— Oui, en quelque sorte.

— Des enfants ?

— Une fille, dix ans, Sofia.

Le docteur Ménard prend des notes, attentif. Son beau-père lui a appris l'importance de cette fin de consultation. C'est le moment où les peines et les peurs s'expriment. Celui où l'on se rappelle un détail, un symptôme essentiel. Daniel se décrit…

— Je suis un homme à femmes égaré dans le mariage, un citadin exilé en Beauce et un intellectuel exerçant le métier improbable de représentant en équipements sanitaires. Autrement dit, un Shakespeare des bidets ! Toute une vie à l'envers par flemmardise scolaire et pour l'unique maladresse d'un soir de vacances. Avec son plein consentement, je trousse une belle fermière (ma future femme). Elle tombe enceinte. Dans ma morale de gentleman « non *farmer* », on ne se défile pas ! Je l'épouse. Depuis, je maîtrise l'art de la non-éjaculation précoce, mais il est trop tard. C'est l'assumoir. Ma femme n'aime que les bêtes. Je n'aime que les femmes.

Paul s'attriste.

— Oh ! ne prenez pas cet air sérieux, docteur ! Ce qui n'est pas tragique est dérisoire. J'en ris de bon cœur. Rater sa vie à ce point-là, c'est du dadaïsme, mais il y a tant de manières de s'y prendre…

— Pour ?

— Pour se tirer une balle dans le pied ! Personnellement et collectivement. Et vous ?

— Oui ?

— La médecine, c'est une vocation ?

— Oui, j'ai toujours voulu soigner, guérir, aider…

— Vous avez de la chance. À plus de trente balais, je ne sais toujours pas ce qui m'aurait convenu.

— Je n'ai pas beaucoup de mérite. Mon père est de la partie.

— Médecin aussi ?

— Chirurgien cardiaque.

— Hum, prestigieux !

— Oui, il a participé aux premières greffes cardiaques avec le professeur Barnard. Je préférais la médecine, médecin de famille…

— Il en a pensé quoi ?

— De quoi ?

— Que vous choisissiez médecine ?

— Il a trouvé ça un peu petit, un manque d'ambition, mais il a été ému quand j'ai prêté serment…

— Vous avez prêté serment ?

— Oui, le serment d'Hippocrate : « Je ferai tout pour soulager les souffrances… Je ne provoquerai jamais la mort délibérément. » On en lit quelques fragments à la remise du diplôme. IVe siècle avant Jésus-Christ…

— Décidément, ces Grecs ont tout inventé… Ma seule vocation à moi, c'est le sexe. Mais, attention, pratiqué comme un art. Avec douceur, expertise, respect. En inventant chaque fois un nouveau voyage… Atteindre ensemble le septième ciel, là où n'existent ni le temps ni l'espace. Plus de jugement ni de regard sur soi. N'être plus qu'un corps désirant, un sexe vibrant, pour moi c'est vivre absolument, intensément…

Paul se racle à nouveau la gorge. Daniel Beynac se lève.

— Pardon, docteur, c'est le plaisir de vous avoir trouvé, je vous ai pris beaucoup de temps.

Paul sourit avec bienveillance.

— Et pourtant, ajoute Daniel Beynac, j'espère ne pas vous revoir de sitôt.

Ils éclatent de rire et sortent par la porte du secrétariat. Dès cet instant, on peut dire qu'ils deviennent amis.

Hélène, de son côté, fait de grands signes en désignant la salle d'attente. Deux autres malades viennent d'arriver.

— Oui, deux !

- 5 -

Les jumeaux sont prenants. Hélène manque de temps pour tenir le cabinet. Paul s'adresse à la pharmacie. Il cherche une assistante. On lui recommande Chantal, une fille futée, lui dit-on. Elle se présente au Château, un lundi matin, à l'heure du café. Toute ronde, une magnifique peau mate, un visage éclairé par des grands yeux expressifs, elle a dix-neuf ans. Elle vient d'avoir son bac. Elle aide ses parents à la ferme.

Comme beaucoup de filles de la campagne, elle pourrait étudier mais il faudrait partir et elle préfère rester près des siens. Sa chemise d'homme à fines rayures bleu marine, ses lourds bijoux en argent, son maquillage subtil lui donnent du style. Seule la couleur foncée de ses cheveux parsemés de mèches tantôt blondes tantôt roses laisse perplexe.

— Oui, s'excuse Chantal en suivant le regard étonné du docteur, une copine dépressive s'essayait à la coiffure. Je n'ai pas voulu la contrarier.

Paul en déduit qu'elle a du cœur et le sens de l'humour ; deux qualités intéressantes pour une secrétaire médicale.

— Et sinon, vous connaissez un peu la médecine ?

— Non. Cet été, j'ai été caissière au supermarché.

— Vous savez taper à la machine ?

— Non plus…

Voyant qu'elle le déçoit, Chantal ajoute vivement :

— Mais j'apprends très vite, y a pas plus bosseuse que moi. J'ajoute que je suis hyper motivée. Je n'ai jamais été aussi motivée de ma vie. Vous verrez, le docteur sera impressionné !

Ménard sourit, hésite. Sans autre candidate, il décide de l'embaucher, à l'essai.

Elle se révèle ponctuelle, travailleuse, passionnée. Le soir, en rentrant chez elle, elle étudie le corps humain et revient le lendemain, émerveillée :

— La thyroïde, on dirait un bébé papillon et ça régule tout !

Le lendemain :

— On a cent milliards de neurones, c'est énorme ! Même les footballeurs, même moi j'en ai cent milliards !

Elle rit de sa blague… Paul l'imite. Elle est si libre, si vivante.

En moins d'un mois, elle comprend comment gérer l'agenda, les patients, les représentants… Chaque semaine elle a une idée nouvelle.

— Ça embêterait le docteur si je faisais une proposition ?

— Faites…

— Si on disait « maison de santé » plutôt que « cabinet », qui rappelle les WC ?

Paul sourit.

— Oui, c'est une bonne idée…

La semaine suivante :

— Ça embêterait le docteur si je faisais une proposition ?

— Faites donc…

— On doit bien reconnaître que le docteur n'est pas toujours à l'heure… Et si j'occupais les clients pendant ce temps-là ?

— Les patients, rectifie Ménard.

— Oui, pardon, les patients (c'est le cas de le dire), si je les occupais en leur donnant des conseils d'hygiène : comment se brosser les dents, se laver les mains, organiser leur frigo, manger, dormir… Enfin, ce genre de choses.

— Bonne idée, mais seulement pour les malades intéressés, sans insistance.

— Le docteur me connaît : la délicatesse même…

Trois ans plus tard :

— Ça embêterait le docteur si je faisais une proposition ?

— Avec plaisir, faites…

— Le docteur reçoit des tas de faire-part de naissance, de mariage, de communion. Les centenaires l'invitent à leur anniversaire. Il y a même des enfants qui lui font des dessins. Pourquoi on les afficherait pas sur le mur de l'entrée ? Le docteur parle toujours de médecine de proximité, ce serait l'occasion de le montrer.

— Faites, Chantal, faites…

Au fil des années, il n'y a que deux points de friction entre eux. Le premier est cette manie qu'elle a de dévisager les gens.

— Arrêtez de regarder les patients sous le nez ! Ça les met mal à l'aise et c'est impoli.

— Mais je pense du bien ! proteste Chantal. Je me dis par exemple : « Tiens, physiquement, elle casse pas trois pattes à un canard mais elle a du chien… », ou alors :

« Il a l'air sympa pour un délégué qui vend du marron d'Inde ». Vous voyez, je pense du bien.

— Ils ne le savent pas. Ils peuvent se sentir jugés.

— OK, compris. Je vais dire : « Vous avez l'air cool pour un type qui vend des anti-hémorroïdes. »

Paul ne remarque pas son air malicieux.

— Mais non, malheureuse, ce serait pire.

Chantal s'esclaffe.

— Décidément, le docteur gobe tout ce qu'on lui dit !

Le second accroc concerne justement cette manière de parler de lui à la troisième personne : « Et comment il va, le docteur, ce matin ? », « Et le docteur prendra bien un petit gâteau ? », « Il pourrait pas accélérer un peu, le docteur ? La salle d'attente est pleine à craquer ! ».

Quand ils cessent de se chamailler, ils vont manger sur le pouce, à l'arrière du cabinet, sur le bout de campagne qui borde la route départementale. Ils s'assoient sur un banc, parlent des malades, attendent les premières neiges, admirent les premiers bourgeons de l'amandier, écoutent le chant des mésanges charbonnières qui annonce l'arrivée du printemps. Parfois, il la corrige :

— On ne dit pas séparer le bon grain de l'*ivresse* mais de l'*ivraie*.

— L'ivraie ? C'est quoi, ça ?

— Le mauvais grain. Distinguer le bon du mauvais grain.

— Ah, je vois ! dit Chantal, dépitée. Je note tout dans mon petit carnet rouge. Un jour, je serai prof de français. Moi aussi, j'ai un mot nouveau. Je suis sûre que vous le connaissez pas…

Paul lève un sourcil.

— Amphigourique ! lance Chantal fièrement. Le docteur connaît ?

— Non.

— C'est un discours ampoulé, alambiqué, qui paraît savant, mais on n'y comprend rien, dit Chantal, ravie.

Paul lui sourit affectueusement.

— Allez, assez bavardé, Mademoiselle Curieuse. On y retourne !

- 6 -

24 avril 1997

Le réveil sonne toutes les dix minutes depuis 7 heures et le docteur Ménard n'arrive pas à sortir du lit. Hélène a sauté dans ses mules. L'eau de la douche, lavage de dents, bain de bouche, quelques coups de brosse rapides. Quand elle revient dans la chambre, son corps mince est enroulé dans une serviette-éponge. Elle ouvre la fenêtre, observe les forsythias qui manquent d'eau et le soleil timide à cette heure matinale. Vivifiée, elle aspire une grande bouffée d'air pur. Paul remonte la couette sur son visage, ferme les yeux. Toute sa vie, il s'est senti vaillant, prêt à bondir pour aider, soigner. Il n'a plus de cœur à l'ouvrage. Plus d'enjeu. Plus rien à prouver.

« Encore une minute », pense-t-il en pesant sur son oreiller.

Hélène découvre son mari d'un geste vif.

— Debout, marmotte !

Il reste quelques secondes recroquevillé en chien de fusil. Il a froid. Il s'assied lourdement sur le bord du lit, enfile ses chaussons, se traîne jusqu'à la salle de bains, se rase sans se regarder, attrape au hasard une chemise, un pantalon, prend une veste, descend en chaussettes. Une fois de plus, il déplore les grosses fleurs marronnasses de la moquette au mur dans l'escalier. Et cette odeur de moisi, est-ce une impression ? Dans la cuisine, le beurre, les biscottes, la confiture, le café fumant l'attendent, comme chaque matin. Et le voici descendant le perron. Le gravillon crisse sous ses semelles. Chantal est déjà là. Elle aussi a ouvert les fenêtres en grand.

— On ne guérit pas dans le renfermé.

— Qui, ce matin ? demande-t-il machinalement.

— Mme Merlin à 8 heures, le petit Sam à 8 h 30 pour ses coliques. Je vous dis la suite ?

— Non, ça ira pour l'instant…

— Et… ajoute Chantal.

— Et ?

— Une dame que je ne connais pas, chuchote-t-elle. Je ne l'ai jamais vue par ici. Elle est canon.

Paul hausse des sourcils indifférents. Il prend les deux dossiers patients et file dans son bureau pour ouvrir l'autre porte, celle qui donne sur la salle d'attente.

Mme Merlin vient pour sa fille.

— Dans la famille, on est des bons mangeurs. Alors, de la voir flotter dans son pantalon, ça nous rend malades. Elle veut avoir un creux entre les cuisses, vous vous rendez compte, docteur, un creux entre les cuisses !

Paul propose de voir l'adolescente seule en consultation.

— Et vous, madame Merlin, comment ça va ?

— Toujours des problèmes d'intestins. Je digère mal le chou.

Suit le petit Sam, deux mois, un bébé en pleine forme dont le visage se crispe de douleur soudainement. Paul a du mal à convaincre la maman primipare que tout va rentrer dans l'ordre. Avant ses six mois.

— Regardez sa courbe de poids, presque verticale. Quel costaud !

— Personne suivante, dit-il en ouvrant la porte de la salle d'attente.

Il reçoit un coup au cœur. Ce n'est qu'une masse de cheveux blonds et bouclés penchée sur un magazine, mais il l'identifie aussitôt. Comme la première fois, elle est vêtue de blanc. Une fillette est assise à côté d'elle.

— Madame… commence le docteur Ménard en lisant le nom inscrit sur le dossier. Madame… Ellis ?

— Oui, c'est bien moi ! répond une voix suave.

Lorsqu'elle se lève, son manteau glisse à ses pieds et dévoile des proportions si parfaites que les patients en restent bouche bée. Sa robe moule un ventre à peine rebondi, des fesses denses, une poitrine haute, des jambes longues, une taille marquée. Elle n'esquisse aucun geste pour ramasser le vêtement.

— Ma chérie, s'il te plaît… dit-elle en se tournant vers sa fille.

La petite comprend. Elle se baisse.

— Merci, mon cœur, tu es un amour, sourit la mère.

Les malades se sont interrompus pour admirer cette blondeur qui absorbe la lumière et obscurcit le décor. On dirait Marilyn. Le docteur Ménard en reste médusé.

Comme elle s'avance vers lui, il cache son trouble en consultant ses dossiers.

— Oh ! pardon, je me suis trompé, c'est au tour de M. Magne.

— Ah ! quand même, on se rappelle que j'existe ! grommelle un vieux monsieur qui entreprend de redresser sa mauvaise jambe.

Il va pour entrer dans le bureau du docteur, quand Mme Ellis s'interpose :

— Vous permettez ? Je suis si horriblement pressée…

Le vieil homme commence à protester, mais elle lui décoche un sourire resplendissant, enjôleur, enfantin. Il hésite et, devant cette beauté, baisse les armes.

— Je vous en prie, charmante madame. Je suis de la vieille école. Je ne peux pas résister à une jolie femme…

Mme Ellis remercie chaleureusement.

— Merci, monsieur. Vous êtes un homme rare. Un homme comme on n'en fait plus, dit-elle en posant une main sur la sienne.

Le vieillard se rassied. Il tremble comme s'il avait embrassé une « vedette de ciné » pour reprendre une expression de son temps. Paul s'efface pour laisser entrer la mère et la fille. Au passage, il respire un parfum subtil, entre miel et lilas blanc. Il les invite à s'asseoir dans les fauteuils invités et commence la consultation :

— On ne se connaît pas, je crois.

La dame blanche éclate de rire.

— Oh ! mais si, docteur, nous nous connaissons très bien. Nous nous sommes croisés dans Saint-Rémy. Je marchais dans la rue ; vous étiez en voiture. Vous avez même failli percuter un car…

Et de nouveau, comme la première fois, elle plante dans le sien un regard amusé.

Le docteur Ménard rougit jusqu'aux oreilles et se retourne pour chercher une fiche vierge dans le meuble métallique où il range ses cartes de visite, ses enveloppes, etc. Lorsqu'il se retourne, elle regarde ailleurs. Il toussote.

— Vous êtes donc Mme Ellis, et vous habitez ?

— 12, route des Champverts à Cernon-en-Beauce, c'est à quinze kilomètres d'ici.

Paul sourit.

— Je connais.

Il n'ose pas demander les renseignements habituels sur l'âge, le poids, la taille…

— Et… que puis-je pour vous ?

— J'ai des maux de tête épouvantables.

— Depuis combien de temps ? demande le médecin.

— Depuis toujours.

— Pourriez-vous dater ce toujours ?

— Toujours !

— Est-ce depuis l'enfance, l'adolescence, au moment des règles ?

— C'est tout le temps, avec des périodes d'accalmie.

— Avez-vous consulté ?

— Oh ! oui, souvent. Mais les médecins… il y a de tout. On m'a dit que vous étiez le meilleur, alors je viens vous voir.

Le docteur Ménard ne relève pas. Il la regarde le moins possible.

— Car vous êtes le meilleur ? insiste-t-elle, comme prise d'un doute.

Il émet un son vague.

— Ah bon ! J'ai eu peur, dit-elle, soulagée. J'aurais détesté consulter le énième spécialiste.

— Je ne suis pas spécialiste, précise Ménard.

— Un bon généraliste vaut mieux qu'un mauvais spécialiste, non ?

Refusant de s'engager dans une polémique, il poursuit son interrogatoire tandis que l'enfant, les cheveux dans les yeux, fixe un point devant elle. Elle est aussi éteinte que sa mère est lumineuse, aussi muette qu'elle est bavarde, aussi réservée qu'elle est entreprenante. Elle possède un joli minois, des yeux noisette, des taches de rousseur, une merveilleuse chevelure auburn. C'est l'expression fermée qui est dissuasive.

— Et quel est ton prénom ? lui demande Paul gentiment.

La fillette lève la tête. Il remarque alors qu'elle a des écouteurs dans les oreilles. Elle n'a pas entendu la question.

Sa mère répond pour elle.

— Céleste. Elle s'appelle Céleste. J'avais beaucoup de mal à être enceinte. D'où son prénom : Céleste, comme tombée du ciel. Et puis, j'aime bien la femme de Babar.

Paul sourit.

— Passons à côté, je vais vous ausculter, dit le docteur Ménard qui la précède.

Mme Ellis monte sur le marchepied pour s'asseoir sur la table d'examen. Elle attend qu'on lui dise quoi faire. Elle se tient droite, les deux mains serrées entre les cuisses, les pieds ballants, une allure d'enfant sage.

— Je vais prendre votre tension.

Le docteur Ménard s'apprête à écouter son rythme cardiaque. Il transpire. Surtout ne pas respirer son parfum. Surtout ne pas toucher sa peau. Respirer…

— Respirez ! commande-t-il.

Il l'ausculte.

— Vos maux de tête, est-ce bien par ici ? dit-il en appuyant sur l'arrière du crâne…

Elle acquiesce.

— Sur une échelle de un à dix, où situez-vous l'intensité de la douleur, en sachant qu'à deux elle est faible, à dix insupportable ?

— Huit.

— C'est vraiment beaucoup, presque intenable…

— Mais c'est intenable ! s'écrie-t-elle.

— Je vais vous prescrire un scanner et des antidouleurs. Vous n'êtes pas allergique ?

— Non. Enfin… si, je suis allergique aux médiocres…

— Aux médocs ? s'étonne Paul.

— Aux médiocres, reprend-elle. Ceux qui jugent, qui jalousent, qui épient.

Cette véhémence le surprend. Que viennent faire ici les médiocres ?

Ils reviennent dans le bureau. Céleste n'a pas bougé.

Pendant qu'il rédige les prescriptions, Ménard se sent observé. Il pense à sa vieille veste, à son front dégarni, à ses chaussures négligées.

— Ceci devrait vous soulager, dit-il en lui tendant l'ordonnance. Un comprimé matin, midi et soir pendant les repas. Nous ajusterons le traitement…

Mme Ellis est déjà debout. L'enfant lui emboîte le pas.

— Dis au revoir au docteur, ordonne la mère. Tu peux même l'embrasser.

Céleste se hisse sur la pointe des pieds, tandis que Paul se baisse et tend la joue pour recevoir ce baiser forcé.

17 octobre 1998
Extrait de l'audition de Paul Ménard

« Je n'ai jamais trompé ma femme. Je ne suis pas ce genre d'homme. Surtout pas dans l'exercice de ma profession. Dès que je pose mon stéthoscope, je ne pense plus qu'au nombre de pulsations cardiaques à la minute. J'ai toujours su résister aux avances. En plus de vingt ans de pratique, il y en a eu, forcément. Un docteur est aussi un confident, presque un ami. Je n'ai jamais ne serait-ce qu'entrouvert la porte. En termes de santé, je connais les ravages de l'infidélité : maladies, dépression, addictions...

Je me suis méfié de Camille (encore plus que des autres), mais elle est d'une telle beauté physique et morale ! J'étais comme aspiré par son aura. Toutes les alarmes clignotaient : attention danger ! Mais il fallait que je vive cette histoire. C'était une sorte de fatalité. J'aimerais cette femme toute ma vie, mais de loin et platoniquement. Autrement dit, je n'avais pas l'intention de devenir son amant. C'est sa souffrance qui a rompu le barrage, sa souffrance qui a mobilisé en moi le médecin et l'homme. »

- 7 -

5 mai 1997

Planté devant le miroir de sa femme, Paul fait le point. Biceps mous, mollets de poulet, ventre… trop de ventre, son constat est sévère. Front dégarni. Et la barbe, est-ce vraiment une bonne idée ? Il devrait bouger, s'entretenir. Il le recommande à ses patients mais ne fait rien pour lui-même. Apparemment, les cordonniers sont les plus mal chaussés, et les médecins les plus mal soignés. Il se sent vieux, moche et s'en fait le reproche.

Daniel Beynac lui a souvent proposé de venir courir avec lui le dimanche matin au bois de Misset. Paul a accepté. Puis décliné. Des urgences, d'autres priorités. Au fond, Paul est physiquement paresseux. Il ne caresse que l'idée du sport.

— Alors faisons du vélo, a proposé Daniel. Pédaler à travers champs, vous verrez comme c'est grisant.

Ce matin-là, entre deux patients, Paul saisit son téléphone mobile.

— Bonjour, Daniel, c'est Paul Ménard. Je ne vous dérange pas ? Vous allez rire mais je me suis réveillé en pensant que je devais me prendre en main. Êtes-vous toujours d'accord pour le vélo du dimanche matin ?

— Avec plaisir, mais comme je ne suis pas un amateur, voici mes conditions. La première : on s'y tient au moins quatre dimanches d'affilée. La seconde : vous achetez l'équipement.

— L'équipement ?

La dernière fois que Paul a enfourché une bicyclette, il suffisait de monter sur une selle et de pédaler.

Daniel éclate de rire.

— Un casque, un cuissard et des chaussures de cycliste. Allons les choisir ensemble.

Ménard est surpris. Acheter des vêtements, sans Hélène !

— Je peux vous écrire un mot d'excuse, propose Daniel, qui ne résiste pas à une impertinence.

Paul a un sursaut d'orgueil. Pas besoin de permission ! Il est un grand garçon et, pour une fois, ses malades peuvent se passer de lui.

— Samedi, 13 heures au centre commercial de Misset ? Nous pourrions déjeuner avant ?

— Parfait ! répond Daniel, ravi.

Cet élan d'émancipation réjouit Paul. Il n'a aucun souvenir d'autonomie. Toujours obéissant, toujours bon garçon, s'effaçant pour le bien d'autrui. Il appelle chez lui :

— Samedi midi, je déjeune avec Daniel Beynac !

— Ah bon ? s'étonne Hélène. Très bien, j'en profiterai pour aller voir Maman.

Voilà bien le pragmatisme de sa femme ! Il pose un acte d'émancipation magistral et… elle s'organise joyeusement.

Jean bien coupé, chemise bleue piquetée de points de couleur, veste marine, chaussures à lacets couleur camel. Paul aimerait avoir l'élégance de Daniel. Avec une pointe d'envie, il le regarde arriver, grand, mince, souriant, bien dans sa peau. Ils partent à la recherche d'un endroit pour déjeuner et s'arrêtent devant un restaurant de cuisine traditionnelle française. Des nappes à petits carreaux rouges et blancs, un menu qui évoque les saveurs de l'enfance : poulet fermier, clafoutis, tarte aux pommes. Ils s'assoient au fond de la salle. Des haut-parleurs diffusent le tube de l'année : « Savoir aimer ».

Daniel étudie la carte avec soin. Il choisit une andouillette AAAAA.

— Avec cinq A, précise-t-il, c'est bon signe, nous avons affaire à des connaisseurs.

— Des connaisseurs ?

— L'Association Amicale des Amateurs d'Andouillette Authentique, d'où les cinq A.

— Ah, je l'ignorais, réplique Ménard, ravi de s'instruire.

Il se sent en voyage, curieux, dépaysé, loin de la médecine, enfin ! Et en bonne compagnie.

Tout naturellement, leur conversation glisse sur les femmes.

— Que serait-on sans elles ? demande Daniel. Il n'y aurait ni beauté, ni tendresse, ni douceur. J'ai aimé toutes les femmes que j'ai connues – au moins quelques heures, parfois plusieurs années…

— Et sans jamais perdre la tête, dit Paul. Vous devez aimer comme vous mangez, en dégustant chaque bouchée, en toute conscience.

— C'est exactement ça ! J'ai aimé, j'ai souffert mais j'ai toujours gardé le contrôle.

Ils terminent leur déjeuner sans dessert ni café (Daniel évite le sucre et les excitants). Ils montent un étage du centre commercial en direction d'un magasin de sport, passent devant une boutique de vêtements pour hommes.

— Je vais m'acheter cet équipement de vélo, mais j'aimerais aussi m'habiller sur vos conseils, dit Paul. Vous voulez bien ?

— Avec plaisir ! C'est une excellente idée !

Ils entrent. Paul essaie des vestes, des pantalons. Il choisit une chemise lilas, très pâle, avec un col « moins pelle à tarte » que l'ancienne, constate la vendeuse. Des chaussettes de marque française, des chaussures aux teintes subtiles, une paire gris souris, une autre violet foncé. Daniel propose. Paul décide et se trouve amélioré.

- 8 -

Paul devient un homme élégant. Il perd un peu d'estomac. Daniel lui a tant parlé d'amour que, sexuellement, il se sent plus expert…

— Pour devenir un dieu au lit, c'est très simple, vous pratiquez l'antithèse du porno. Vous approchez la femme avec douceur, vous la caressez, vous lui faites des compliments, vous lui dites à quel point elle vous plaît, vous essayez de découvrir ce qu'elle aime, ce qui la fait vibrer. Et progressivement, sans la brusquer, avec respect, vous l'amenez à innover sur des terrains coquins dont elle n'a même pas idée. Mais surtout, vous apprenez à vous retenir, à jouir à demi, c'est-à-dire à fractionner l'éjaculation, afin de tenir plusieurs heures, voire toute une nuit. C'est incroyable que les hommes ne sachent pas ça ! Je propose un dépucelage obligatoire, par des professionnelles du sexe, de tous les garçons, dès l'âge de quinze ans. Ce serait une sacrée révolution ! Et on ferait des heureux, et des heureuses !

En repensant à cet échange, Paul sourit. Il retrouve sa joie de vivre et le plaisir d'en parler à Hélène. Il lui raconte leurs sorties à vélo, leurs considérations sur les femmes en guettant ses réactions. Elle l'écoute placidement. Elle n'a pas d'avis. Elle aime faire l'amour vite, dans la même position, celle du missionnaire.

Au cabinet, Paul consulte de plus en plus souvent son agenda.

— Qui, aujourd'hui, Chantal ? Qui, cet après-midi ? Qui, ce matin ? Et lundi ?

Il espère que ce sera Mme Ellis et lorsqu'elle s'annonce, il est pris d'une sorte de fièvre. Il réfléchit à sa tenue. Il vérifie son haleine. Il se sent gauche, intimidé, il a l'impression qu'il ne sera jamais assez bien pour elle et pourtant il est impatient de la voir.

Trois mois après leur premier rendez-vous médical, elle crie victoire.

— Je souffre beaucoup moins, docteur. C'est miraculeux ! C'est la première fois que j'ai un peu de répit. Aucun de vos confrères n'est venu à bout de cette barre que j'ai sur le front, en permanence.

— Mais… vous me parliez d'une douleur sous l'occiput, à l'arrière de la nuque !

— Partout, j'ai mal partout. Difficile de localiser un étau qui vous compresse le crâne. Je devrais plutôt dire « j'avais mal », car la douleur s'est envolée. Cela dit, j'ai toujours mes insomnies. N'ai-je pas une mine de déterrée ?

Ménard hoche la tête. Pour abîmer sa beauté, il faudrait bien plus qu'une mauvaise nuit.

Détendue, elle fait le tour du bureau.

— Vous êtes sûr ? dit-elle en approchant son visage du sien pour qu'il la voie bien.

Paul bondit de son siège et propose vivement de passer à côté.

— Pas tout de suite, supplie-t-elle.

Il la raccompagne à son fauteuil.

— Il faut que je vous parle, madame Ellis. Je vous ai prescrit un bilan biologique que vous n'avez pas effectué. Je vous ai donné un traitement que vous n'avez pas suivi. Il m'est difficile de vous soigner dans ces conditions…

— Et pourtant je suis guérie !

— Je ne crois pas, madame Ellis. Vous avez eu des maux de tête sans maux de ventre, puis des maux de ventre sans maux de tête, et maintenant des insomnies. Vos symptômes sont aussi déroutants que vos avis. Hier, vous doutiez de mes capacités. Aujourd'hui, je fais des miracles.

La réaction de sa belle patiente le désarme : elle enfouit sa tête dans ses mains, ses épaules semblent secouées de sanglots.

Le docteur Ménard se lève précipitamment.

— Camille, écoutez-moi !

Il vient de l'appeler par son prénom ! Il est confus. Il n'aurait pas dû. C'est une erreur. Quand elle relève la tête, il croit lire dans son regard une lueur de victoire, aussitôt dissipée.

— Madame Ellis, bredouille-t-il, je ne voulais pas vous accabler, mais comment dire ? Vous ne souffrez d'aucune tumeur, d'aucune anomalie détectable, si bien que… enfin… vous… vous savez sans doute que le corps et l'esprit sont intimement liés.

Elle le regarde avec le sérieux d'une élève appliquée.

— Je crois, continue Ménard, qu'il peut y avoir chez vous… (Il hésite.) Une légère composante… une composante, disons… psychologique.

Camille baisse les yeux.

Le docteur s'inquiète : l'aurait-il blessée ?

Lentement, elle relève son joli visage et reconnaît humblement que, oui, elle est fragile, hypersensible. Elle a besoin de soutien.

Justement, il pensait – si elle le désirait – l'adresser à un confrère psychothérapeute, qui…

— Je ne veux que vous, Paul, s'écrie-t-elle. Que vous ! Si vous prenez soin de moi, je ne risque rien !

— Parce que vous avez des idées sombres ? s'inquiète-t-il.

Elle élude la question d'un geste qui lui est familier, comme si elle chassait une mouche.

— Mon mari fait une brillante carrière dans l'armée de l'air, confie-t-elle. Il est souvent absent, plusieurs semaines d'affilée, en ce moment même. Il s'amuse et je reste ici, sans famille, sans amis. Je me sens si seule parfois…

Elle fond en larmes, se reprend :

— Je ne veux pas vous embêter.

— Mais je suis là pour ça, madame Ellis.

— Tout à l'heure vous m'appeliez Camille.

— Je vous écoute… Camille.

Elle évoque sa santé fragile depuis l'enfance, des grossesses extra-utérines, des maux de tête, des maux de ventre, mais aussi des insomnies et une nervosité, des sautes d'humeur, une irritabilité, une anxiété… Le docteur Ménard note scrupuleusement ces nouveaux symptômes. Il n'arrive pas à clore la consultation. Il voudrait qu'elle reste là, sans jamais s'arrêter de parler et, quand elle se lève pour partir, il la regrette déjà.

— Puis-je vous demander quelque chose, docteur ?

— Bien sûr, tout ce que vous voudrez.

— C'est quelque chose d'un peu personnel.

— Dites toujours.

— Eh bien, pourriez-vous retirer vos lunettes ?

— Pardon ? s'exclame Paul.

Le voyant surpris, elle se ravise.

— Je comprendrais que vous refusiez. Je ne voudrais pas vous gêner.

— Je veux bien, mais c'est… inattendu.

— C'est très important, le regard. Or, je ne vois pas le vôtre. Il est caché par vos lunettes.

Ménard hésite, sourit d'un air gêné, montre ses yeux.

— Je suis complètement myope, dit-il en s'appuyant sur un coin de bureau.

Elle lui attrape le bras.

— Approchez-vous de la fenêtre ! S'il vous plaît, insiste-t-elle.

Il est entraîné vers la lumière. Elle est si proche qu'il peut sentir son parfum sucré. Il s'agace de ne pas savoir définir cette odeur fraîche d'enfance et de printemps mêlés. Il pense aux patients qui attendent à côté. Il juge la situation ridicule et cocasse.

— Je le savais ! s'écrie-t-elle. Je le savais !

Il hausse les sourcils. Elle explique :

— Ils sont violets !

— Quoi ?

— Vos yeux, ils sont bleus, presque violets ! Avec de longs cils noirs, c'est sublime ! On ne vous l'a jamais dit ?

Paul bredouille. Il se rappelle ce que disait sa mère : « Des yeux de fille, tu as des yeux de fille ! Ceux de Liz Taylor ! »

— Que de beauté cachée ! poursuit Camille. J'aimerais vous effeuiller.

Effeuiller… Comme le mot est évocateur. Il l'imagine déboutonnant sa chemise, défaisant sa ceinture.

Il rougit, se réfugie dans la salle d'examen en bredouillant une excuse.

Quand il revient dans son bureau, il a repris son sang-froid. La démarche décidée, les lunettes fermement enfoncées sur le nez, il reconduit Mme Ellis vers la sortie.

« Assez de mollesse et de sentiments ! » se dit-il. Ce petit jeu a assez duré. Il doit remettre de l'ordre dans sa vie et redevenir le rigoureux docteur Ménard.

C'est alors qu'un geste ruine cette sage résolution. Tout près de lui, Camille lui fait face. Elle pose la main sur le haut de son torse et l'y abandonne un moment. Le cœur de Paul s'emballe. Elle le regarde intensément et lui sourit.

— Et vous, Paul, chuchote-t-elle à son oreille, est-ce que vous prenez soin de vous ?

Et elle l'embrasse sur la joue en laissant une main langoureuse glisser le long de sa chemise. Parcouru par une sorte de courant électrique, il se met à trembler. Camille, son parfum, son haleine légère, se diffusent en lui, comme une ivresse. Il ne la voit pas partir.

Il se sent perdu. Il n'est plus que trouble.

Dès cet instant, les gestes, les mots, les regards de Camille le possèdent, corps et âme. « Effeuiller… Et vous, Paul… est-ce que vous prenez soin de vous ? Vos yeux… sublimes… Je ne veux que vous. Que vous, Paul. » Il ne fera rien pour l'aimer. Rien pour la revoir. Mais désormais, qu'il mange, qu'il conduise ou consulte, que ce soit le jour ou la nuit, le matin ou le soir, en été comme en hiver, le docteur Ménard est hanté.

- 9 -

17 octobre 1998
Extrait de l'audition de Camille Ellis

« J'ai continué à voir le docteur Ménard parce qu'il est le meilleur médecin de la région et que ma fille est de santé fragile. Et moi aussi. Mais j'ai toujours été mal à l'aise avec lui. Il avait une façon de me regarder, de me toucher que je trouvais bizarre, presque malsaine. Plusieurs fois je l'ai surpris en train de me suivre ou de m'épier. La première fois, c'était en mai à Saint-Rémy. Je marchais dans le village, j'avais une course à faire. J'ai senti que quelqu'un me suivait. Quand je me suis retournée, j'ai vu la voiture du docteur Ménard qui ralentissait. Arrivé à ma hauteur, il m'a dévisagée, ça m'a fait froid dans le dos. Au point qu'il a failli rentrer dans le car scolaire qui arrivait en face. Le chauffeur a dû klaxonner pour éviter l'accident. »

19 décembre 1997

Un soir en décembre, alors qu'il s'attarde au cabinet après le départ de Chantal pour ranger des papiers, le téléphone sonne. C'est Camille Ellis qui souffre d'un problème à l'aine, une sorte de déchirure. La douleur l'empêche de conduire. Le docteur pourrait-il venir l'examiner chez elle ? Ce n'est pas une urgence, bien sûr, mais s'il pouvait passer pour s'en assurer, elle lui en serait infiniment reconnaissante.

L'heure des consultations est passée. Il sait qu'il devrait rentrer chez lui, dîner avec sa femme, essayer de penser à autre chose qu'à l'envoûtante Camille… Mais l'attraction est trop forte.

La nuit est tombée. Paul Ménard vérifie que sa cravate est bien droite. Il monte dans sa voiture, emprunte la route départementale, met son clignotant, tourne à gauche sur la route communale qui mène à Cernon. Les champs couverts de givre scintillent sous la pleine lune. Les fenêtres éclairées des fermes éparses rappellent que la plaine palpite, même en hiver. De la fumée s'échappe des cheminées.

Dans les cuisines, on s'affaire.

Paul voit tout mais ne regarde rien. Il est comme en suspens, le cœur battant. Il l'enlace, tente de se concentrer sur la lumière des phares, un baiser, il actionne les essuie-glaces. « Vos yeux, sublimes ! Vous êtes un magicien. » Et si elle l'aimait aussi ? La route des Champverts, la sixième maison à droite, au numéro 12.

Éclairé par un réverbère, le crépi paraît d'une profonde couleur ocre. Les tuiles mécaniques ondulent en teintes chaudes. Un bonhomme de neige avec son bonnet de laine, son écharpe, sa carotte en guise de nez, garde l'entrée. Une couronne de Noël égaie la façade.

La tristesse s'abat sur Paul. Hélène et lui seront seuls cette année. Pour la deuxième fois.

— Cela prouve au moins que nous ne les avons pas culpabilisés, constate Hélène.

« Nous aurions dû, pense Paul, ils auraient le sens de la famille ! »

Ne trouvant pas la sonnette, il pousse le portail, suit les dalles branlantes, passe devant le bonhomme de neige et se présente à la porte d'entrée. Le carillon lui rappelle l'enfance. Camille paraît aussitôt, comme si elle l'attendait. Elle porte une longue robe blanche décolletée épousant sa ligne parfaite. Ses cheveux bouclés encadrent son visage maquillé. Elle est de toute beauté.

La maison l'enveloppe d'un air chaud. Des bûches crépitent dans la cheminée. Camille le délivre de son manteau doublé et le précède dans un salon aux teintes orangées qui dansent à la lueur des bougies. Il remarque le couvert mis pour deux.

Elle lui prend la main et l'entraîne vers un canapé, en s'excusant qu'il soit « vieux et râpé ».

— Ma fille dort chez une voisine, dit-elle en s'asseyant. Et mon mari est en mission pour une dizaine de jours. Vous ai-je dit qu'il est officier dans l'armée de l'air ?

Les pans de sa robe s'entrouvrent et dévoilent ses cuisses rondes, ses genoux dessinés.

Il détourne le regard, vivement, comme on retire sa main du feu.

— Asseyez-vous, Paul ! dit-elle avec courtoisie.

Face à lui, à côté de la cheminée, posés sur un dressoir blanc, un portrait de Céleste et une photo de mariage.

L'homme porte un uniforme. Camille s'est éloignée. Paul se lève pour mieux voir. C'est un géant. Il a des cheveux clairs, des traits réguliers, une mâchoire ciselée, des paupières tombantes, un petit air de Kennedy. Son mari, sûrement, aussi beau qu'elle est belle.

Paul est assommé par cette évidence, que croyait-il donc ? Que le couvert était dressé pour lui ? Que la belle au bois dormant attendait son prince charmant ? Il se sent si bête. Il voudrait rentrer, là où l'attend sa femme, une épouse à sa mesure.

Camille revient en portant un plateau avec deux flûtes de champagne et des amuse-gueule faits maison, annonce-t-elle.

— Vous êtes tout pâle !

Il fait diversion.

— Vous cuisinez ?

— Bien sûr. On me dit même bonne cuisinière. Je suis assez manuelle. Je jardine, je décore, je fais des confitures et des bouquets. Je couds moi-même mes robes. J'aurais pu devenir décoratrice ou styliste et, vous voyez, je n'ai rien fait.

— Vous élevez votre fille…

— Oh ! si peu. Elle a un caractère très indépendant.

Pensive, elle ajoute :

— Je me demande si elle aime quelqu'un… Enfin, nous ne sommes pas là pour parler d'elle mais de nous. À ce propos, savez-vous ce que nous fêtons ? dit-elle en s'asseyant à côté de lui.

— Mmm, non.

— Notre rencontre, bien sûr, et ma guérison, car vous m'avez guérie, Paul !

— Pourtant…

— Chut ! dit-elle en lui posant un doigt sur la bouche. Vous allez protester et dire que vous n'y êtes pour rien. Mais détrompez-vous ! Vous m'avez écoutée, comprise, dorlotée. C'est vous, Paul, le médicament ! Vous avez une sorte de génie médical, on ne vous l'a jamais dit ?

Le champagne aidant, Paul se laisse convaincre. Elle lui sert une flûte puis deux, puis trois.

— J'ai préparé un dîner léger : une timbale de saumon fumé, de la macédoine de légumes, puis du fromage, un mont-d'or, et une glace aux marrons glacés… Un repas très simple, comme vous voyez.

Paul prend soudain conscience de son retard.

— Il faudrait que je téléphone à…

Camille pose de nouveau une main sur ses lèvres.

— Ne prononçons pas les mots qui fâchent. Passons à table et n'y pensons plus, suggère-t-elle d'une voix douce, presque maternelle.

Il obéit en se disant qu'il ne fait de mal à personne. Hélène comprendra, Hélène comprend toujours.

Tout est de bon goût : la nappe gris clair, la vaisselle blanc et or, les verres en cristal. Des bougies se consument dans des photophores. Les décorations du sapin illuminent la pièce peu éclairée. La photo du major suit leur tête-à-tête avec bienveillance. Paul s'assied face à la porte-fenêtre qui donne sur le jardin. Il imagine Céleste sur la balançoire, les barbecues d'été, la campagne paisible alentour. Il aimerait être cet homme sur la photo, le mari. Hélas, pense-t-il, on ne refait pas sa vie. Quelle qu'elle soit, on doit la continuer sans amertume.

Camille revient, les bras chargés de verres à vin et de mignardises salées. Il est flatté qu'elle ait mis les petits plats dans les grands. Personne ne se donne autant de mal pour lui.

— Merci, Camille, c'est presque trop !

— C'est ma joie, Paul. Je vous dois tant. Trinquons sans culpabilité ! *Carpe diem* ! Vous connaissez sans doute l'expression : « Cueille le jour sans te soucier du lendemain. »

— Mais vous m'aviez parlé d'un problème à…

— J'y pense, docteur, j'y pense. Avant cela, je voudrais vous offrir un cadeau.

— Un cadeau ! Je n'ai même pas un bouquet… je…

— C'est Noël, n'est-ce pas ?

— Oui, mais…

— Ce n'est pas grand-chose… Pour me faire pardonner de vous avoir si souvent dérangé.

— C'est normal…

— Ouvrez ! dit-elle, en lui tendant un paquet plat, de la taille d'un livre.

Il pense à un cadre. Le bolduc doré est bouclé et démultiplié. Il déplie méthodiquement l'emballage, avec des gestes lents, comme s'il retenait son conseil de savourer l'instant.

— Ah, vous prenez votre temps ! s'exclame Camille. Bravo, Paul, vous êtes en progrès.

En réalité, il cherche une contenance. Ses enfants se moquent de lui. Selon eux, il sait donner mais si mal recevoir. Sur certaines vidéos familiales, ils l'ont filmé remerciant d'un air… dépité. « On dirait Droopy ! »

Craignant de rompre le charme, il ôte la dernière feuille de papier doré.

— Marilyn !

Il a poussé un cri. C'est un simple cadre en bois, avec une photo de Marilyn Monroe assise sur une chaise, les épaules nues, une simple robe de tulle blanc posée sur son corps dévêtu. Ses pieds, aux ongles vernis, se rejoignent. Elle a le regard perdu d'une femme-enfant rêveuse, qui serait sexy par accident. C'est une expression triste et touchante qui donne envie de la serrer contre soi, par affection d'abord et désir ensuite.

— Comment avez-vous su ? demande Paul, sincèrement ému. Comment avez-vous pu me deviner à ce point, je ne vous ai jamais parlé de Marilyn, et pourtant c'est…

— Nous nous ressemblons tellement, vous et moi, Paul. Bien plus que vous ne pensez. Croyez-vous aux âmes sœurs ?

Il hausse un sourcil sceptique.

— Moi, j'y crois, dit-elle avec conviction. Je crois qu'il existe des êtres qui sont faits l'un pour l'autre. Des êtres jumeaux qui ont une parenté psychique et même physique.

Elle ajoute d'un air modeste :

— Et puis ce cadeau… enfin, Marilyn… C'est un peu moi.

Paul balbutie un remerciement. Il pose le portrait sur sa sacoche. Camille le caresse du regard. Elle le rappelle à l'ordre, comme on gronde gentiment un enfant oublieux des bonnes manières :

— Eh bien, Paul, vous ne m'embrassez pas !

— Euh… si… bien sûr.

Elle est assise à côté de lui sur le canapé. Il se penche vers sa joue. Elle tourne la tête et lui offre ses lèvres fraîches. La chaleur du feu de cheminée, la lumière orangée diffusée par la bougie, le sapin illuminé de boules et de guirlandes, la photo de Marilyn si bien choisie et cette femme sublime qui le gâte… Il voudrait qu'une météorite tombe sur la Terre et arrête le temps sur ce bonheur ultime. Jamais il n'a été aussi troublé, aussi heureux qu'en sentant les lèvres de Camille goûter les siennes.

À table, il l'observe en train de boire de minuscules gorgées, dc se tamponner les lèvres d'un geste délicat. Ses yeux paraissent vernis, tant ils brillent. C'est le moment du café. Les bougies s'éteignent.

— Nous débarrasserons plus tard, dit-elle comme s'il était l'homme de la maison.

Elle lui prend la main et l'entraîne vers le couloir sombre. Elle le précède dans l'escalier. Une montée lente, un corps magnétique. Le tissu soyeux caresse ses hanches. Ses reins ondulent devant lui. Sent-elle son désir ? Il retire sa veste. Il a chaud. En pensée, il lui fait l'amour, déjà.

La chambre est à l'image du reste, sobre et soignée. Un lit à deux places, des rideaux de soie, un dessus-de-lit couleur d'opale, une commode ancienne, un parquet clair, un tapis kilim, deux tables de chevet, et rien d'autre.

« Comme c'est simple et beau », pense Paul, admiratif. Comparativement, le bric-à-brac du Château lui semble laid et encombré.

Camille s'allonge sur le lit. Sa robe à pans s'entrouvre sur ses jambes. Il détourne le regard, s'affole, invoque sa trousse oubliée dans la voiture.

— Tes mains suffiront, chuchote Camille.

Il sursaute au tutoiement sans équivoque. Elle prend sa main et l'approche de la racine des seins. Les doigts de Paul ont la légèreté d'une plume lorsqu'ils écartent la soie du décolleté. Elle attire sa tête vers sa poitrine pour qu'il écoute battre son cœur qui palpite vivement.

Sa peau est humide. Il admire sa finesse au bord de l'aréole claire.

Il s'essuie le front d'un revers de bras. Le poignet de Camille s'abandonne sur le drap. Il l'attrape pour prendre son pouls et distraire son désir saillant. Elle retire sa main lentement, redresse son corps vers lui. Il s'électrise. Elle rit, desserre sa cravate, déboutonne sa chemise, caresse son torse imberbe. Il se couche sur elle. Les lèvres humides, les mots empressés, elle murmure en s'offrant :

— Viens, mon Paul, viens…

- 10 -

En rentrant chez lui au petit matin, Paul Ménard se sent un homme nouveau. La nature s'éveille. Des couleurs pâles et froides habillent le parc. Il est encore chaud du corps de Camille, de leurs odeurs mêlées. Il grimpe les marches du perron quatre à quatre. Malgré la fatigue d'une nuit blanche, il se sent jeune et alerte.

Sa clé tourne dans la serrure, la porte s'ouvre. Une odeur de moisi lui saute au nez. Chez Camille, un parfum délicieux, le raffinement des couleurs discrètes. Chez Hélène, l'humidité de la moquette au mur, un amas de brocante, une atmosphère de crypte. Il compare les timbales de saumon fumé et le salé-sucré mal dosé, la vaisselle blanc et or et les assiettes ébréchées à fleurs bleues, héritées d'un lointain curé de campagne. Il compare la féminité de Camille et celle de son épouse, cheveux gris, peau fanée, jean et cardigan passés. Même au Moyen Âge, les femmes connaissaient les bijoux, le maquillage, la sophistication des tissus, la coloration des cheveux. Pourquoi la sienne est-elle si naturelle, si brute, si paillasse ?

Fixé sur ces pensées, il allume la lumière du salon et sursaute en voyant la table dressée, les assiettes intactes.

Il a raté leur sacro-saint vendredi soir ! Pour la première fois ! Il extrait son mobile de la poche intérieure de sa veste. Si elle l'interroge, que répondra-t-il ? La vérité. On ne ment que pour protéger son couple…

Aucun message d'Hélène. Il était si simple d'appeler ! Il monte à l'étage. Le tapis rouge a des motifs usés. Quand il tourne la poignée de leur chambre, Hélène gémit sans s'éveiller. Ce sera donc un jour comme un autre. Allongé sur le lit, encore brûlant de désir, il revit sa soirée et sa nuit avec Camille, se sent incapable de dormir. Il se relève et part travailler.

Le soir, au retour de Paul, Hélène sourit comme si de rien n'était alors que mille pensées l'agitent. Paul l'observe, il s'attend à une scène, mais elle se retient. Elle se rappelle sans doute le conseil de sa grand-mère : « Ma petite, lorsqu'on ne peut pas supporter la réponse, on ne pose pas la question. »

Sagement, elle se rabat sur un minuscule reproche :

— Tu aurais pu prévenir !

Il rétorque :

— Tu aurais pu appeler !

Le lendemain, Paul n'arrive pas à suivre son ami qui pédale vivement pour se réchauffer. Il est glacé. Casque en avant, doigts gelés, il fixe la roue de Daniel et sa silhouette mince qui oscille devant lui. Il n'en peut plus. Ses muscles se tétanisent. Ils traversent un sous-bois. Un soleil blême perce à travers les feuillages persistants. Ses poumons s'emplissent d'un air sec et froid. Il se sent purifié, épuisé, heureux, fragile. Il se concentre sur l'asphalte et propose :

— Arrêtons-nous, je n'en peux plus !

Assis au bord d'un fossé, leurs vélos couchés à côté d'eux, les deux amis grelottent. Paul repense à Camille, si chaude. Il hésite et se lance :

— Puis-je vous poser une question un peu spéciale ?

— Faites ! Plus elles sont spéciales, plus elles m'intéressent, répond Daniel, taquin.

— Euh… À quoi voit-on… C'est difficile à demander mais… Comment sait-on si une femme prend vraiment du plaisir ?

Daniel éclate de son rire joyeux.

— À mon avis, c'est un faux problème. Si elle simule, tant pis pour elle !

— Comment ça ? Je ne vous suis pas…

— Eh bien, si elle simule, je crois qu'elle est comblée, je ne cherche plus à la faire jouir plus, et mieux. Donc, tant pis pour elle !

— Ah ! dit Paul qui n'avait pas pensé à cette incidence.

Il se tape sur les bras pour se réchauffer et reprend :

— Mais pourquoi une femme simulerait-elle ?

— Oh ! pour des tas de raisons… Pour en finir, par exemple.

— En finir ? répète Paul d'une voix tragique.

— Elle n'aime pas ça, donc elle simule. Fin des ébats, explique Daniel.

— Ah ! lâche Paul.

— À moins qu'elle simule pour faire plaisir…

— Faire… plaisir, je ne comprends pas…

— Eh bien, pour faire croire à l'homme qu'il est un bon amant.

— Ah ! répète Paul, de plus en plus décomposé.

— Ou pour masquer une certaine froideur, continue Daniel.

— Une froideur ?

— Oui, les femmes frigides.

— Ah ! rabâche Paul, qui découvre la lune.

— Enfin, c'est ce que je crois, dit Daniel qui, devant tant d'innocence, se retient de rire.

— C'est compliqué ! soupire Paul en lâchant une spirale de buée.

Cette fois, Daniel s'esclaffe.

— Mais non, mon ami, ce n'est pas compliqué. Il y a les femmes amoureuses et les autres.

— Ah ! conclut Paul, piteusement.

Voyant sa tristesse, Daniel lui raconte l'histoire de cet Anglais qui fait l'amour à sa femme et qui s'interrompt brusquement.

— Il lui demande : « Que se passe-t-il, *darling*, je vous ai fait mal ?

— Non, pourquoi ?

— Vous avez bougé ! »

- 11 -

Extrait de l'audition d'Hélène Ménard

« Au début, il me parlait de Mme Ellis qui avait mal à la tête, au ventre, qui dormait mal. Et puis, c'est devenu "Camille" qui avait dirigé un centre de soins pour personnes handicapées, Camille qui avait fait Sciences-Po, qui avait un quotient intellectuel de 160. Camille qui faisait des timbales de saumon, qui s'habillait, se maquillait avec goût. Camille l'élégance. Camille le raffinement. Il s'est mis à critiquer le Château, qui ne lui plaisait plus, nos meubles, la couleur des murs, le rituel du vendredi soir. Il reniait toute sa vie. Je tombais des nues. Jusqu'ici, il ne se plaignait pas. Mais il y avait Camille, Camille l'âme sœur, Camille la parfaite, la surdouée. J'avais envie de répondre : "Et moi, je suis Bocuse et Brigitte Bardot !"

Pourtant, je refusais de penser qu'il me trompait. C'était inimaginable. Paul déteste les amours crapuleuses. Il les trouve sordides, dangereuses, dégueulasses... Un jour, le doute est devenu intenable.

Il fallait que je sache. Je suis allée trouver Chantal, l'assistante de mon... de Paul, et je lui ai posé carrément la question :

— Il me trompe ?

Je ne pensais pas la mettre si mal à l'aise. Elle a commencé à bredouiller. Elle avait le regard fuyant. Je ne l'avais jamais vue aussi gênée. Elle n'était pas la seule. On chuchotait dans mon dos. C'est ma cousine qui a mis les pieds dans le plat. Elle habite Orléans. Un soir, elle m'a téléphoné :

— Tu es au courant des bruits qui courent à ton sujet ?

— Quel genre de bruits ?

— Tu es cocue, ma belle ! (Ma cousine est plutôt directe.) Paul a une maîtresse. La femme d'un aviateur, paraît-il. On ne parle que de ça. Je voulais te prévenir, avant que tu l'apprennes par quelqu'un d'autre. Si tu veux venir à la maison, tu es la bienvenue. Quel salaud !

Elle nous voyait déjà divorcés.

Le seul avec qui je désirais en parler était Paul. Cette trahison, je n'arrivais pas à y croire. Il me paraissait si droit ! Et puis, tous les deux, on s'entendait gentiment...

Pardon, mais remuer tout ça...

J'ai su très vite que tout Saint-Rémy était au courant. Paul s'est mis à m'éviter. Il dînait au cabinet. Moi, dans la cuisine ou au salon à l'attendre, en ruminant toute cette histoire. Un jeudi soir, j'ai craqué. J'ai foncé dans son bureau, sans frapper. Chantal était partie. La salle d'attente était vide. Il était seul à... enfin, il était seul. J'ai attaqué bille en tête :

— C'est ta maîtresse !

J'espérais qu'il allait bredouiller une excuse. Pas du tout. Il m'a regardée droit dans les yeux.

— Oui, en effet.

Il l'a dit froidement. En ajoutant qu'il l'assumait tout à fait.

J'ai dû me tenir au mur pour encaisser le coup. J'ai continué :

— Et tu comptais me le dire quand ?

— J'y réfléchissais.

"J'y réfléchissais !" Il me crevait le cœur et monsieur réfléchissait à la meilleure façon de s'y prendre !

J'ai pris des feuilles qui se trouvaient sur son bureau, je les lui ai jetées à la tête et je suis sortie, bien décidée à ne pas me laisser faire. »

Depuis que Camille est entrée dans sa vie, le docteur Ménard est plein d'assurance. Au détour d'une phrase, il évoque la sublime couleur de ses propres yeux ou son génie médical. Hélène ne sait si elle doit rire ou pleurer de ces afféteries. Elle ne reconnaît plus l'étudiant studieux, le médecin passionné, qui croulait sous les cartes de vœux et les boîtes de chocolats à Noël. Son unique sujet d'intérêt désormais : Camille.

Hélène n'a-t-elle donc jamais compté ? Elle ne supporte plus ce prénom, « Paul ? Paul ! », qu'elle doit répéter pour qu'il entende. Ni ce sourire bête qui passe sur ses lèvres, son air absent, son alliance disparue de son annulaire gauche, ni ce portrait de Marilyn dans son bureau, ses fausses excuses pour ses retards du soir :

— De la paperasse à classer.

Hélène n'est pas dupe mais elle s'accroche à des clichés : « Tous les hommes sont volages. C'est une passade… » Les magazines féminins qu'elle a lus chez le coiffeur conseillent de se taire sur les sujets qui fâchent et de parler du passé, des enfants, des bons moments partagés pour « réveiller la flamme ». Mais Paul se moque du passé ! Il n'aime plus que le présent et Camille, la femme de sa nouvelle vie. Reste la dispute pour communiquer.

— Et d'ailleurs, si tu es honnête, toi non plus tu ne m'aimes plus !

Hélène bondit de sa chaise.

— Tu ne manques pas de culot ! C'est donc moi la responsable de tes frasques ?

— Cinquante-cinquante, affirme Paul. Et je te le prouve : ferme les yeux ! Et dis-moi quelle est la couleur des miens !

Hélène bredouille :

— La couleur de quoi ?

— De mes yeux, de mes iris, des deux billes qui sont derrière mes lunettes.

— Eh bien…

Elle est prise de court. Comme le cancre à l'école, elle a peur « d'avoir faux ». Sous la pression, elle dit n'importe quoi :

— Euh, je ne sais pas, moi… Ou plutôt si, attends, je sais… Évidemment que je sais ! Ils sont…

Elle cherche une nuance de couleur flatteuse. Les secondes s'écoulent. Elle ne veut pas avoir l'air de sécher. Elle se sent acculée.

— Eh bien, quoi, ils sont bleus. Ils l'ont toujours été. Tu m'agaces à la fin !

Paul prend la moue dépitée et victorieuse de celui qui prédisait la défaite.

— Ah ! Tu vois ! Tu ne m'as jamais regardé vraiment. Violets, mes yeux sont violets. Et tu ne l'as jamais su ! Et tu prétends m'aimer !

Hélène capitule. Que répondre à cela ? Désormais, Paul dort dans la chambre de Manon. Il traîne au cabinet, rentre chez lui quand Hélène est couchée. Il ne supporte pas sa mauvaise mine, ses yeux rougis et cette maigreur qui la gagne. D'un côté, la beauté solaire de Camille, son rire, ses rondeurs, son art de savourer l'instant. De l'autre, la dépression de sa femme, grise et vieillie.

- 12 -

12 mars 2002
Deuxième jour du procès
Déposition de Chantal à la barre des témoins

« On aurait dit qu'elle avait mis le pied dans la porte. Elle téléphonait le matin, à midi et ainsi de suite, toute la journée. Quand ce n'étaient pas des appels, elle débarquait au cabinet, en plein déjeuner. Il faut dire que le docteur gardait le nez sur son téléphone de peur de la manquer. Si c'était pas elle qui sonnait, c'était lui. J'ai compris qu'ils avaient une relation spéciale vers Noël 1997. Je me souviens, c'était un lundi, le docteur me convoque dans son bureau et, solennel, il ordonne :

— Chantal, vous ne faites plus payer Mme Ellis.

Sur ce, il ajoute une phrase qui fait mal :

— Et je ne veux pas de ragots ! C'est compris ? Pas un mot sur Mme Ellis, vous m'entendez, Chantal, pas un mot !

Ça voulait dire quoi ? Qu'il me prenait pour une concierge ? Qu'est-ce qu'il croit, le docteur !

Je sais tenir ma langue ! D'autant quand c'est professionnel. J'ai obéi. Je suis devenue muette comme une serpe, mais pas sourde pour autant. Et j'en entendais de belles ! Il se disait qu'il avait l'air déguisé, le docteur Ménard, avec ses belles vestes, ses chaussures neuves et sa mèche qu'il rabattait sur le crâne pour faire moins chauve. Cette coquetterie, ça ne lui ressemblait pas ! On racontait qu'elle et lui se promenaient main dans la main dans Cernon, à la tombée de la nuit. Il conduisait sa fille à l'école. Il lui faisait des courses. Leur liaison, c'était comme le loup blanc. Il suffisait d'écouter...

Avant, on s'entendait bien, avec le docteur Ménard. Souvent, on allait à l'arrière du cabinet et on prenait un bol d'air, en buvant notre petit café du matin. Je lui racontais les potins du village. On regardait passer les saisons. Je lui posais des colles sur les vieux mots. Ça l'amusait beaucoup. Il me disait toujours : "Mais, Chantal, où allez-vous chercher tout ça ?"

Du jour au lendemain, plus rien. Il était tout le temps pendu au téléphone. Un sacré scandale ! Mme Ménard, la pauvre, je la voyais avec ses yeux rouges, son air triste. Elle maigrissait à vue d'œil. Déjà qu'elle n'était pas bien épaisse ! Plus la Ellis gagnait du terrain, plus elle perdait du poids. Vers février, elle a repris des couleurs. Un jour, elle est arrivée au secrétariat, triomphante. On aurait dit qu'elle avait décroché la palme :

— Ça y est, Chantal, elle ment. Elle est cuite ! Elle ment sur toute la ligne ! qu'elle criait, en

agitant au-dessus de sa tête une grande enveloppe en papier kraft.

J'ai tout de suite compris de qui elle parlait.

— C'est une enjôleuse, et je vais le prouver !

Elle est entrée dans le bureau du docteur en laissant la porte entrouverte, si bien que j'ai entendu la dispute. Le docteur était furieux. Il parlait de trahison, de perfidie, de je ne sais quoi de méprisable. Et soudain, la porte s'est ouverte. Il poussait sa femme vers la sortie !

J'ai pensé que c'était vraiment le début de la fin ! »

Hélène surgit dans le bureau de Paul, en pleine consultation, sans frapper ni se faire annoncer – ce qui n'est jamais arrivé. Il lève la tête de l'ordonnance qu'il rédige. La vieille dame assise dans le fauteuil invités, son sac noir sur les genoux, fait de même. Une furie échevelée agite sous leur nez une grande enveloppe. Ils en restent bouche bée.

— Il faut que je te parle, Paul ! exige Hélène.

— Tu pourrais au moins…

— Maintenant ! C'est très important !

— Pardon, madame Clément, dit Paul. Ma femme semble avoir quelque chose de très important à me dire. Vous n'avez pas d'autres questions ?

— Non, docteur, dit la vieille dame qui ne veut pas déranger.

Le médecin l'aide à se relever et à marcher jusqu'à la porte, avec une sollicitude appuyée.

Hélène fulmine. Elle voit bien son manège : ralentir la sortie pour la faire enrager.

Quand Paul revient, il prend la posture d'un parangon de sagesse, prêt à entendre un discours hystérique en gardant son calme.

Hélène est sûre d'elle, combative. Rien à voir avec la petite femme amaigrie qui se posait en victime…

— Que puis-je pour toi ? demande Paul, condescendant.

— Ce que tu peux pour moi ? Comme si ça t'intéressait !

Elle a le ton acide des malheureux.

— Mais cette fois, je n'ai pas que des soupçons, j'ai des preuves !

Et victorieuse, elle jette l'enveloppe sur le bureau comme on abat un carré d'as au poker.

Paul se lisse la barbe, l'air indifférent.

— J'ai la preuve absolue que ta maîtresse est une mythomane. Elle n'a jamais fait Sciences-Po. Elle n'a jamais vécu à Paris. Elle n'a jamais dirigé de centre de soins. Elle n'a pas de père biologique richissime. Ses parents sont bien décédés dans un accident de voiture, mais tout le reste est faux, complètement faux ! Elle t'a menti sur toute la ligne et toi, évidemment, tu l'as crue !

Paul ne réagit pas.

— Mais regarde ! C'est écrit, là, noir sur blanc, hurle Hélène en martelant l'enveloppe d'un doigt rageur. J'ai fait mener l'enquête par un détective privé. Tout est consigné, argumenté, prouvé.

D'un bond, Paul se lève en posant ses deux poings sur le bureau, comme s'il allait cogner.

— Tu as fait quoi ?!

Hélène recule.

— J'ai fait mener une enquête sur ta maîtresse, oui, absolument !

— Mais… mais… Je n'arrive pas à y croire. C'est proprement ignoble ! Je ne peux pas imaginer que tu aies fait ça !!! Toi !!! Faire suivre Camille, la faire espionner ! C'est infâme ! Des… des méthodes de collabo.

Il éructe. Il est furieux, accablé.

Puis, vivement, comme s'il prenait une décision irrévocable :

— Sors de mon bureau, sors tout de suite ! dit-il en en balayant l'air de son index.

Comme Hélène ne bouge pas, il l'attrape par les épaules, lui fait faire un demi-tour sur elle-même et la pousse vers la sortie.

Il claque la porte derrière elle.

Sa femme étant expédiée, il se rassied, le cœur battant mais décidé à se calmer.

Il prend l'enveloppe, trace au feutre noir, en belles lettres majuscules : « CAMILLE ELLIS ».

Il éprouve un plaisir voluptueux à écrire ce nom adoré. Apaisé, il ouvre le dernier tiroir de son bureau, celui du bas, y glisse le document honni, ferme la serrure à double tour et met la clé dans sa poche. Il se jure de ne jamais trahir Camille en lisant cette enquête abjecte.

S'il avait un doute, il est levé. Désormais, il sait qui est vraiment Hélène : une hystérique, une perverse.

Ils ne se parlent plus. Elle vit recluse dans sa chambre, lui au cabinet.

Quand il n'est pas à Saint-Rémy, il est à Cernon. Camille le remercie pour les nombreux services qu'il lui rend. Chaque matin, en l'absence du père, il dépose Céleste à l'école. L'enfant boude sur le siège arrière qu'elle tient à occuper. Comme si le docteur était son chauffeur. Impossible d'arracher un sourire à cette gamine muette. Elle n'est pas ouvertement hostile, non. Elle le traite comme un domestique au service de sa mère. Elle n'a rien à lui dire, rien à apprendre de lui, ni aucun désir de se faire aimer de lui.

Paul en souffre. Il est habitué aux mercis des patients reconnaissants. Il est admiré et respecté de tous, sauf de cette gamine qui le toise ou l'ignore. Camille tempère :

— Ne te formalise pas. Elle est encore petite, ça passera. Elle apprendra à te connaître et à t'apprécier.

Un mardi comme les autres, après l'avoir déposée à l'école, il retourne au Château et trouve devant chez lui un camion de déménagement à moitié plein. Il monte les marches du perron deux par deux. Toutes les portes sont ouvertes, le salon sens dessus dessous. Il se précipite au premier. Des bruits de meubles que l'on déplace. Deux hommes apparaissent dans le couloir, les bras chargés d'une armoire enveloppée dans une couverture grise maintenue par des tendeurs. Deux autres costauds disparaissent derrière des piles de cartons.

Marie, sa belle-mère, les suit de près, un sac-poubelle dans chaque main. C'est une mamie blonde tout en rondeurs et en bienveillance. Il l'estime depuis le premier jour. Elle a pour ses enfants (comme elle dit en l'englobant) des attentions particulières. Lorsqu'ils séjournaient chez elle, elle leur prêtait volontiers sa voiture et glissait un peu d'argent de poche dans la boîte à gants, avec un petit mot du genre : « Amusez-vous bien ! »

À la remise de son diplôme de médecine, elle avait les larmes aux yeux, comme si Paul était son fils. Elle rabrouait Tarzan : « Allez, dites que vous êtes fier de lui ! »

En la voyant en haut des marches, Paul pense qu'elle lui manquera. Aujourd'hui, ses yeux, habituellement rieurs, ont une expression triste et sérieuse. Elle s'avance vers lui et l'embrasse, un geste qui le touche. Il craignait une disgrâce.

— Vous avez une seconde, Paul ?

Il acquiesce sans conviction.

— Allons nous promener un instant.

C'est une belle journée de printemps naissant. La nature s'éveille. Les jours s'allongent. Des crocus percent les plates-bandes. Il s'attend à un couplet sur le sens de la famille : « Mon petit Paul, on ne divorce pas, on s'accroche ! » Va-t-elle commencer par le comprendre pour l'amadouer : « Un moment d'égarement est si vite arrivé. Cela arrive aux meilleurs » ? Paul en bâille d'avance. Pas la peine de lui faire la morale, la sienne a changé de camp. Pour lui, désormais, être un homme bien, c'est aider Camille, soigner Camille, aimer Camille passionnément, mais discrètement, sans nuire à sa vie d'épouse et de maman.

— Vous faites une bêtise, Paul, attaque Marie avec son habituelle franchise. Vous commettez une énorme erreur…

Paul est saisi.

— Moi aussi, j'ai failli quitter le navire, déclare Marie qui ne croit pas au sermon, mais au partage d'expérience. J'avais la trentaine. J'étais belle. Il s'appelait Anne. Un prénom improbable, médiéval, que je trouvais magnifique, mais je digresse… L'été, Antoine travaillait à son cabinet pendant que j'emmenais les enfants en Vendée. Je passais les journées sur la plage, avec Hélène et ses cousins. Entre les baignades et les châteaux de sable, je m'ennuyais passablement, quand est apparu une sorte de Viking, blond, barbu. À quelques mètres de moi, il a sorti un gros sac de voyage et une minuscule serviette-éponge. J'ai éclaté de rire. Notre histoire a commencé ainsi. J'ai vécu auprès de lui des moments enivrants. Je ne pouvais plus m'arracher à son corps, à ses bras, à ses baisers. Nous étions collés l'un à l'autre. Je n'étais plus ni épouse ni mère. J'étais sienne. Un jour, alors que nous nous embrassions, une vieille dame s'est arrêtée : « C'est beau, l'amour ! » a-t-elle dit. Anne était un homme délicieux, tendre et sincère. Lorsqu'il commençait une phrase, je la terminais. Nous passions nos nuits à…

Paul est abasourdi.

— Moi qui vous croyais si…

— Si quoi, Paul ?

— Si… Je ne sais pas, moi… Pure, honnête.

— Pourquoi, Paul ? C'est malhonnête, l'amour ? demande Marie avec une pointe d'ironie.

Paul bifurque.

— Hélène était-elle au courant ?

— Bien sûr que non ! Ce sont des histoires d'adultes, et elle est ma fille. Mais vous semblez choqué. Vous me preniez pour une femme « convenable », n'est-ce pas ?

— Hum… Non… Ce n'est pas ce que je veux dire.

— Mais si, c'est ce que vous voulez dire ! Quand un homme est volage, c'est dans sa nature, dit-on. S'agissant d'une femme, c'est un scandale. Nous sommes très habituées à cette injustice morale. Quand vous aimez, Paul, c'est une révélation. Quand c'est moi, c'est une histoire de plage. Je me trompe ?

— Euh oui… enfin, non.

— Tout cela pour dire, mon cher Paul, que votre aventure est banale. Le départ des enfants, le deuil d'un parent, une vie professionnelle aboutie, une période de creux conjugal, moins de désir, moins de curiosité, et voilà que se présente l'âme sœur, celle qui vous comprend et vous révèle à vous-même en vous rendant plus jeune, plus beau, plus désirable. C'est ce qui vous arrive, Paul, n'est-ce pas ?

— Non.

— L'adoré se pare de mille couleurs. À côté, le conjoint fait pâle figure, évidemment. Relégué en zone grise. On ne le voit plus. On ne l'entend plus. On jurerait qu'il n'a aucun attrait, quand c'est notre regard qui ne sait plus voir, nos oreilles qui ne savent plus écouter, notre cœur qui ne sait plus s'ouvrir et notre amour qui ne sait plus s'émouvoir. Hélène n'existe plus pour vous, Paul, n'est-ce pas ?

— Je ne sais pas, Marie… Tout ce que vous dites… Vous êtes en train de penser pour moi !

— Du coup, vous n'êtes pas infidèle puisque la femme de votre vie n'est plus Hélène, mais… comment s'appelle-t-elle déjà ?

— Camille.

— Camille, c'est ça ! C'est un simple glissement. Vous passez de l'une à l'autre.

— Où voulez-vous en venir ? demande Paul sur un ton moins amène.

Cette vieille femme lui fait perdre son temps. Il n'a que faire de son expérience, *a fortiori* de ses histoires sexuelles. Il n'est pas là pour deviser avec elle. Il est là pour Camille, qui ne s'est pas manifestée depuis deux jours. Que se passe-t-il ? Pas un appel, pas un signe. Il est inquiet. Et s'il lui était arrivé quelque chose ? Et si son mari était rentré ? Et si le mari savait pour eux deux ?

— J'y arrive, j'y arrive, laissez-moi terminer… Donc, vous avez rencontré la femme idéale, vous allez quitter votre vieille épouse, devenue insignifiante comparée à la perfection…

— Et ?…

— Eh bien, vous emménagez avec votre âme sœur et l'idole s'effrite. Pas tout de suite, mais après quelques semaines, mois ou années. Ce sont d'abord quelques minuscules déceptions, quelques fissures… Tiens, ce n'est pas aussi magique que prévu. Vous découvrez que l'amour – tous les amours ont leur part de…

— C'est sinistre ! constate Paul. Je suis désolé pour vous, Marie, mais l'amour existe et il dure, quand on a trouvé la bonne personne pour soi. Votre Viking n'était pas le bon, voilà tout…

— Je suis restée avec Antoine pour les enfants.

— Les miens sont grands.

— Quand mon beau blond me hantait, j'oubliais Antoine. Je croyais que je ne l'aimais plus. Je l'avais seulement mis entre parenthèses. Mais je l'ai aimé de nouveau. Voilà ce que je voulais vous dire. Re-aimé sincèrement et, parfois, comme au premier jour. Car en amour, comme en musique, il y a des soupirs et des silences. S'aimer toujours n'est pas s'aimer tout le temps.

— Oui, Marie, je sais… lâche Paul avec impatience. Le problème est que je n'ai jamais aimé Hélène.

— Oh si, vous l'avez aimée ! J'en ai été le témoin. Elle vous manquait. Vous aviez besoin de sa peau, de sa voix, de sa présence…

— Je ne m'en souviens pas !

— C'est bien le problème. Mais un jour vous la regarderez à nouveau comme si c'était la première fois. Et elle vous plaira. Vous vous demanderez même comment vous avez pu cesser d'être charmé, ému…

— Je ne crois pas, Marie. Vraiment, je ne crois pas, et puis, pardonnez-moi, mais ce sont des propos de grand-mère…

Marie ne relève pas la pique.

— Soyez sincère, Paul, vous savez que vous commettez une erreur.

— Camille, une erreur ? Mais vous ne comprenez pas, Marie, dit Paul qui s'est arrêté de marcher pour lui faire face. Quand je suis avec Camille, les mots ont du sens. Les gestes ont du poids. Les minutes s'étirent. Le paysage s'éclaire. Les oiseaux chantent plus fort. Je ne parle plus dans le vide. Je ne suis plus un ovni égaré sur Terre. Je ne ressens plus cette solitude qui… Je suis habité. Je l'ai dans la peau. Nous ne sommes qu'un.

Paul serre ses mains l'une contre l'autre. Il s'interrompt. Marie le fixe, elle n'en croit pas ses yeux.

— Et puis, je me suis engagé vis-à-vis de Camille, dit-il plus posément.

Marie pousse un cri d'indignation :

— Ah, parce que avec Hélène, vous n'êtes pas engagé !

— Si, admet Paul d'une voix douce, mais autrement, il y a longtemps. Et puis, cette fois, c'est différent.

Il regarde sa belle-mère avec intensité et sérieux, comme s'il allait donner la clé du vrai, du grand amour.

— Je ne peux pas rater ça. Je ne peux pas passer à côté de cette histoire. Pour la première fois, j'aime quelqu'un corps et âme, sans aucune réserve. Je donnerais tout pour elle, absolument tout. Comprenez-moi, Marie : j'ai quinze ans et je suis vivant !

- 13 -

Il peut atterrir et décoller dans n'importe quelles conditions, sur des pistes courtes, des terrains sommaires, instables, sablonneux, dans des circonstances épiques et par tous les temps. Il vole sur la moitié du globe, de jour comme de nuit, pour secourir des blessés, sauver des réfugiés, larguer de l'eau, des vivres, des munitions, des hommes, du matériel. Il lutte contre le terrorisme et la piraterie, participe à des opérations d'évacuation. On le voit sur les lieux de catastrophes naturelles ou industrielles. Affranchi des autorisations d'atterrissage, il vole là où la France a besoin de lui.

Par respect et affection, les équipages l'ont surnommé « Pollux » ou « Schtroumpf » pour sa carlingue ronde et son gros nez qui lui donne l'air bonhomme. Il n'empêche, cette figure héroïque de l'armée de l'air fascine. Pilotes et mécaniciens aptes à voler sur cet avion et à l'entretenir sont triés sur le volet. C'est une élite soudée, admirable, admirée. On rêve d'en être. Marc Ellis en est. À trente-neuf ans, il est navigant depuis trois ans. Il a travaillé dur pour en arriver là. Il a passé des concours, fait ses preuves sur le terrain, convaincu ses chefs de ses compétences, de son sérieux, de son esprit d'équipe. Assis à l'avant entre les deux pilotes, on dit qu'il est Jésus, entre le bœuf et l'âne gris.

Pour ses collègues féminines, il est le plus bel homme de la base : 1,93 mètre, quatre-vingt-sept kilos de muscles et de souplesse. Un géant au visage doux, des yeux chauds, des fossettes quand il sourit, un nez droit, des lèvres pleines… Une femme s'écriera au procès : « Avec lui, c'était quand il voulait, comme il voulait. » Un élan de désir plutôt rare dans une cour d'assises.

Quand Marc est à Cernon, il peut être appelé à tout moment. Un officier de permanence l'avertit qu'il est attendu à la base dans une heure. Pour quelle destination, quelle mission, quelle durée ? Il le saura plus tard. Pour l'instant, il se lève sans faire de bruit. Il prépare, au hasard, un paquetage pour dix jours et pour « pays chaud », la zone d'intervention la plus probable. Il descend embrasser sa fille et saute dans sa voiture.

Pollux est encore endormi. Marc et ses hommes l'extraient des limbes selon un processus rodé, une check-list interminable et minutieuse, qui vérifie tout, de la tôle au plein de carburant, en passant par le bon état des portes latérales, des cadrans, du système d'allumage, des trains d'atterrissage, des hélices, des turbopropulseurs, etc. Puis ils passent à l'aménagement de la soute. Un équipement est spécifique à chaque mission : configuration lisse (sans passagers), configuration d'évacuation sanitaire, avec ou sans dispositif d'arrimage. Quand le cocher – autrement dit le pilote – arrive, l'avion est prêt à décoller. Assis dans le cockpit, Marc, un casque sur les oreilles, active boutons et manettes de ses doigts agiles.

— G1, G2, G3, G4, G soif… annonce-t-il.

Les plus maussades sourient à cette blague immuable. Soucis et plaisirs s'éloignent. L'équipage se met dans le bain. Habité par sa nouvelle mission, chacun se concentre en sachant qu'« il suffit d'un bug ou d'une distraction pour tout faire foirer ».

La nuit, les hommes, bercés par le ronronnement des moteurs, ballottés par les vibrations, regardent vers la terre. Des points lumineux signalent la présence d'êtres humains qui mangent, vivent et s'endorment, tandis que Pollux et son équipage veillent sur eux. Le matin, quand ils transpercent les nuages, la lumière crue du soleil les éblouit, un bel effet de paradis. Marc ne se sent vraiment à sa place qu'en vol, entre hommes unis par le péril et le sens d'une mission.

Aujourd'hui, Pollux rentre de Djibouti après trente-cinq jours de détachement. Il survole la base, située à équidistance de Cernon et de Saint-Rémy. Il pose ses trente tonnes de métal dans un bruit fracassant puis rejoint son hangar, avec le sentiment du devoir accompli.

Marc Ellis jette un dernier coup d'œil au poste de pilotage, comme on regarde une maison rangée après un dîner d'amis, heureux de la fête et de l'ordre rétabli.

À la base, il se sent utile, presque indispensable. Chez eux, il est prié de laisser son barda dans le garage, de retirer, avant de monter, sa combinaison, sa veste, ses rangers imprégnés de sable ou de boue. Il dépose son sac bourré de linge sale. Quand il arrive dans le salon, c'est à peu près nu, dépouillé de la tenue qui fait de lui un homme héroïque, un militaire.

Depuis quelques mois, Marc n'est plus le même. Le pli soucieux de son front montre que ça ne va pas.

Il parle peu, écrit beaucoup, cherche à téléphoner. Comme Camille ne prend pas ses appels et ne répond à presque aucune de ses lettres, il court, s'épuise au sport, tire sur des cibles. Il rapporte toujours un cadeau pour Céleste mais rien pour Camille, ces derniers temps.

Dans quelques mois, il volera pour la dernière fois. Sa veuve et sa fille seront là.

Ses collègues, en grand uniforme et gants blancs, seront au garde-à-vous. La sonnerie aux morts retentira. Suivra une minute de silence. Hissé par quatre camarades, le cercueil rejoindra la soute. En hommage à celui qui l'a si bien soigné et servi, Pollux tournera plusieurs fois dans le ciel. Au sol, on retiendra ses larmes. Même les officiers devront serrer les dents pour ne pas pleurer.

- 14 -

Fini, les appels du petit matin, les baisers volés pendant que Céleste grimpe dans la voiture, le café pris à la sauvette, entre deux visites. Camille ne donne plus signe de vie. Elle a prié son cher Paul de ne plus se manifester tant que son mari est présent, car c'est un homme très soupçonneux.

Hélène est partie. Paul reste enfermé dans son bureau. Il n'ose pas affronter le Château, son silence, les fantômes des meubles emportés, la penderie vide de leur chambre, son unique brosse à dents sur le lavabo. Mais sans le va-et-vient des patients, leurs toux, leurs protestations quand il est en retard, les pleurs des enfants, le cabinet est tout aussi vide. Un silence de plomb pèse sur la salle d'attente. Paul allume toutes les lampes, regarde par la fenêtre : la nuit est tombée. La campagne semble morte.

Il s'assied à son bureau, se relève, va au secrétariat, feuillette son agenda. Rien de spécial cette semaine et la suivante ? Ah, Lucie. Il connaît bien cette petite patiente effrayée, hypersensible, douloureuse depuis la naissance. Autiste sans doute. Il s'inquiète pour sa mère qui s'épuise physiquement, nerveusement, mais refuse de la placer et même de la confier ne serait-ce que quelques heures par semaine. On devrait parler plus souvent de ces héros du quotidien que sont certains parents et aidants…

Paul les accompagne, soutient l'une et l'autre. Des consultations compliquées – une complexité qui n'est pas pour lui déplaire. Il retourne à son bureau, prend une chemise dans un tiroir, prélève un gros feutre dans sa boîte à crayons, écrit dessus « AUTISME » en lettres majuscules et se promet d'étoffer ses connaissances. Il doit trouver une prise en charge qui convienne à la mère et à l'enfant. Ce projet en tête, il se sent mieux. Il regarde sa montre : 2 h 38 du matin. Son téléphone reste muet. Il se décide à rentrer chez lui.

L'absence de la petite voiture rouge d'Hélène garée à côté de la sienne lui donne un coup au cœur, comme s'il découvrait le caractère définitif de son départ. Il n'a jamais vécu aussi seul. Quand sa mère est tombée malade, il est allé en pension. Il dormait dans un dortoir. Les boxes étaient séparés par un rideau. De son lit, il entendait rire, ronfler, chuchoter, tousser ou faire grincer les ressorts d'un matelas. Une forme de compagnie. De là, il est passé à la chambre de bonne du sixième étage de la rue Saint-Jacques. Les cloisons étaient si minces que le sifflement d'une bouilloire lui parvenait. Puis il y eut Hélène, si matinale. Hélène se levant, été comme hiver, pour disputer une partie de tennis. Hélène apportant des croissants le dimanche matin. Hélène toujours partante, toujours contente, au point qu'il se sentait interchangeable : avec un autre, ne serait-ce pas la même bonne humeur, le même bonheur ?

En voyant le triton cracheur éclairé par la lune, il se convainc que ce n'est pas Hélène qui lui manque mais la famille, ses enfants turbulents.

Le hululement d'une chouette le fait sursauter.

Il entend des pas derrière lui.

Une terreur d'homme abandonné, menacé par son ombre ?

Il accélère le pas.

Marc Ellis viendrait-il le tuer ? Paul court. Les bruits décuplent. Il se sent rattrapé. Il monte l'escalier du perron quatre à quatre. Sa main tremble. Il fait tomber ses clés. La chouette s'en mêle. Il entre enfin et claque la porte derrière lui.

Il est tremblant, le cœur en folie. Sa respiration décélère lentement. Dehors, plus aucun bruit. Il a rêvé.

L'intérieur de la maison est plongé dans le noir. La cuisine sans radio, le salon sans télé. Il mesure le poids humain du mot « présence ». Hélène est une présence qui lui manque.

Il ne montera pas à l'étage. Il n'ira pas dans leur chambre affronter les murs nus, les photos des enfants qu'elle a emportées, celle de leur mariage qu'elle a laissée. Il va dormir sur le canapé du salon dont il ôte les coussins pour élargir l'assise. De son lit de fortune, il dresse l'inventaire des objets dont elle n'a pas voulu : un saint Georges terrassant un dragon, un ficus en tissu, à l'éternelle jeunesse. Une matriochka cabossée. Une table octogonale en verre épais dont il déteste les pieds tarabiscotés et le plateau glacé. Il se relève, se verse une rasade de whisky, trouve des cigarettes au fond d'un tiroir, aspire la fumée blonde en savourant de se griller les bronches. La bouteille vide, le cendrier plein, il sombre dans un sommeil tourmenté.

Au réveil, il monte courageusement à l'étage, attrape des vêtements propres, prend une douche et pense à l'avenir. Camille ne peut pas aimer son mari, sinon que ferait-elle avec lui ? Et Céleste ? Quelle drôle de gamine, si renfermée, si aiguisée ! Parfois il croise son regard, elle semble avoir tout vu, tout entendu, tout jugé aussi. Une telle maturité, chez une enfant si jeune, a quelque chose d'effrayant. On ne sait pas ce qu'elle pense. Devant elle, il se surveille. Il doit la surestimer… Ne pas y penser ! Aller travailler. C'est encore ce qu'il fait de mieux. Il regarde sa montre. Il est presque 8 heures. Ses malades l'attendent !

Ce matin, il fait des visites. Dans la voiture, il imagine encore… Camille à la place d'Hélène, Céleste dans la chambre de Manon. Il se reprend : « Arrête, Paul ! On ne prend pas la femme d'un autre. » Les idées s'éloignent mais le désir revient, Camille les jambes entrouvertes, Camille les seins hauts. Stop ! Il se sent dépendant, misérable et… protégé, car personne ne peut l'atteindre, sauf Camille. Où est-elle ? Que fait-elle ? Porte-t-elle sa robe blanche pour Marc ? A-t-elle le même sourire, des bougies, un cadeau pour lui ?

Il consulte ses messages en conduisant. Sa voiture zigzague. Si Tarzan était là… « Non, mais tu t'es vu, Minus ! Accroché à ton téléphone comme une midinette. Tu crois que cette femme-là est l'Amour avec un grand A. Foutaises, mon garçon ! C'est une histoire de fesses, comme d'habitude, comme toujours. Ce qui t'arrive, c'est le démon de midi, la crise de la cinquantaine qui approche, un sursaut de testostérone en mal de petit cul à tripoter. La romance, c'est bon pour les gonzesses, les ados acnéiques, pas digne de toi, pas digne d'un homme ! »

Paul se redresse sur son siège. Soudain, tout semble évident : Camille se tait, donc elle protège son couple.

Donc, elle aime son mari. Donc, respect. Fini, les rêveries ! Toute la semaine, il s'interroge. Il dort mal et fume comme jamais, mais il assure ses consultations et s'en tient à sa ligne de conduite : ne pas appeler, ne pas attendre.

Au cabinet, Chantal continue de faire la tête au docteur. Elle fuit les pauses déjeuner et garde pour elle ses devinettes linguistiques. Pas un mot non plus sur les patients, puisqu'elle est indiscrète, selon lui. Regarder seule fleurir les jonquilles et pousser les bourgeons la rend triste. Pour cette fille généreuse, il n'est de bonheur que partagé. Elle se console en mangeant des gâteaux, se déprime en se voyant grossir. Son enthousiasme à venir travailler s'émousse.

L'affaire des roses n'arrange rien.

Un lundi matin, après sa consultation à l'hôpital, le docteur Ménard ouvre la porte du cabinet. Un parfum de fleurs lui saute aux narines. Il trouve des roses blanches à l'accueil, des roses blanches dans la salle d'attente, des roses blanches dans son bureau.

— On marie quelqu'un ?

Chantal ne bronche pas.

— On enterre quelqu'un ?

Elle se fait prier pour lui répondre :

— C'est un cadeau de Mme Ellis. Elle a laissé un mot pour vous.

Dans sa barbe, elle précise qu'elle n'est pas payée pour changer l'eau des fleurs.

— Parce qu'elle est venue au cabinet ? demande Paul, inquiet de l'avoir manquée.

— Non, c'est Interflora qui a déposé ce… ces gerbes !

Paul, perplexe, rejoint son bureau en claquant la porte.

Lorsqu'il est seul, il ouvre une petite enveloppe couleur ivoire. D'une belle écriture calligraphiée, Camille a écrit : « Ces roses blanches en souvenir de notre amitié et pour fêter mon anniversaire. Ce n'est pas tous les jours qu'on a quarante ans ! Camille. »

Ces lignes l'émeuvent tellement qu'il se met à trembler. Il caresse le papier vélin… Et pourtant, deux mots lui font mal : « Souvenir », est-ce donc fini ? « Amitié », n'est-il qu'un ami pour elle ?

- 15 -

Quand Lucie et sa mère viennent au cabinet, Chantal prévoit la durée de deux consultations au lieu d'une. Elle s'efforce de parler bas, de ralentir ses gestes, de rester à distance de l'enfant farouche. Elle gratte à la porte du docteur Ménard pour signaler leur arrivée. Il s'agit d'une consultation difficile avec cette fillette de huit ans qui en paraît douze et avec Lili, sa mère, qui l'élève seule et qui craque :

— Je n'en peux plus, docteur. Tout est négociation. Je dois parlementer pour qu'elle monte l'escalier, parlementer pour qu'elle le descende, pour qu'elle passe à table, pour qu'elle mange, pour qu'elle enfile une robe puis un manteau. Je sais combien elle souffre. Bien sûr c'est pas sa faute, mais je n'en peux plus. Les années passent, les amis fuient, les hommes, n'en parlons même pas. Donnez-moi quelque chose pour tenir le coup. Je n'aurai pas la force de continuer comme ça.

Elle ouvre son sac pour prendre un mouchoir.

— Le pire pour moi, c'est de donner sans recevoir. C'est dur, vous savez ! Même pour son enfant. Jamais un je t'aime, un petit merci. Quand je lui fais un bisou le soir, elle regarde au plafond. J'ai tellement besoin qu'on m'aime, docteur, et ça depuis toute petite. Je ne vais pas tenir. Heureusement que vous êtes là, je me sens moins seule. De son père, pas de nouvelles, évidemment. C'est trop difficile pour lui, soi-disant. Le pauvre ! Et pour moi, c'est pas trop pénible peut-être ! Qui pense à moi ?

— Moi, je pense à vous, Lili, dit le docteur Ménard d'une voix douce.

Elle n'entend pas.

— Mes parents sont à huit cents kilomètres. De toute façon, ils la trouvent ingérable. Parfois je voudrais en finir, mais qu'est-ce qu'elle deviendrait ?

Paul a pris une expression douloureuse, comme s'il ressentait sa détresse. Il se lisse la barbe, un signe d'embarras.

— Je sais à quel point c'est difficile, Lili. Toute cette abnégation. On ne parle pas du sacrifice des mères…

Il jette un coup d'œil à Lucie qui joue avec un casse-tête dans un coin de la pièce. Elle est d'une habileté extraordinaire. Elle se chronomètre pour augmenter son record.

— Mais je trouve que Lucie fait des progrès. Regardez, elle a moins peur. Elle peut rester avec nous calmement, sans angoisse. Et c'est grâce à vous, dit Ménard. Cela dit, un hôpital de jour, une fois par semaine seulement, vous soulagerait.

— Ah, ça, jamais ! J'y suis allée une fois. J'ai vu des gosses baveux, hagards, agités. Elle n'a rien à faire là-dedans… Et puis, les gens jugent, poursuit Lili. Quand elle se roule par terre, ils me regardent comme une tortionnaire. L'autre jour, les voisins du dessous ont appelé la police. J'ai eu peur qu'on la place d'office en hôpital psychiatrique.

— Vous leur avez expliqué vos difficultés, et celles de Lucie ?

— Ils s'en moquent. Ils veulent la paix. J'ai bien pensé à un déménagement, mais elle ne supporte pas qu'on déplace son lit d'un millimètre, alors changer de maison ! Et les courses ! Elle court dans les allées, attrape un paquet de biscuits, puis un autre. Si je me fâche, elle hurle. Je dois ruser, acheter en double, ce qui n'arrange pas mon budget. C'est épuisant.

— Est-ce que vous dormez ?

— Ah, ça, oui, à la même heure qu'elle. Neuf heures, extinction des feux, y a plus personne.

— …

— Je me sens si coupable…

— Coupable ?

— D'avoir une fille comme ça. On dit que c'est la faute de la mère…

— On dit beaucoup de bêtises, surtout. On sait encore très peu de choses sur le fonctionnement du cerveau humain, et sur cette maladie. Je constate, moi, que Lucie fait des progrès. Et c'est à vous qu'elle les doit. Le courant passe beaucoup mieux…

— Ça, c'est sûr. Tant que je vais dans son petit monde… Elle a une nouvelle lubie…

— Ah oui ?

— Les jours des dates. Demandez-lui, vous allez voir. Le 4 août 1789 ?

Lucie, assise par terre, manipule toujours son casse-tête. Elle annonce sans lever les yeux :

— Mardi.

— Le 1er janvier 2000 ?

— Samedi.

— Ah, mais c'est extraordinaire, dit Paul, sincèrement admiratif.

— Dites une date… propose la mère, soudain fière de son enfant.

Paul, qui ne pense qu'à Camille, soumet le 7 mars 1958.

— Vendredi, affirme Lucie.

— Ah non, se désole le docteur Ménard, c'était un dimanche.

— Vendredi, persiste Lucie qui jette son jeu.

Paul insiste.

— Non, Lucie, je t'assure, c'était un dimanche.

Camille lui a raconté sa naissance – un dimanche. Sa mère perd les eaux pendant la messe, on la traîne à la sacristie et Camille naît sous les yeux exorbités du curé qui se signe plusieurs fois en répétant : « Jésus, Marie, Joseph ! »

— Un vendredi, hurle Lucie qui fait claquer sa langue et commence à tourner sur elle-même.

La mère s'énerve :

— Si en plus elle se trompe ! De toute façon, on s'en moque, de savoir quel jour on était en 1938 !

— 1958, rectifie le docteur Ménard. Et détrompez-vous, vendredi ou dimanche, ça change tout !

Il faut l'aide de Chantal pour traîner Lucie dans la voiture de sa mère. Ses hurlements rameutent la salle d'attente. Lili est en larmes. Ménard est défait, sans solution. C'est un fiasco complet.

Il est 21 h 30 quand il termine ses consultations. Il ne parvient pas à oublier l'incident. Comment Lucie a-t-elle pu se tromper ? Il quitte brusquement la fenêtre ouverte devant laquelle il fume cigarette sur cigarette.

D'une pichenette, il jette son mégot dehors et retourne s'asseoir à son bureau. Il allume l'ordinateur qu'il utilise si peu. Il clique sur le moteur de recherche. Avec deux doigts, il tape « calendrier 1958 ». Apparaissent lentement des juxtapositions de colonnes. Il pointe sur le mois de mars, cherche le 7 et…

— Non !

Il a mis la main devant sa bouche pour étouffer un cri de surprise.

C'est un… vendredi !

Lucie avait raison. L'église, le curé, la sacristie… Camille s'est trompée !

Il se sent perdu, angoissé. Il prend la clé du tiroir du bas de son bureau.

Il ouvre l'enveloppe « CAMILLE ELLIS ». Il en sort le dossier du détective. Celui qu'il s'était juré de ne jamais lire.

- 16 -

Paul est debout depuis 5 heures du matin. Il n'a pratiquement pas dormi. Installé dans la chambre de Manon, il balaie du regard la collection de Barbies exposée sur une étagère. Il faut qu'il ait une explication. Aujourd'hui même.

— Allô, Camille, c'est moi, Paul.

— Allô…

— Laisse-moi parler ! Je sais que ton mari est reparti. Et que ta fille est en classe verte depuis hier. Alors ne dis pas non, on se retrouve à 13 heures au restaurant de la cathédrale.

Il se sent solide. Prêt à toutes les réponses.

Grand silence.

— Allô ? Aaallô ? répète Paul en agitant son portable comme s'il manquait de réseau. Camille ?

— Oui… répond une petite voix.

— Tu m'as bien entendu ?

— J'y serai…

— … Et ne te défile pas !

Il est fier d'avoir ce ton offensif. Jamais il ne lui a parlé avec cette fermeté. Une fermeté qui l'anime lorsque ses collègues pompiers l'appellent auprès d'un blessé grave : « En position latérale ! Perf ! Écartez-vous ! » Aucune hésitation. De l'efficacité. Telle sera son attitude avec Camille : directe, implacable. Son objectif ? Lui faire avouer la vérité sur ses études, sa famille, son passé, car le détective l'a prouvé : elle ment sur quasiment tout.

Camille aime se faire désirer mais, cette fois, elle arrive à l'heure, 13 heures précises. Elle porte un pantalon bleu marine, des ballerines de la même couleur, un chemisier blanc à col Claudine. Aucun bijou. C'est Marilyn en pensionnaire du Sacré-Cœur.

Paul lui laisse à peine le temps de s'asseoir. Il a gardé son manteau, comme s'il n'était pas sûr de rester déjeuner. Il attaque :

— Qu'est-ce que c'est quc ces mensonges ? Tu n'as jamais mis les pieds à Sciences-Po. Tu n'as pas de faux père adoptif. Ni de vrai père biologique richissime. Tu n'as jamais dirigé de centre de soins. Et cette histoire de naissance un dimanche ! Ce sont des blagues, Camille, des blagues ! Tu es née un vendredi. Je t'en veux de m'avoir menti. J'ai perdu la confiance de la petite Lucie. J'ai mis en doute ses capacités. Sa mère a parlé de talent inutile, tu te rends compte, Camille ? Un talent… inutile ! Ce sont des années de mise en confiance qui sont tombées à l'eau, en une seconde, à cause de toi. C'est grave, Camille, très grave.

Elle se tait. Elle baisse les yeux. Quand elle les relève, ils sont humides.

— Je suis désolée, dit Camille d'une voix très douce en mettant sa main sur celle de Paul. Profondément désolée. Je ne voulais nuire ni à cette petite Lucie ni à personne. Je te le jure, Paul, sur la tête de Céleste.

— Ah, je t'en prie, ne jure pas !

Elle prend une expression douloureuse.

— Il n'est pas possible que nous nous retrouvions si brutalement. J'ai été si malheureuse sans toi. Je comprends que tu sois en colère. Lucie, c'est ta petite patiente autiste, non ? Et je sais à quel point… Enfin, tout est ma faute, mais ce serait terrible d'avoir notre première dispute à cause d'elle. Paul ?

Il se tait.

— Nous allons parler, je vais t'expliquer, mais pas tout de suite, pas dans cette ambiance. Buvons d'abord à nos retrouvailles. Je me sentais si seule, mon Paulo. Tout ce temps sans nouvelles. Et… tu ne veux pas te débarrasser ?

Paul se lève, va suspendre son manteau à la patère et revient s'asseoir.

— Pour détendre un peu l'atmosphère, nous allons déguster notre verre de vin et puis je te dévoilerai quelque chose de moi que tu ne connais pas. Est-ce que tu veux bien ?

Elle le regarde si tendrement, si amoureusement que Paul acquiesce.

Camille l'invite à trinquer. Ils commandent.

— Moi aussi, j'ai un talent, comme celui de la petite Lucie, un talent tout à fait inutile. Quel est le sien déjà ?

— Quelle que soit la date qu'on lui soumet, elle trouve le jour correspondant, aussitôt, sans réfléchir.

— Eh bien, moi… coupe Camille. Prête-moi de quoi écrire, s'il te plaît !

Paul ouvre sa veste, extrait un feutre noir de sa poche intérieure et le lui tend.

Elle ôte le capuchon, prend sa serviette en papier et lui sourit. Avec une dextérité surprenante, elle écrit « Paul je t'aime » de la main droite.

Il ne manifeste rien.

— Attends, tu vas voir !

Elle change de main et écrit – de la main gauche – « Paul je t'aime », avec la même facilité.

— Attends, ce n'est pas tout ! dit-elle, ravie.

Et elle trace une ligne en écriture spéculaire, à l'envers, c'est-à-dire qu'on ne peut lire que devant une glace. Camille tire un miroir dans son sac. Il déchiffre : « Paul m'aimes-tu ? »

— Ça t'épate, hein ?

Il l'admet.

— Tu vois, j'ai le même talent que Léonard. Lui aussi écrivait à l'envers.

— Léonard ?

— De Vinci, précise Camille, tu ne le savais pas ? Tu vois, tu ne connais pas encore tous mes talents. Je peux te réciter Goethe en allemand : « *Wer reitet so spät durch*… »

Paul l'interrompt brutalement.

— Arrête, Camille, arrête ça tout de suite ! Je ne suis pas là pour parler de Léonard, mais de tes mensonges, car tu mens tout le temps. À l'instant même : tes compétences en allemand ? Tu te fous de moi ! Si tu l'as appris, ce n'est pas au lycée. Tu n'as même pas ton bac. J'ai tous tes bulletins scolaires, depuis la sixième, et tu étais nulle en tout, sauf en rédaction, évidemment.

Camille semble réfléchir. Son visage est calme, ravissant. Il respire une forme de douceur. Paul s'en étonne. Elle est si volcanique, d'habitude.

— Oui, c'est vrai, je raconte beaucoup d'histoires… En un sens, je n'ai pas grandi. Ce n'est pas que je me moque de toi, Paul. J'enjolive… Au fond, je suis si… médiocre.

Elle relève la tête, les yeux brillants. Paul ne la contredit pas.

— M'aimerais-tu si je me montrais telle que je suis réellement ? C'est ma grande question. Je triche pour me cacher, pour me faire valoir, comme quand je mets des belles robes. M'aimerais-tu si je portais une robe mal coupée, un tablier à fleurs, des cheveux frisottés ? Non. Alors je me déguise, je m'embellis moralement, physiquement. Pour te faire rêver, pour que tu m'aimes…

Paul hausse les sourcils. Elle enchaîne :

— J'ai toujours embelli les choses, depuis que je suis petite. Et plus encore depuis la mort de mes parents. Je les vois derrière la porte, je leur parle au présent, j'entends leur voiture dans la rue. Et quand leur mort devient trop réelle, je m'invente un père biologique qui, lui, est bien vivant. Ça me console, tu comprends ?

Camille semble sur le point de pleurer… Paul s'attendrit. Elle reprend :

— Il faut vraiment que je t'aime, que j'aie confiance en toi pour dévoiler mes petites ruses, avouer mes hontes, mes secrets. Et toi, mon Paul, tu ne rêves jamais ? Tu ne penses pas qu'un jour nous vivrons ensemble, au Château, avec Céleste ?

Il se sent démasqué. Il rougit.

— La différence entre nous, mon Paulo, c'est que je dis tout : mes rêves, mes peurs, mes espoirs, parce que tu es mon amour et mon meilleur ami.

Paul pose la main sur la sienne. Elle se redresse imperceptiblement, l'air réfléchi.

— D'ailleurs, toi aussi, tu mens, dit-elle posément.

— Jamais !

Il proteste. Il est outré.

— Mais si, tu mens, comme tout le monde. Tu ne dis jamais à un malade : « Vous avez un cancer de la gorge, vous allez mourir étouffé. »

— Non, bien sûr que non !

— Ah, tu vois ! Donc, tu mens.

— Je ne mens pas, je ménage la sensibilité des patients.

— Eh bien, moi aussi, je ménage la sensibilité des gens en brodant sur la réalité. C'est exactement ça ! Je ne veux pas les faire pleurer, je veux les faire rire et rêver. Et toi, que dis-tu à tes mourants ?

— Mes… mourants, répète Paul, effaré. Je ne vois pas où tu veux en venir.

— Qu'est-ce que tu leur racontes ?

— Décidément, tu as l'art de la diversion. Nous ne sommes pas là pour parler de ma pratique médicale, mais de toi, de nous…

— Très bien, dit Camille qui regarde fixement son assiette. Très bien…

Elle semble sur le point de pleurer.

— … Mais si tu savais ma vraie vie, tu aurais pitié de moi.

— Encore du bluff ! dit Ménard, agacé.

— Oui, tu aurais pitié, répète Camille plus fort.

Les clients du restaurant se tournent vers eux. Paul est gêné.

— Moins fort, on nous regarde.

— Si tu ne m'aimes plus, je me moque qu'on nous regarde, dit Camille d'une voix forte. Tu n'as pas compris que je mens pour te protéger. Que je mens parce que ma vérité, tu ne la supporterais pas. Tu ne veux pas ouvrir les yeux. Ce serait trop dérangeant. Tu es comme tes malades qui ne veulent pas savoir.

— Je ne vois pas le rapport entre tes mensonges et mes malades, répond Paul qui se sent désorienté. Mon problème, mon seul problème, est que je veux pouvoir te faire confiance. Je veux pouvoir te croire quand tu me dis quelque chose, tu peux comprendre ça ?

— Que mon père soit mon vrai père, quelle importance ? Que je sois née un vendredi ou un dimanche, quelle différence ? Ce ne sont que des détails. Je brode aussi pour t'amuser. Souviens-toi, le curé se signant devant le sexe béant de la Sainte Vierge, « Jésus, Marie, Joseph » ! Tu pleurais de rire en pensant à ma pauvre mère allongée dans la sacristie, sur la sainte chasuble, au bord de l'asphyxie… Avoue qu'elle était cocasse, mon histoire de naissance. Bien plus drôle que la vérité : je suis née un vendredi. Je pesais 3,250 kilos. Et alors ? À mourir d'ennui ! Oui, j'aime raconter des histoires et je le revendique. C'est tellement plus vivant, plus drôle, plus intéressant. Ce n'est pas pour rien que tu m'appelles ta « feuilletoniste » ! Mon côté Shéhérazade te plaît. Ne me dis pas que tu préférerais les banalités d'une Mme Michu, je serais très déçue. Et puis ma vie – la vraie – est tellement triste, voire sordide. Si tu la connaissais, mon Paulo, tu serais épouvanté.

— Une exagération de plus ! s'énerve Paul.

— Je n'exagère pas, dit Camille, offensée.

— Ces mystères me fatiguent…

— Comme c'est paradoxal. Ce que tu as aimé en moi, c'est le mystère, justement. Cette robe blanche dans Cernon, cette silhouette hors du temps, tu me l'as raconté cent fois. Et maintenant, tu voudrais que je sois crue, réaliste, transparente. « Ne changez pas de défauts ! » dit-on aux amoureux. « C'est pour eux qu'on vous aime aussi. » Si tu veux que je sois vraie, je peux l'être, mais es-tu capable de supporter la vérité ?

Elle marque un temps et constate :

— Finalement, tu voudrais que je sois une autre, une autre Camille.

Ils restent silencieux. Quand elle reprend la parole, son ton est plus dur :

— Est-ce que je te demande de changer, moi ? Est-ce que je te demande d'être différent, d'être plus jeune, plus fort, plus drôle ? Est-ce que je te demande d'être celui que tu n'es pas ?

Minus rapetisse sur sa chaise. C'est la peur de l'humiliation, de la perte, de l'abandon, de la disparition. C'est la peur éprouvée ce jour d'un retour de pension.

— Monsieur Paul, votre maman, votre maman… pleure la vieille bonne.

Sa valise tombe sur le carrelage du vestibule. Il se précipite dans la chambre de sa mère, ouvre la porte et son cœur se décroche. Sur la coiffeuse, la poudre, les brosses, les bijoux ont disparu. Plus de photos sur la cheminée. Les cintres sont alignés dans une penderie vide. Le matelas est nu. La chambre est désertée. Augustine hoche la tête en signe de malheur. Affolé, il interroge :

— Depuis combien de temps ?

— Deux semaines.

— Et personne ne m'a prévenu !

Il croit entendre son père : « Les enterrements, on s'en fout. Avec ou sans toi, les morts sont morts. Tu n'espères tout de même pas la ressusciter ! »

Paul est furieux. Furieux qu'elle soit morte. Furieux qu'on ne lui ait rien dit. Furieux, pour noyer son chagrin.

— Merci, Augustine…

Il est seul. Il cherche une odeur. Le matelas sent le désinfectant. La penderie, l'antimite. Il enfouit son visage dans le velours des rideaux. Il respire la poussière et derrière : *Iris gris*, *Iris gris* de Jacques Fath, le parfum de sa mère…

Perdre Camille, son sourire, ses poignets minces, son anneau d'or au petit doigt, ses gestes gracieux, sa peau soyeuse, si nette, ses seins ronds, son odeur sucrée, ses yeux bleu lagon ?…

— Pardon, ma chérie. Je m'en veux terriblement. Reste comme tu es, ne change rien, je t'aime tellement, tout entière, en Camille, en Shéhérazade. Merci pour ces belles roses que tu m'as fait livrer. Elles me rappellent ta douceur, ton arôme et ta grâce.

— Ce n'est pas tout à fait un cadeau personnel. Elles viennent de ma très chère Sophie.

Paul hausse les sourcils.

— Je t'ai déjà parlé d'elle.

— Non, je t'assure.

— Paul, je suis certaine de t'en avoir parlé. Le problème est que tu n'écoutes jamais !

- 17 -

Quand Camille évoque Sophie, l'atmosphère se tend imperceptiblement. Sa voix devient plus hésitante. Elle paraît émue.

— À part toi, elle est la personne que j'aime le plus au monde. Si elle n'avait pas été là, je crois que je serais morte.

Paul lève les yeux au ciel.

— Alors, quoi que je dise, tu ne me crois plus ?

— C'est vrai que je suis devenu… comment dire ? Plus circonspect.

— Pourtant, ce que j'ai à dire de Sophie est très banal. Elle était là quand j'étais triste. Là pour me défendre et me câliner.

Paul écoute distraitement. Camille semble perdue dans ses souvenirs.

— Elle était institutrice dans une école de campagne, à Guîtres, en Gironde. Célibataire. Elle n'a jamais voulu se marier ni être mère. « Pour quoi faire ? disait-elle, nous sommes trop nombreux sur la planète, et puis je t'ai, toi. » C'était gentil, non ? Paul, tu m'écoutes ?

Il la regarde surtout. Il voudrait embrasser son cou gracile, sentir le parfum de sa peau. L'histoire de Sophie ne l'intéresse pas, mais Camille est lancée :

— Deux ans avant la mort de mes parents, elle est tombée amoureuse d'un violoniste qui jouait dans un festival Mozart à Bordeaux. Un homme habité par son art. Un virtuose. Il était déjà vieux, au moins cinquante ans. Elle a arrêté d'enseigner. Ils se sont installés dans une grande maison, La Coquille. Ils se sont entourés de bêtes et de musique. Il ne jouait que pour elle. Le public ne lui manquait pas. Et puis l'arthrose a commencé à déformer ses doigts. Il est devenu de plus en plus sauvage. Un caractère odieux. J'ai toujours eu l'impression de gêner. J'y allais à reculons. Il imposait ses conditions : je pouvais venir, mais sans mon mari qu'il jugeait « hautain », sans mon bébé « qui pleurait », pas plus de trois jours, puis pas plus de deux. Finalement, j'ai coupé les ponts. D'ailleurs, Sophie n'a pas insisté. Nous n'étions jamais seules. Il jalousait l'affection qu'elle me portait. Même le téléphone est devenu un problème. Quand il entendait ma voix, il raccrochait. J'en ai voulu à Sophie de se laisser faire. Nos rapports se sont distendus. Nous nous parlions quelquefois en cachette. Puis elle a trouvé l'astuce de la messe. Elle s'y rend le dimanche matin tandis qu'il est farouchement athée. Elle en profite pour m'appeler. Mais, Paul, tu ne m'écoutes pas !

— Si, si…

— On ne peut pas me comprendre si on ne connaît pas Sophie. D'ailleurs, elle sait qui tu es.

— Comment ça ?

— Je lui ai tellement parlé de toi ! Je suis certaine qu'elle t'aimera autant que moi… Oui, mon Paulo, j'en suis sûre.

Paul ne réagit pas, toujours méfiant.

— Très bien, dit Camille, puisque tu ne me crois pas, allons la voir ! Dis-moi quand. C'est toi qui choisis la date.

Paul décide de la mettre au pied du mur.

— Le week-end prochain. Je peux fermer le cabinet samedi, exceptionnellement.

— Alors c'est dit. Nous irons voir Sophie. Il faudra qu'elle échappe au Cerbère, mais au moins, tu feras sa connaissance.

Paul s'abandonne à la joie de prendre enfin quelques jours de vacances. De partir en famille avec la femme de sa vie, d'être présenté à ceux qui comptent pour elle. Il envisage cette escapade comme un nouveau départ, une nouvelle vie peut-être.

Le samedi suivant, Paul renoue avec la satisfaction d'être « le seul à savoir remplir un coffre de voiture rationnellement ». Camille porte une robe printanière, blanche, à manches courtes, montrant ses jolis bras ronds, des lunettes de soleil en forme de papillon. Un foulard en mousseline orne son ravissant visage. Comme il est fier de passer pour l'époux de cette femme adorable !

Dans l'habitacle règne une ambiance paisible. La radio diffuse des chansons que Camille fredonne. Quand elle ne chante pas, elle raconte son enfance avec son amie Sophie.

— On s'accordait bien. Tu ne peux pas savoir comme j'étais heureuse avec elle. Presque autant qu'avec toi. Quand elle en avait assez de m'avoir dans les pattes, elle me lâchait sur une route de campagne. Je rentrais à pied ou à vélo, toute seule. C'était une autre époque, moins peureuse. Le monde m'appartenait. Je retrouvais mon chemin, tellement fière de m'être débrouillée ! J'aurais voulu que ces vacances ne s'arrêtent jamais.

Céleste, à l'arrière, regarde le paysage. Ils s'arrêtent sur une aire d'autoroute pour manger un sandwich, boire un café. Paul prend de l'essence à la pompe. Alors qu'il s'apprête à payer, il voit Camille en pleine discussion téléphonique. Il ne l'entend pas, mais il comprend que quelque chose ne va pas. Elle marche de long en large, fait de grands gestes, se tient le front, recommence à parler vivement ; puis se tait, opine tristement et raccroche. Elle lève les yeux vers Paul. Elle a un air tragique. Il lui fait signe qu'il règle et qu'il arrive.

— Que se passe-t-il ?

— C'est Maurice, le mari de Sophie. Il a fait un AVC. Il souffrait d'hypertension. En fin de matinée, il s'est senti fatigué. Après le déjeuner, il ne tenait pas debout. Il titubait, comme s'il avait bu. Elle a voulu appeler le médecin. Il a refusé. Il s'est levé pour aller aux toilettes. Il devait se tenir aux murs. Il s'est recouché. Elle lui a apporté un verre d'eau, qu'il a fait tomber en essayant de le poser sur la table de nuit. Elle a tout de suite compris le problème. Elle a appelé les pompiers. Ils sont aux urgences…

— À quel hôpital ? Je peux appeler un confrère pour me renseigner.

— Je l'ai proposé, mais tu ne connais pas Maurice. Il ne veut voir personne. Elle est désolée. Elle m'a promis que ce sera pour une autre fois, dès qu'il sera rétabli. Nous devons rentrer.

Paul regarde Céleste. Qu'en pense-t-elle ? Elle hausse les épaules. Elle s'en moque.

Ils remontent en voiture, tristement.

— Qu'est-ce qu'on fait ? demande Paul.

Camille réfléchit. Soudain, elle décrète :

— On va faire la fête. Remonter vers Tours, visiter les châteaux de la Loire.

Elle retrouve son enthousiasme.

— Allons dans un grand hôtel, vers Amboise. La tournée des grands ducs ! Un Relais & Châteaux. J'en rêve depuis toujours !

Paul se méfie du luxe comme d'un vice auquel on prend goût. Après la mort de sa mère, entre palaces et champagne, il a vu son père jeter l'argent par les fenêtres avec des femmes éblouissantes. Plus il vieillissait, plus elles étaient jeunes et… chères. Mais Camille insiste. Elle veut s'offrir une « parenthèse extraordinaire ». Il est si rare qu'ils soient ensemble, qu'ils n'aient pas à se cacher.

— Allez, dit-il, soyons fous !

- 18 -

Une salle de restaurant, un décor minéral, une déclinaison de gris. Une moquette et des fauteuils couleur safran. Sur les tables rondes, espacées les unes des autres, une superposition de nappes blanches. Trois rangées de verres et de couverts poinçonnés, des assiettes signées, au marli géométrique. Chaque détail est pensé, impersonnel, d'un goût exquis.

Dans le monde fastueux d'un hôtel cinq étoiles, Camille se sent à sa place.

— Dans une autre vie, je me vois bien en patricienne romaine ou en princesse égyptienne, allongée sur un sofa, pendant qu'un eunuque m'évente avec une ombrelle en papyrus.

Paul éclate de rire.

— Tu mélanges les lieux et les époques, mais je comprends l'idée générale : vive le luxe !

— Qui n'aimerait pas cette beauté, ce raffinement ?

— Moi ! Je pense à certains patients qui ont du mal à nourrir leurs enfants.

— Quel rabat-joie ! Qu'a-t-on à faire des pauvres dans un moment pareil ! Et puis, en quoi t'en priver les rendrait-il plus riches ? Et les cuisiniers, les serveurs, les femmes de ménage… tu leur donnes du travail, non ? Ce n'est pas le moment de pleurer mais d'en profiter. Tu connais ma philosophie : *Carpe diem* ! Ce que tu peux être austère, tout de même !

Paul se tourne vers les baies vitrées ouvrant sur une nature d'exception : arbres impériaux, bosquets taillés, massifs fleuris. Il s'imprègne de leur beauté, se sent mieux. Il respire profondément.

Dans une reliure en cuir brun, le menu propose des plats mystérieux : un clafoutis de courgettes au cassis, une sauce vierge, un *mugcake* au yaourt cœur *lemon curd*. Signe de réflexion, il se lisse la barbe et se rabat sur le plus familier : un steak avec un écrasé de pommes de terre et un moelleux au chocolat.

Camille appelle un serveur :

— Garçon !

Paul baisse les yeux. Il est gêné par le mot, et par le ton.

— Je vais commander des profiteroles, mais jurez-moi que le chocolat est bouillant, et les choux faits maison…

— Bien sûr, madame, répond le maître d'hôtel en se courbant légèrement.

Parfait ! dit-elle en le congédiant.

Paul s'étonne.

— Tu es déjà venue dans ce genre d'endroit ?

— Oui, avec Sophie. Elle disait toujours en levant son verre : « Trop de tout, c'est merveilleux ! »

— Je croyais qu'elle était simple…

— Sauf pour les grandes occasions, les anniversaires… Tu as bien vu les bouquets de roses fastueux : un par semaine pendant quarante semaines, pour mes quarante ans.

— Mais tu n'as pas quarante ans, Camille.

— Pour mes trente-neuf ans, qu'importe. Si tu savais à quel point les chiffres manquent de poésie, tu arrêterais de compter !

Paul observe qu'en médecine, les chiffres sont des alliés.

Après réflexion, Camille s'interroge :

— Je me demande si on est faits l'un pour l'autre, finalement. Toi, rigoureux, austère. Et moi qui aime tant la fête.

Refusant le débat, Paul demande à Céleste :

— Et toi, qu'est-ce qui te tente ?

— Deux œufs au plat, dit-elle en pouffant de rire, avant de reprendre son sérieux, comme si ce trait d'humour lui avait échappé. Je prendrai comme Maman.

Camille poursuit son inspection du menu.

— Garçon ?

Le serveur attend à quelques pas. Il répond par un « Madame ? » poli, discrètement interrogateur.

— Je me demande si les ris de veau s'accordent avec le vin jaune.

— Excellent choix, madame, mais je peux appeler le sommelier si vous le souhaitez…

— Ce ne sera pas nécessaire…

Camille resplendit. Paul se sent à la fois privilégié et déphasé. Que fait-il ici, lui, le médecin des pauvres gens ?

— Il y a longtemps que je n'ai pas été aussi heureuse, dit-elle en soupirant d'aise.

Au dessert, elle constate que l'assiette est tiède.

— Bouillant ! Je vous avais dit bouillant, le chocolat, sinon ça n'a aucun intérêt, crie Camille en désignant ses profiteroles. Je trouve scandaleux qu'un établissement comme le vôtre…

Tout le monde l'observe.

Le serveur paraît contrit.

Elle s'en moque :

— Je n'en veux plus ! Rapportez-les !

Paul et Céleste échangent un regard gêné. C'est la première fois qu'ils sont complices mais aux dépens de Camille. Il s'en veut. Elle se lève et quitte la table avec des airs de diva outragée. Céleste et Paul la suivent, penauds.

La chambre est à la hauteur du dîner : luxueuse, vaste et dépouillée.

— Sublime ! constate Camille.

Une cheminée noire, du satin blanc, un lit de roi. Les semelles s'enfoncent dans l'épaisseur de la moquette. En voyant Camille virevolter autour des savons, des shampoings, du séchoir, des chaussons, des peignoirs, du bar niché dans l'acajou, Paul est pris de trac. Comment être à la hauteur de ce lit surdimensionné ? À la hauteur d'une femme si belle et si capricieuse ! Il a tout essayé pour lui plaire. L'amour avec ou sans mots, rapide ou langoureux, tendre ou impérial, dans une position ou une autre… Elle ne se refuse pas, mais elle se crispe, imperceptiblement, ou s'absente, pressée d'en finir.

Céleste a regagné sa chambre. Paul est allongé sur le lit. Il regarde la télé sur écran géant. Camille occupe la salle de bains. Il se lève, tourne en rond en se lissant la barbe. Il ouvre le minibar, à la recherche d'un alcool fort.

— Il y a un film à la télé ? crie-t-elle du fond de sa baignoire.

— Rien, maugrée Paul.

Quand elle paraît, le visage nu, les cheveux brossés, il voudrait l'enlacer. La rondeur du sein, visible dans l'échancrure du peignoir, éveille son désir. Il s'approche, l'embrasse dans le cou. Elle fait un pas de côté, en posant sa main sur sa poitrine.

— Pas tout de suite, mon Paulo, pas tout de suite, dit-elle doucement. Profitons de la soirée !

« Comme si faire l'amour n'était pas en profiter ! » pense Paul entre tristesse et colère.

Assis côte à côte sur le lit, calés contre deux gros oreillers, ils restent immobiles. Il avance une main vers Camille, qui se lève et propose quelque chose à boire :

— On a le choix : bière, sodas, champagne, alcool ou même quelque chose de chaud, une tisane ?

Paul bondit du lit, soudain pris de fureur. Se moque-t-elle de lui ? Que font les amants dans une chambre ? Ils font l'amour, oui ou non ? Si elle ne le veut pas, qu'elle le dise ! Pourquoi n'a-t-elle jamais envie de lui ? Qu'est-ce qui ne va pas chez elle ? Elle aime son mari, c'est ça ? Mais alors, que fait-elle ici ? Et pourquoi lui présenter Sophie ? Il en a marre de ses incohérences !

— Je ne comprends rien à ce qui nous arrive, hurle-t-il. Qui suis-je pour toi ? Ton papa ? Ton médecin ? Ton boy ? Ton souffre-douleur ?

Il s'est levé. Il fait le tour du lit, se penche vers elle, menaçant.

Le visage de Camille se chiffonne. Ses yeux s'emplissent de terreur. Elle se retourne, plonge la tête dans l'oreiller. Il l'entend pleurer.

La colère de Paul tombe aussitôt.

— Camille, mon petit, calme-toi ! Je ne vais pas te faire de mal… Pardon, je suis désolé…

Elle renifle, elle est perdue.

— Pardon, ma chérie, je n'ai pas voulu te faire de peine.

Elle se redresse, se love dans ses bras. Elle est sa fille, son enfant, son bébé. Il lui caresse les cheveux. Il la presse contre lui, pour la protéger. Après un long moment, il chuchote :

— Il faudra tout de même que tu m'expliques…

— Un jour… plus tard… Mon Paulo, je te le promets. Ce n'est pas toi… Ce n'est pas nous. Je suis tellement fatiguée. Je n'en peux plus, si tu savais comme je suis fatiguée. Certains jours, j'ai mille ans.

— Allons, tout doux, dit-il en ramenant les draps sur son corps adoré. Dors, je suis là, je veille sur toi.

Elle se met en position de sommeil.

Il éteint la télé, et la lumière.

Les yeux ouverts dans le noir, il étend la main pour la toucher. Elle pousse un gémissement ensommeillé. Le désir revient. Il a mal. Il a honte. Un homme qu'on ne désire pas est un homme qu'on n'aime pas. Est-elle aussi froide avec son mari ? Est-ce que lui aussi la dégoûte ou bien est-ce le sexe qui l'écœure ? Il rumine ces questions, s'endort, se réveille en sursaut, angoissé.

Il regarde sa montre : 6 h 12. Elle lui offre son dos, sa blondeur, la finesse de ses omoplates. Il imagine, plus bas sous les draps, la courbe de ses reins. Il se lève d'un bond, enfile un short, un tee-shirt, des tennis. Il attrape une serviette et, sans bruit, se dirige vers la porte de la chambre, qu'il referme derrière lui. Il descend… à la salle de sport. Faut-il que l'heure soit grave ! Il pédale. Il rame. Il soulève des haltères, les repose, parcourt des kilomètres sur un tapis de course…

Quand il remonte, il est rouge et transpirant. Camille et Céleste sont attablées devant un jus d'orange, des croissants, des fraises, du thé, des petits pots de différentes confitures, du pain et du beurre frais.

— Eh bien, où étais-tu ? s'étonne Camille.

— À la salle de sport, répond Paul en s'épongeant le front.

Il s'approche d'elle, se baisse pour l'embrasser.

— Hum, tu cocottes… dit-elle en fronçant le nez.

— Ça veut dire quoi, « cocotter » ? demande Céleste qui, de si bon matin, n'est pas encore drapée dans sa mauvaise humeur.

Paul et Camille éclatent de rire.

— Ça veut dire « sentir mauvais », explique Camille. Docteur Cocotte, ça te va bien, dit-elle gentiment.

— Docteur Cocotte, je sens que ça va rester dans les annales, constate Paul en passant dans la salle de bains.

Dans la journée, ils visitent un château Renaissance, se promènent en forêt. Paul explique à Céleste des notions d'architecture et de botanique. Il renoue avec le plaisir d'instruire une enfant curieuse de tout. Céleste a la même intelligence que Manon. Elle l'écoute avec intérêt.

Camille s'impatiente :

— Ça suffit, l'école ! Où en étions-nous ?

Le soir, nouveau gueuleton, nouvelle soirée platonique, nouvelle nuit d'insomnie pour Paul, qui s'endort à l'aube. Quand il se réveille, Camille n'est plus dans la chambre. Il prend une douche rapide, descend à la réception.

— Vous n'avez pas vu ma femme ?

— Si, elle a réglé la note et elle est sortie.

— Réglé la note ! s'étonne Paul.

— Oui. Ah, la voilà ! dit la réceptionniste en désignant la porte à tambour qui tournoie autour d'une Camille rayonnante et fraîche.

Elle semble reposée.

— Je suis allée faire un tour en ville.

— Je ne comprends pas : tu as payé ?

— C'est mon cadeau, dit-elle joyeusement. Tu es si patient avec moi. Si je ne t'avais pas…

Sa voix se brise.

— Eh bien, quoi ?

— Si tu savais, mon Paulo, si tu savais, dit-elle en fonçant vers l'ascenseur.

- 19 -

17 octobre 1998
Extrait de l'audition de Paul Ménard

« Tout un pan de la vie de Camille m'échappait, et c'était tant mieux. Moins j'en savais sur son couple, mieux je me portais. Je ne connais rien à la beauté masculine, mais il ne fait aucun doute que Marc Ellis était un très bel homme. Grand, sportif, des yeux clairs, beaucoup de cheveux. Dès qu'il rentrait de mission, Camille disparaissait comme si elle tombait dans un puits. Aucun signe de vie ! J'en déduisais qu'elle retrouvait son mari qui lui avait manqué. C'était cruel, mais je savais bien que cette femme était trop jeune et trop belle pour moi. Je me consolais en pensant que j'étais son ami de cœur, son confident. De même, je mettais ses difficultés sexuelles sur le compte des scrupules qu'elle avait à tromper son époux.

Cependant, j'avais remarqué que son visage se fermait dès qu'elle évoquait Marc. Elle avait brièvement fait allusion à des disputes qui avaient mal tourné. Une fois, j'ai avancé la main pour la toucher ; elle a eu un geste de recul, comme ces enfants battus qui lèvent un bras pour se protéger des coups. Quand je ne la voyais pas, elle me manquait tellement que j'allais rôder du côté de Cernon pour voir sa maison et respirer son air. J'espérais l'entrevoir. Parfois, je téléphonais pour le seul bonheur d'entendre sa voix sur son répondeur. J'étais littéralement fou d'elle, dépendant, mais raisonnable en même temps. Je ne voulais pas lui porter tort, d'aucune façon. Je la savais fragile. Il fallait périodiquement que je lui prescrive des anxiolytiques ou des somnifères.

Un dimanche – c'était le jour le plus pénible pour moi, celui où je ressentais le plus le manque de Camille –, je suis allé à Cernon. Alors que j'étais dans ma voiture, j'ai vu son mari sortir de chez lui furibard. Il a claqué la porte d'entrée si brutalement que le chambranle a tremblé. Tout comme le portail dont les vantaux ont battu longtemps. Je me suis affolé : et si Marc Ellis savait pour Camille et moi ? J'avais peur de la perdre. Peur qu'il lui arrive malheur. Je l'aimais tant ! Parfois je la grondais car elle s'affichait avec moi. Elle prenait beaucoup de risques. Nous étions tout le temps ensemble. Elle passait me voir au cabinet. Il lui arrivait de dormir au Château, avec sa fille. Je n'étais pas assez fort pour m'y opposer. J'avais tant de plaisir à la voir évoluer dans la maison. Sa manière de se déplacer est d'une telle grâce ! Je ne cessais de l'admirer.

Céleste dormait dans la chambre de Manon. Je sentais que, peu à peu, je gagnais son cœur.

Elle aimait que je lui parle de la nature, du corps humain, que je lui apprenne des vieux mots de la langue française. C'est une enfant très curieuse, très intelligente. Un week-end, nous sommes partis voir Sophie, la vieille amie de Camille, une vraie mère de substitution. Finalement, nous ne l'avons pas vue – son mari avait fait un AVC. À la place, nous nous sommes arrêtés dans un palace. Je l'ai sentie fuyante, tendue, quand j'ai voulu l'approcher. Elle se passionnait pour le programme télé. Je me suis fâché : quel jeu jouait-elle ? Si elle se refusait, qu'elle cesse au moins de m'aguicher. J'ai crié : "Mais qu'est-ce qu'on t'a fait pour que tu sois dans cet état ?" Je voulais dire… "pour que tu sois si froide, si frigide". Elle s'est écroulée comme une petite fille perdue en me promettant qu'un jour, elle me dirait tout. J'ai pensé à un abus qu'elle aurait subi dans l'enfance, c'est si fréquent ! Ce soir-là, elle n'a rien voulu me dire "pour ne pas gâcher l'ambiance". Mais c'était fait.

Au retour, nous sommes restés en froid quelque temps. J'ai repris mon activité. Je continuais de penser à elle en permanence, mais je tirais de moins en moins de plaisir de notre relation. Un jeudi soir, elle est passée me voir au cabinet, à l'improviste. Elle s'est installée dans la salle d'attente comme d'habitude – ce qui faisait jaser. Elle portait un foulard qui dissimulait à demi son visage et des lunettes de soleil, alors qu'il faisait gris. Quand j'ai voulu l'embrasser, elle s'est reculée en criant : "Aïe !" Je l'avais à peine frôlée.

Elle avait une marque bleue sur la joue. Elle a prétendu qu'elle s'était cognée.

En médecine générale, on est peu sensibilisés à la violence conjugale – enfin, à mon époque, on l'était peu –, mais soudain, le diagnostic m'a sauté aux yeux. Les maux de tête, les maux de ventre, le syndrome de stress, la dépression, ses douleurs "mobiles", sa gaieté dès que son mari partait et son angoisse, son silence, dès qu'il revenait. Je crois qu'on m'a entendu dans tout le cabinet : "C'est quoi le problème exactement ? Cette fois, Camille, tu ne sortiras pas d'ici sans m'avoir tout dit !"

Elle s'est mise à pleurer. Je lui ai demandé si Marc la battait. Elle a fait oui de la tête. Et là, monsieur l'inspecteur, je suis devenu comme fou. Les hommes qui battent les femmes, c'est impardonnable ! On devrait les châtrer. Pourtant je suis un humaniste, mais avec ces gens-là... Pas de pitié pour ces abrutis ! »

- 20 -

Après cette crise au cabinet, Paul est chamboulé. Les allusions de Camille, l'impossibilité de la toucher, ce bleu sur sa joue : il soupçonne le pire mais se méfie de son imagination, et de sa jalousie peut-être. Lorsque, une nuit, son téléphone sonne. Il décroche. D'une voix ensommeillée :

— Allô ?

— Allô, Paul ?

Il se redresse sur son lit. Ce n'est pas la voix de Camille. Qui peut l'appeler à une heure pareille ? Son réveil indique 6 h 23. C'est une voix féminine, très douce, assez grave, un peu voilée.

— Je suis Sophie, l'amie de Camille…

— Ah… oui… Bonjour, madame.

— Appelez-moi Sophie. Elle m'a tellement parlé de vous. J'ai l'impression de vous connaître.

Paul demande des nouvelles de son mari. Elle passe rapidement pour entrer dans « le vif du sujet » selon elle, à savoir Camille, qui l'inquiète beaucoup.

Paul est maintenant tout à fait éveillé, assis au bord du lit, les pieds nus, en caleçon, le dos courbé pour mieux entendre, car la communication est mauvaise.

— Je ne sais pas si Camille vous a raconté son histoire, sa véritable histoire, mais je dois vous la raconter, Paul. J'étais là ce jour d'été où elle a été élue reine de la moisson à La Ferté-en-Beauce. Qu'elle était belle ! Elle dominait la foule depuis son char fleuri, tout le monde l'applaudissait. C'est là qu'elle a rencontré Marc, vous savez ? Lui aussi, il avait fière allure dans son uniforme. Elle l'a tout de suite remarqué. Et puis le soir, au bal, le maire les a présentés l'un à l'autre et je crois que ce fut un vrai coup de foudre entre eux. Leur photo de mariage est parue dans le journal avec cette légende : « Le plus beau couple de l'année ».

Paul se lève. Il déteste cette conversation. Il marche vers la fenêtre. Le jour se lève sur l'arrière du Château. Les champs prennent des couleurs. Ce récit lui fait mal. Il se sent malheureux d'être Ménard. Il redevient Minus.

— Camille a accepté d'épouser Marc, sans réfléchir. À l'époque, elle se cherchait. Elle était orpheline depuis peu. Son père n'était pas un comique, et sa mère était un vrai pain de glace. Pour Camille, ce mariage était un renouveau et une promotion : un si bel homme, plein d'avenir, ce n'est pas si courant.

Paul s'affaisse un peu plus, s'appuie à l'encadrement de la fenêtre. Sophie poursuit :

— Dès le début, il s'est montré exigeant. Camille devait s'habiller en blanc, ne porter que des robes sous le genou. Elle a acheté une machine à coudre et est devenue une parfaite petite femme d'intérieur. Son mari la trompait, l'humiliait parfois en public. Il a deux visages, l'un charmeur et l'autre brutal, presque mauvais. Dr Jekyll et Mr Hyde. À l'époque, il la battait sans doute déjà. Elle n'en parlait pas. Camille se disait qu'elle devait faire des efforts, des concessions. Dans l'ensemble, elle le trouvait gentil. Elle pensait que si elle y mettait du sien, tout allait s'arranger. Entre nous, Paul, en amour, l'optimisme est une vraie plaie. Ou ça marche ou ça ne marche pas ! Croire que ça s'arrangera, il n'y a rien de pire. Bref, Camille ne se ressemblait plus. Mais comment rester « normale » dans une relation qui ne l'est pas ? Autre difficulté, elle n'arrivait pas à être enceinte. Elle se croyait stérile. Elle pensait « mériter » les reproches de Marc. Enfin, Céleste s'annonce. Une grossesse qui tient du miracle.

— Et alors ? demande Paul, plein d'espoir.

— Il l'accuse de lui avoir fait un enfant dans le dos et… elle reçoit son premier coup de pied dans le ventre. Il lui lance des phrases du genre : « Tu avortes ou je te quitte. » Il n'a jamais accepté Céleste. D'ailleurs, quand Marc parle de Céleste, il dit « l'enfant » ou « ta fille ». Jamais « ma fille » ou « notre enfant »…

— Pauvre petite ! dit Paul, accablé. Pourtant, sur les photos, à Cernon, ils semblent heureux.

— Vous ne comprenez pas ! Il sait très bien faire le « gentil ». Plus de cris, plus de reproches. C'est à peine s'il est jaloux. Et tout à coup, il redevient féroce, sous prétexte, par exemple, qu'elle a croisé un voisin sans changer de trottoir. Cette « salope » mérite une « bonne correction ». Vous allez me demander pourquoi elle ne l'a pas quitté, mais c'est bien une question d'homme ! Le quitter ? Et pour faire quoi ? Je vous rappelle que Camille est sans travail, sans argent, avec un enfant en bas âge, qu'elle n'a nulle part où aller. Quant à la police…

Mais Sophie s'excuse, Maurice l'appelle, elle doit raccrocher. Elle rappellera pour lui raconter la suite, c'est promis.

Paul est assommé par ces révélations. Ainsi, Camille avait raison. Son histoire est dramatique et elle lui fait un mal de chien. Il aurait préféré ne pas savoir car maintenant il a peur pour elle. Il craint pour Camille. Il l'imagine violentée. Il dort le téléphone sous l'oreiller. Il continue à rôder vers Cernon, prêt à intervenir.

L'appel redouté vient de Céleste. Il est 16 heures, une heure de plein boom au cabinet. Paul décroche. L'enfant est à peine audible.

— C'est Maman. Elle est… Elle est…

— Elle est quoi ? crie Paul, angoissé.

— Elle est… évanouie… dans l'entrée.

— Elle respire ?

— Je ne sais pas !

— Mets-la sur le côté, en chien de fusil. J'arrive.

Il a déjà raccroché. Il abandonne ses patients, dit à Chantal qu'il revient, saute dans sa voiture, file sur la route de Cernon, manque de déraper.

Quand il arrive, Camille est étendue sur le carrelage, toute blanche, immobile, les yeux fermés. Il prend son pouls carotidien, elle se ranime, réclame un verre d'eau. Paul cherche Céleste, ne la trouve pas, court à la cuisine. À son retour, Camille est assise, la joue très rouge.

— Va-t'en, Paul. Marc ne doit pas te trouver ici.

— Il faut t'emmener aux urgences, porter plainte.

— Si tu m'aimes, va-t'en, supplie-t-elle en se relevant. (Elle rajuste sa robe, recoiffe ses cheveux.) Il va revenir d'une minute à l'autre…

Paul est écartelé entre son devoir de médecin et le martyre de la femme qu'il aime. Il reprend le chemin du cabinet. Il cherche son téléphone. Sa voiture tangue. Il ne peut pas la quitter comme ça ! Elle doit venir vivre au Château. Ils vont trouver une solution.

Camille est sur messagerie.

Les quinze nuits suivantes, Sophie le réveille constamment.

— Camille est terrorisée. Son mari est un fou…

— Que faire ? s'écrie Paul. Camille refuse mon aide. Elle m'interdit d'appeler et de passer. Je suis complètement impuissant.

— Il doit bien y avoir une solution, hurle Sophie dans le combiné. Trouvez-la !

— Mais que voulez-vous que je fasse ? Que je l'enlève ?

— Pourquoi pas ? répond Sophie, sur un ton de défi. Je ne suis pas sûre que vous soyez bien conscient de la situation. Vous a-t-elle parlé des tournantes ?

— Les quoi ?! demande Paul en bondissant.

— Les tournantes. Marc l'oblige à se déguiser en infirmière ou en soubrette, le genre bas résille noirs et tablier minuscule sur ses fesses nues. Il invite des collègues aviateurs ou ses amis chasseurs et Camille devient leur jouet. Ils boivent des bières. Ils rotent, la main dans le slip…

— Vous plaisantez, là. Vous inventez.

— J'aimerais tellement que ce soit le cas !

— Et Céleste ? demande Paul, prêt à tout entendre.

— Heureusement, Marc ne la touche pas. Il ne la regarde pas. Sa proie, c'est Camille. Il n'a jamais voulu qu'elle. Il n'aime qu'elle, c'est la femme de sa vie.

— Parce que vous appelez ça aimer ? dit Paul, anéanti.

- 21 -

11 mars 2002
Premier jour du procès
Déposition de Manon Ménard

« Maman disait qu'on ne le reconnaissait plus. Qu'il avait perdu la tête et, en effet, il ne parlait plus que de cette personne : ce qu'elle faisait, ce qu'elle disait, à quel point elle était extraordinaire. Il voulait que je la rencontre. J'ai d'abord refusé. Mais il a dit qu'il était très amoureux d'elle, et pas seulement pour son physique, pour sa souffrance aussi. Il m'a parlé des mauvais traitements qu'elle subissait. J'ai trouvé ça tellement horrible que j'ai accepté de la voir. Il me l'a présentée quand je suis rentrée en France pour le mariage de ma meilleure amie, en disant "la femme que j'aime", et j'ai eu mal pour Maman. Cette femme, je l'ai trouvée quelconque. Timide, les yeux baissés.

Dans la maison, elle avait inspiré plein de changements : salade, saumon, canapé en cuir blanc. Même le chat en était transformé, selon Papa. Il serait devenu plus câlin. "Sa bonté rejaillit sur tout le monde", disait-il. Il paraissait envoûté et très angoissé. Il fumait cigarette sur cigarette. Il n'arrivait plus à dormir parce qu'elle était en grand danger sans qu'on puisse rien faire, à cause de son mari qui devait ignorer son existence et leur liaison. Il la sentait au bord du suicide. Parfois il la mettait sous perfusion pour qu'elle se calme. Bref, plus rien d'autre ne comptait. Elle lui téléphonait sans arrêt en monopolisant la parole, comme si mon père n'avait rien d'autre à faire. Lui répétait en boucle : "Je suis là, je suis là." J'étais vraiment malheureuse de le voir dans cet état-là.

Un soir tard, une certaine Sophie a appelé. Elle disait que le mari de cette personne avait tout découvert. Que la situation de cette femme et de sa fille était grave. Mon père avait très peur du mari, militaire. Il se sentait coupable de ne pas assez la protéger. Il était prêt à abandonner la médecine pour elle. Après ce coup de fil, Papa est parti sur les chapeaux de roue. J'ai eu peur d'un accident. »

Tout le monde constate que le docteur Ménard est nerveux, expéditif. Pas de doute, il n'est plus le même.

— Que vont penser les malades si même le docteur se met à cloper ? dit Chantal.

— Vous n'avez qu'à aérer !

— Et mes cours d'hygiène ? Je peux plus dire « Fumer tue » si ça sent le tabac !

— Débrouillez-vous, Cam… Chantal, débrouillez-vous !

Dans la salle d'attente, on discourt sur l'évolution du docteur et c'est unanime : depuis qu'il fricote avec « Marilyn », rien ne va plus.

— Bien moins aimable que jadis. Quand je consulte pour mes douleurs, il dit que les douleurs, à mon âge, tout le monde en a !

— Et moi, expédiée en quatre minutes, montre en main. Il m'a traitée de quoi l'autre jour ? Hippocam… hippocon… enfin, quelque chose de ce genre. Je viens pas chez le docteur pour me faire enguirlander. Avant, je lui donnais des œufs et des légumes de mon jardin, maintenant : tintin !

— L'autre fois, je lui demande si c'est bon ou pas les anticholestérol. Parce que ma belle-sœur n'en prend plus. « C'est qui, le médecin, moi ou votre belle-sœur ? » qu'il m'a répondu, avec le sourire, mais tout de même !

— Moi pareil, à la télé ils prétendent qu'on doit se méfier de certains vaccins. Je lui pose la question, il n'y a pas de mal à s'informer. Il répond, péremptoire : « Si je dis qu'il faut vacciner votre bébé, vous le vaccinez ! » On a beau avoir confiance, on a besoin d'arguments. J'insiste : « Mais on dit que c'est mauvais pour la santé. » Alors là, il grimpe à l'échelle : « Et la variole, c'est bon pour la santé ? Et la tuberculose, c'est bon pour la santé ? Et le tétanos, c'est bon pour la santé ? » Je ne l'avais jamais vu comme ça. Il était vraiment fâché.

Quand Daniel Beynac entre dans la salle d'attente, on se tait. Chacun sait que c'est un ami du docteur.

— C'est à vous, Daniel, dit Ménard.

Le non-malade, habituellement si leste, se lève avec difficulté. Il se plaint d'être fatigué, d'avoir des courbatures.

— Vous avez forcé sur la fonte ?

— Pas plus que d'habitude.

Ménard le fait passer dans la salle d'examen. Rien d'anormal, *a priori*.

— Je vais vous prescrire une analyse de sang.

Daniel blêmit.

— J'ai la phobie des piqûres…

— Quel paradoxe ! sourit Ménard. Vous soumettez votre corps à des efforts intenses, et une aiguille vous inquiète…

— Une vraie phobie… confirme Daniel.

C'est alors que Chantal frappe à la porte.

— Que se passe-t-il ?

— Pardon de vous déranger, mais j'étais en train d'ouvrir le courrier du docteur, quand je suis tombée sur cette lettre. Je crois que c'est urgent. Je sais qu'il n'aime pas… Bonjour, monsieur Beynac. Pardon, j'aurais dû le dire tout de suite, mon « bonjour ». C'est que nous sommes tous un peu désorientés, en ce…

— Merci, Chantal, dit Ménard pour couper court.

— Je crois qu'on l'a glissée sous la porte. Je n'ai pas vu de timbre. Je l'ai prise avec le restant de courrier, mais…

— Oui, Chantal. Merci ! répète Ménard fermement.

Elle pose l'enveloppe sur le bureau et referme la porte en pensant qu'elle en a marre de ce boulot. Son oncle lui propose de l'aider à la charcuterie. Elle va dire oui.

— Où en étions-nous ? dit Ménard en fixant l'enveloppe.

— Ouvrez-la ! suggère Daniel. Vous en mourez d'envie.

Paul ne se fait pas prier. Il en extrait un dessin, un dessin d'enfant. Il représente… Paul, on dirait. Avec sa barbe, ses lunettes, une cigarette à la bouche. Il esquisse un sourire. Un cadeau de Céleste, sûrement. Ils commencent à s'apprivoiser, tous les deux. Il est touché qu'elle ait pensé à lui. Son attention se porte sur la bulle où est écrit… Il repose le dessin. Il verra plus tard. Mais du coin de l'œil, il lit : « Au secours ! » Il reprend le dessin pour mieux lire : « Au secours, docteur Cocotte, sauve Maman ».

Paul devient livide. Daniel se lève, inquiet.

— Que se passe-t-il ?

Paul cherche son bloc d'ordonnances, son *Vidal*. Il ne sait plus où il en est.

— Pardon, mais ce dessin… Je suis très perturbé, en ce moment. J'ai peur pour Camille, ma… enfin… vous savez…

Il a du mal à reprendre ses esprits.

— Où en étions-nous ? Ah oui, cette fatigue, ces douleurs, eh bien, je vous propose de lever le pied.

— Et l'analyse de sang ?

— Oui, bien sûr, bien sûr, je vous la prescris. Je rédige l'ordonnance.

Et, perturbé par le dessin de Céleste, il ajoute cette phrase qu'il ne se pardonnera jamais :

— Ça n'a rien d'urgent !

- 22 -

Quand il rentre de mission, Marc Ellis attrape vivement son sac, salue la compagnie et fonce vers Cernon. Dans sa voiture, il passe des coups de fil à ses amis chasseurs pour savoir s'ils ont prévu une battue. La chasse est son passe-temps favori. Il le justifie par son amour de la nature, la préservation de l'écosystème, le service qu'il rend aux agriculteurs.

Céleste l'accompagne parfois, pour le plaisir de se lever très tôt, d'enfiler des bottes et des vêtements trop larges, et de retrouver Lascar, le labrador de son père, confié à un ami. Camille est allergique aux poils de chien et à la chasse : elle juge inhumain de tuer des bêtes pour le plaisir. Il s'en moque. À peine rentré, il repart chasser ou faire des pompes et des haltères à la salle de sport. Physiquement, il a besoin d'exercice. S'il vivait à la mer, il ferait de la voile, de la plongée et nagerait au-delà des bouées.

Depuis quelques mois, Céleste ne regarde pas les bécasses tirées en plein vol qui tombent à pic, ni les plumes qui dépassent des gibecières, ni les lièvres alignés par terre, le regard mort. Elle pense au docteur qui peut entrer dans la maison avec ses chaussures, qui dîne au salon à la lueur des bougies, qui reçoit des cadeaux et dort parfois dans le lit de ses parents, à gauche, à la place de son papa.

Elle voudrait dire à son père qu'il doit rentrer plus souvent, s'occuper de sa femme, qu'il devrait lui interdire d'aller chez le médecin, à Saint-Rémy, au Château, où Camille va et vient comme si c'était chez elle. Céleste se demande si son papa n'est pas au courant de quelque chose. Il lui paraît de mauvaise humeur. Il fait beaucoup trop de sport et quand il n'en fait pas, il est à la chasse, comme s'il fuyait la maison. Parfois, elle entend une dispute, mais c'est rare. Ses parents ne disent jamais ce qu'ils pensent. Ils échangent plutôt des banalités et des phrases toutes faites. Dans leurs lettres, que Céleste signe avec des gros cœurs et plein de bisous, sa mère appelle son père « Pollux ». Il répond « Margotte » sans que leur fille comprenne pourquoi. Ils évoquent la pluie, le beau temps, les notes, l'organisation, les projets de vacances, l'état du jardin, la santé, le chemin à emprunter pour se rendre ici ou là. Céleste ne sait pas dire ce qui la tracasse.

Cernon, le 7 avril 1998, 6 heures

Cher Pollux,

J'espère que tu es bien arrivé et que tu disposes d'une chambre seul. Sais-tu quand sont tes prochains congés ? Ici, rien de très nouveau. C'est la Beauce…

Mes maux de tête ont repris mardi vers 8 heures, se sont arrêtés mercredi à 16 h 30. Pourquoi ? On ne sait pas. J'ai pris de l'aspirine mais j'ai cru devenir folle. Le médecin s'est lancé dans une « exploration » comme il dit. Une prise de sang.

L'infirmière a laissé entendre que les résultats n'étaient pas bons. Restons stoïques. Nous verrons ce qu'il trouve.

Céleste a toujours de bonnes notes. Mme Pellerin dit qu'elle est « dans son petit monde, un peu à l'écart », mais comme tous les enfants surdoués, non ?

Tu seras content. Je me suis confectionné une nouvelle robe. J'ai copié le modèle sur un vieux Paris Match *que j'ai trouvé à la brocante de Saint-Rémy. Une robe Dior que j'ai améliorée, car parfois la haute couture est importable. Le jardin est beau. J'ai arraché les mauvaises herbes, traité les rosiers avec du savon noir. C'est à la jardinerie qu'ils me l'ont conseillé. Le bidon coûte vingt fois moins cher qu'un insecticide normal. Il faut croire qu'ils ne sont pas très commerçants...*

Je te laisse car la journée n'est pas terminée.

Mille bisous,

Margotte

Bamako, le 15 avril 1998

Tout va bien ici pour le moment. Trois ou quatre vols par semaine. J'ai un logement correct, l'ambiance est bonne. Chacun y met du sien pour la maintenir.

Tu féliciteras Chouchette pour son brevet de natation. Je suis très fier d'elle.

Et toi, comment vas-tu ? Est-ce que tout va bien aux Bleuets ? Ce n'est pas toujours facile avec les collègues, j'en sais quelque chose, mais on n'est pas là pour se faire des amis...

Ne te donne pas trop de mal pour les mauvaises herbes, je les arracherai à mon retour. Je me demande si c'est une bonne idée, ce potager. Que de travail pour un rendement assez moyen finalement. On est loin de manger les légumes du jardin.

Je vous quitte pour aujourd'hui.

J'espère vous avoir au téléphone.

Gros bisous,

Pollux

Mardi 16 juin 1998

Ce jour-là, quand Marc Ellis descend d'avion, il n'est question ni de chasse ni d'haltères. Il a les jambes faibles et le regard fiévreux. La veille, en mission, il a mangé une viande qui lui retourne l'estomac. En rentrant chez lui, il évite le garage, entre par le vestibule, monte à sa chambre, ôte ses chaussures sans défaire les lacets et s'allonge sur son lit, épuisé. Camille, qui l'a suivi, demande :

— Ça ne va pas ?

Il répond qu'il se sent mal depuis la veille. Il faut qu'il dorme. Elle referme la porte doucement. Une fois en bas, elle appelle le docteur Ménard.

Samedi 20 juin

Les Ellis maintiennent l'invitation à dîner d'un couple d'amis. Alain est militaire dans l'armée de l'air. Claire, sa femme, élève ses enfants. Elle admire Camille d'avoir un job à mi-temps et de pouvoir « concilier travail et vie de famille ». Céleste dîne seule dans sa chambre en lisant *Le Journal d'Anne Frank*. La jeune fille se sent proche de cette adolescente juive amoureuse, pleine de vie et de projets malgré l'enfermement. Elle trouve horrible qu'Anne soit morte déportée. Céleste deviendra quelqu'un de bien. Elle défendra les faibles, les orphelins. Jamais elle ne sera raciste ou antisémite. Jamais elle ne sera nazie. Elle saura admirer la vie en chaque être humain. C'est un engagement qu'elle prend, solennellement, vis-à-vis d'elle-même…

Pendant ce temps, au salon, Marc repousse son assiette. Sa brousse de chèvre aux poivrons jaunes, cuisinée par Camille, est à peine entamée. On parle de la Coupe du monde de football, d'Aimé Jacquet, l'entraîneur de l'équipe de France, que l'on commence à respecter. De Zidane, dit « Zizou », qui fait l'unanimité. Et de la mort « idiote » d'Éric Tabarly.

— Mourir noyé, pour un marin, c'est un comble !

— Il a commis une imprudence.

— Toutes les morts sont horribles.

— Sauf dans son sommeil, dit Camille.

Il est 22 heures. Marc n'a toujours pas ôté ses lunettes de soleil. Son collègue s'inquiète de sa santé. Quand il montre ses yeux, on a un mouvement de recul : ils sont injectés de sang. Il minimise :

— La fatigue, un peu de tension, d'après le médecin. J'ai surtout besoin de repos, d'ailleurs je vais aller me coucher. Pardonnez-moi, mais je suis complètement crevé.

Marc disparaît dans sa chambre. Le saumon sur lit de poireaux est intact. Camille, Alain et Claire terminent la soirée. Elle les raccompagne en leur disant de ne pas s'inquiéter. Son mari sera vite sur pied. Le docteur a parlé d'une simple « baisse de régime ».

Lundi 22 juin

Mme Ellis conduit son mari à la base. Sa santé ne s'améliore pas. Il a prié son ami Alain, qui prend quotidiennement de ses nouvelles, de ne pas l'ébruiter. On pourrait l'empêcher de voler. Ce serait une catastrophe pour son évolution de carrière, un rêve brisé. Pas question d'avertir la médecine militaire. Il vient poser deux semaines de congé. Il en profitera pour se requinquer. Puis il rentre à Cernon, l'esprit plus tranquille, et retourne se coucher.

Mercredi 24 juin

Dans son cabinet, le docteur Ménard réfléchit à la façon de procéder. Il a déjà prescrit quelques gouttes de digitaline, incolore et inodore, pour entamer le processus. À petites doses pour le moment. Il les augmentera progressivement. Une mort trop brutale serait suspecte. L'essentiel est que Marc dorme pour laisser Camille tranquille. Tout va bien : le Rohypnol est efficace.

Le lendemain

Le collyre apaise la conjonctivite provoquée par les vents de sable. Les yeux sont moins rouges. Les nausées ont disparu. Le major se sent moins mal, sauf quand il se lève brutalement : il a l'impression qu'il va tomber dans les pommes. Il a encore besoin de repos. Le médecin a expliqué qu'il avait excessivement « tiré sur la corde ». Trop de sport pour se défouler, trop de missions successives et peut-être trop de soucis à la maison. Il n'en parle pas avec sa femme, ni avec le docteur qu'il ne connaît pas. Marc est un homme secret. Il prend son mal en patience.

Mardi 30 juin

Mme Ellis va régulièrement à la pharmacie de Saint-Rémy acheter des médicaments. Parmi eux, un antitussif (le major tousse), un collyre à mettre dans les yeux, un hypotenseur, un somnifère car il dort mal, des gélules de magnésium pour le doper. Mais il est toujours aussi fatigué. Lorsqu'il descend à la cuisine, il se tient à la rampe et retourne vite s'allonger car la tête lui tourne. Lorsqu'elle lui a monté son plateau-repas, Céleste l'a trouvé très pâle.

Le docteur Ménard passe régulièrement. Il demande un bilan sanguin. Une infirmière vient à domicile faire le prélèvement. L'ordonnance indique : « Glycémie à jeun, cholestérol, transaminases, numération et CPK » pour mesurer le taux de créatine phosphokinase, afin d'écarter divers troubles touchant le cerveau, le cœur ou les muscles.

Mercredi 1er juillet

Les résultats sont bons. Ils n'indiquent rien d'anormal. Le major se sent bien quand il est couché. Il se plaint seulement d'avoir froid. Bien qu'il ait des suées, comme s'il avait chaud, son nez, ses doigts, ses pieds sont glacés. Le docteur l'ausculte. La tension est un peu élevée. Le cœur est lent comme souvent chez les grands sportifs.

— Ceci explique cela, commente Ménard, qui se fait passer pour le docteur Sonnier.

Sonnier, Monnier : même consonance. Il craint que son véritable nom ne lui mette la puce à l'oreille. Mais le malade est confiant et inquiet. Son congé ne peut pas durer plus longtemps sans alarmer ses supérieurs. Il tient à sa réputation d'homme solide et en bonne santé.

C'est Camille qui téléphone à la base pour dire que son mari va profiter de la première semaine de vacances de sa fille pour rester avec elle. Il la voit si peu, alors qu'il l'aime tant ! La fable attendrit. On la croit. Seul Alain s'inquiète pour son ami, mais il est fidèle à sa promesse de ne rien dire aux autorités.

Sur les conseils du docteur Ménard, Camille multiplie par dix les gouttes de digitaline. Elle les regarde tomber dans le verre d'eau. Une dose de cheval. Elle demande à sa fille « de ne pas faire de bruit pour ne pas déranger Papa ». Une requête inutile puisque Céleste se cantonne à sa chambre, y compris lors des repas. Sa mère lui a offert un petit téléviseur qu'elle a posé au-dessus de son bureau, sur l'étagère, bien visible de son lit. Parfois, elle baisse le son pour écouter les allées et venues dans la maison, les chuchotements de sa mère et du docteur Cocotte, qu'elle a reconnu, bien qu'il se soit rasé la barbe et ne porte plus de lunettes. Il fume toujours. Une odeur de tabac flotte dans le salon. Parfois, Camille crie :

— Tu es médecin ou pas ? C'est à toi de trouver !

Vendredi 3 juillet

Le major est une force de la nature.

— Son palpitant tient le choc, constate Ménard, dépité.

Camille le traite d'incapable. Elle est à bout. Elle menace de mettre fin à ses jours. Un matin, elle paraît vaseuse. Sa bouche est pâteuse, comme si elle avait avalé les somnifères destinés à Marc. Paul s'affole. Il promet de « passer à la vitesse supérieure ». L'idéal serait que le major meure en mission, loin de Cernon. Le soir, dans le secret de son cabinet, le docteur envisage plusieurs possibilités. Il s'interroge sur l'effet retard de ses prescriptions. Un vrai casse-tête médical.

Jeudi 9 juillet

Le docteur Ménard/Sonnier n'emploie que des produits disponibles au cabinet, soit qu'il en possède des échantillons laissés par les labos, soit qu'il ait des réserves de digitaline pour les insuffisants cardiaques, d'insuline pour les diabétiques par exemple. Dans la salle d'examen de son cabinet, il joue à l'apothicaire. Il ôte l'opercule qui protège l'emballage des gélules de magnésium prescrites au major. Il en décapsule six et vide leur contenu dans l'évier. Ensuite, il pile dans un petit mortier trois comprimés toxiques. Quand la poudre est bien fine, il en prélève quelques milligrammes avec la pointe d'un couteau et remplit les gélules creuses. Ce transvasement terminé, il les referme. Les gélules rejoignent leur emplacement dans la plaquette de médicaments.

Il replace l'opercule soigneusement en disposant plusieurs points de colle.

Si Ménard prenait du recul, ne serait-ce que quelques secondes, il se rendrait compte qu'il tue un homme. Que cet acte ne lui ressemble pas. Qu'il est à l'opposé de ce qu'il est, de ce qu'il pense, de ce en quoi il croit. Il saurait que c'est à la justice de régler le problème de Camille, pas à lui. S'il poussait encore un peu plus loin l'introspection, il verrait que son inconscient œuvre pour lui. Que c'est le petit Paul qui « sauve » Camille comme il aurait voulu sauver sa maman d'une mort certaine. Ou bien encore que Minus entend prouver à la grande figure de Tarzan qu'il est une sorte de héros, lui aussi, à sa manière, puisqu'il se sacrifie par amour.

Mais Paul ne pense pas. Il suit une idée fixe.

Dimanche 12 juillet

Le docteur Ménard projette une lumière sur la rétine du major étendu sur son lit. La pupille se dilate. Il n'est qu'évanoui, ce qui est suffisant pour accélérer le processus. L'intérêt d'une seule piqûre d'insuline dans le ventre est qu'elle ne laisse aucune trace, d'aucune sorte. C'est Ménard qui injecte. Camille, elle, « ne veut pas voir ça ».

Dans la nuit, des bruits de gorge irréguliers sortent de la chambre des parents.

C'est le silence qui réveille Céleste en sursaut. Elle n'ose pas bouger. Elle suspend sa respiration. Le râle reprend. L'enfant se détend et se rendort.

Lundi 13 juillet

Céleste est réveillée par sa mère qui crie au téléphone :

— Mais je me moque que tu sois en consultation ! Je n'arrive plus à dormir. Je suis à bout ! Ces ronflements, je ne peux plus supporter ça !

Vers 10 heures, le docteur Ménard/Sonnier porte le coup de grâce. Il injecte une dose massive d'insuline lente, à effet retard. Elle ne sera mortelle que dans huit à douze heures.

Les heures passent. Les râles continuent. Ne supportant plus l'attente, Camille déboule dans la chambre de Céleste.

— Habille-toi, fais-toi belle ! On va déjeuner en ville.

Céleste enfile un jean, se coiffe à la va-vite, chausse des baskets et fonce dehors pour les lacer. Elle n'est pas sortie depuis la fin de l'école, sauf pour aller chercher le courrier. À l'intérieur, la maison est sombre. Son air irrespirable. Les volets sont fermés. Sur le trajet, elle renaît comme si le danger s'éloignait. Mère et fille déambulent dans le centre commercial. Quelques boutiques sont ouvertes. Céleste fait de la provoc. Elle insiste pour que sa mère lui offre un jogging bleu électrique que Camille trouve hideux. La petite l'exige : lorsqu'elle devient autoritaire, sa mère cède toujours, telle une enfant. Camille se gâte aussi. Elle promet :

— On va être riches !

À la pizzeria, elles choisissent deux margheritas.

- 23 -

Pendant ce temps, Paul, entre deux patients, écoute son répondeur. Hier, Quentin a laissé un message joyeux après la victoire des Bleus :

« Tu as vu, Papounet, on a gagné ! Je suis dans un café français avec des copains. Et toi ? Où es-tu ? Avec Sam et Stan ? Sur la place de Saint-Rémy ? Embrasse tout le monde pour moi. Zizou ! Zizou ! Vive la France ! Bon, je te laisse, Papounet, ça coûte une blinde. Rappelle-moi. Je t'aime. Gros bisous. »

Paul s'affaisse dans son fauteuil. Son fils l'aime et compte sur lui. À Saint-Rémy, on danse, on klaxonne, les langues de belles-mères sifflent encore. On s'égosille : « Vive la France ! Vive Zizou, Barthez, Thuram. Vive la France black, blanc, beur ! » Et lui est en train de tuer un homme. Certes, c'est une brute, mais en a-t-il le droit ? Il multiplie les appels pour convaincre Camille de faire marche arrière. Pas de réponse.

Alors il espère un miracle, un mauvais dosage, un contretemps qui empêche le pire. La constitution de Marc Ellis est exceptionnelle. Lui, l'agnostique, prie le ciel pour qu'il en réchappe. Machinalement, il enfile sa blouse blanche de médecin, comme on se met un grigri autour du cou pour conjurer le sort.

— Tiens, le docteur a un petit air d'hôpital, cet après-midi, remarque Chantal. C'est exprès ? Que le docteur ne le prenne pas mal, ce n'est pas pour lui manquer de respect, mais comme le docteur n'est pas toujours dans son assiette, ces derniers temps…

— J'ai bien compris, Chantal, dit Ménard. Qui est le patient suivant ?

Les rendez-vous s'enchaînent, jusqu'au dernier malade de la journée.

— Qui est-ce ?

— M. Beynac.

— Ah !

— Il est déjà dans votre bureau. Vous venez de le faire entrer… en fait, constate Chantal, décontenancée.

— Ah oui, dit Ménard en réalisant un demi-tour sur lui-même, la blouse au vent. Daniel Beynac, oui…

— Votre ami…

— Mais oui, je sais, Camille ! Arrêtez de me parler comme si j'étais gâteux !

— Moi, c'est Chantal, marmonne-t-elle.

Paul ne l'entend pas. Il retourne dans son bureau serrer la main de Daniel, comme il l'a fait quelques minutes auparavant. Il virevolte et finalement s'assied devant son ami qui l'observe d'un air amusé.

— Vous avez l'air troublé…

— Oui, pardon. Tout m'échappe en ce moment. J'ai passé une nuit fatigante.

— C'est plutôt bon signe… dit l'ami facétieux.

— Oh non, ce n'est pas ce que vous croyez. Qu'est-ce qui vous amène ? Vous avez besoin d'un certificat ?

— Mais non, Paul, rappelez-vous, je devais vous apporter les résultats d'une analyse de sang et d'urine.

— Ah mais oui, tout à fait… Attendez une minute.

Ménard ressort de son bureau. Il demande à Chantal la fiche de M. Beynac.

— Je l'ai posée sur votre bureau !

— Ah oui, c'est vrai, c'est vrai.

Cette fois, le docteur Ménard revient à son malade, plus concentré. Il parcourt ses notes, se rappelle la fatigue, les douleurs musculaires…

— Je suis à vous, Daniel, quoi de neuf depuis la dernière fois ?

— Toujours très fatigué et, l'autre jour, j'étais en pleine course quand j'ai senti un coup de poignard entre les omoplates. C'était si violent que je me suis arrêté net, plié en deux, le souffle coupé. J'ai vraiment cru qu'un fou m'attaquait, au couteau, par-derrière – je dois lire trop de polars. Je me suis assis sur un banc. Je me suis passé la main dans le dos, en pensant y trouver du sang. C'était tellement violent.

La ride du lion du docteur Ménard se creuse.

Daniel lui tend une enveloppe blanche avec le logo du laboratoire d'analyses médicales.

— Je n'ai pas regardé, je n'y comprends rien.

Paul l'ouvre précautionneusement. Un mauvais pressentiment. Il se racle la gorge. Remonte ses lunettes.

Daniel continue de plaisanter.

— Je me suis trouvé courageux pendant la prise de sang. La femme qui m'a piqué était jeune et ronde à croquer. Elle sentait le bonbon. Elle m'a parlé comme si j'étais un bébé. Du coup, j'ai eu envie d'être un nourrisson et… j'ai oublié la seringue.

Paul ne sourit pas. Il se lève et se rassied. Tout à ses souvenirs, Daniel ne voit pas son trouble.

— Donnez-moi quelques secondes, demande le docteur Ménard.

Il disparaît dans la salle d'examen. Il lui faut cinq minutes pour réfléchir. Il se lave scrupuleusement les mains. À ses autres patients, il annonce le tandem maladie-traitement dans la foulée : « Vous avez un sale truc mais qu'on soigne très bien. » Daniel voudra en savoir plus : combien de temps me reste-t-il à vivre ? En me soignant ? Sans me soigner ?

Quand Paul revient dans le bureau, Daniel est en train d'inspecter tranquillement la bibliothèque.

— Asseyons-nous, propose le docteur Ménard, qui a bien réfléchi.

Daniel aura peur du mot. Il va falloir user de circonlocutions et avancer à petits pas. Lui dire que les analyses ne sont pas aussi bonnes que prévu. Lui annoncer qu'on a trouvé quelques cellules anormales et qu'il faudrait investiguer pour en savoir plus. Qu'il s'agit d'un premier stade d'alerte à surveiller de près. Ensuite, s'il pose des questions plus précises, Paul promettra que tout va bien se passer, car on dispose aujourd'hui des « meilleurs protocoles ». Si Daniel demande des détails, il annoncera que ces cellules anormales ont certes un « potentiel de dégénérescence », mais qu'il existe plusieurs options de prise en charge qui ne s'annulent pas. Au contraire, elles se cumulent.

Paul s'assied. Il sait que les patients ont besoin de temps pour absorber la nouvelle, progressivement. Il prend un stylo, le repose, se lève, revient à son fauteuil à roulettes. Le résultat des analyses est posé devant lui. Il est une boule de nerfs. Il n'arrive pas à prononcer un mot. Il regarde le visage taquin de son ami avec une tendresse de père. Comme il voudrait prolonger son insouciance ! Dans quelques secondes, il le sait, les traits seront creusés. Il lira une sorte de terreur dans ses yeux. Plus que jamais, le docteur Ménard décide d'employer des métaphores, de se montrer sûr de lui et d'expliquer les choses longuement, calmement.

Son téléphone vibre sur le bureau. Paul ne répond pas. Par quoi va-t-il commencer ? Le mobile reprend sa danse sur le cuir vieil or du bureau plat. Il ne répond toujours pas. Il faudra surtout qu'il dise à Daniel qu'il ne souffrira pas – il y veillera personnellement, les traitements antidouleurs sont très efficaces… Le téléphone vibre encore. Et qu'il lui parle de chute de cheveux, pas cette fois-ci, ce serait trop tôt, mais la fois prochaine. Daniel est si coquet. Celui-ci lui fait signe de décrocher.

— Allez-y !

Paul hésite, s'excuse :

— Allô ?

Aucune formule de politesse évidemment. Camille hurle dans le combiné :

Marc est mort !

Paul sursaute et retombe, accablé, sur son siège. Il avait espéré…

Camille répète la même phrase en criant toujours.

— Et alors ? répond Paul sur le même ton, qu'est-ce que tu veux que j'y fasse ?

— Comment ça, « qu'est-ce que tu veux que j'y fasse ? » s'exclame Camille.

— Oui, que veux-tu que je te dise ?

— Tu pourrais dire : « J'arrive », par exemple.

— Je suis en consultation.

— « Je suis en consultation », singe Camille d'une voix nasillarde. Marc est mort et c'est tout ce que tu trouves à dire ?

— Je viendrai… quand j'aurai terminé.

— Et tu auras terminé quand ?

— Dans une heure environ.

— Mais c'est dans mille ans ! J'ai peur, avoue-t-elle d'une voix d'enfant.

— Je comprends, dit-il, radouci. Mais que ce soit dans une heure ou dans cinq minutes, il n'y a plus rien à faire…

— Évidemment, tu ne penses qu'à toi et à ton sacro-saint travail ! C'est la seule chose qui compte pour toi ! dit Camille qui reprend des forces.

— Ah, vraiment ! s'indigne Paul. Réfléchis bien à ce que tu dis, Camille, et ose le répéter !

— C'est pour Céleste. Ce silence, c'est effrayant, explique Camille, suppliante.

— J'arrive le plus vite possible, promet Paul.

— Une heure, gémit Camille, c'est une éternité. Que vais-je devenir pendant ce temps ?

« Eh bien, tricote ou fais des gâteaux ! » C'est ce qu'il a envie de répondre mais, à l'idée d'être un mauvais homme, il ravale son ironie.

— Fais quelque chose qui t'apaise. À tout de suite… Je t'embrasse.

Daniel l'a scruté pendant toute la conversation.

— Vous êtes livide ! On se demande qui est le plus malade des deux.

Paul n'est plus vraiment là. Il est avec Camille. Avec Marc décédé. Il balance sans ménagement :

— Aucun doute, c'est vous : c'est un cancer !

- 24 -

Des anges aux visages ronds ornent le portail. À l'intérieur, des centaines d'ex-voto tapissent les murs de pierre. Depuis le Moyen Âge, des parents supplient la Vierge de guérir leur petit d'une « fièvre pernicieuse » ou d'une « angine couenneuse ». D'autres la remercient d'avoir sauvé leur enfant d'une « chute d'échelle » ou d'un « ébouillantement ».

Depuis quarante ans, Mme Ellis connaît la basilique, mais ne la fréquente pas.

A-t-elle prié pour son fils ? Non. Est-elle allée à la messe le dimanche ? Non. A-t-elle remercié la Vierge de lui avoir donné cet enfant si beau et plein de santé ? Non. Alors voilà sa punition : le bon Dieu l'a repris. Il a repris son fils unique. Punition ! Punition ! Punition !

Comment qualifier sa peine ? Est-elle veuve de son enfant ? Ou orpheline ? C'est un deuil sans vocabulaire, un deuil innommable. Le summum du chagrin. Les épargnés n'en ont aucune idée. Elle aussi n'en savait rien, voici dix jours seulement. Elle se reproche jusqu'à cette innocence. Elle aurait dû savoir que, bientôt, elle n'aurait plus d'enfant. Elle s'y serait préparée, comme devraient le faire toutes les mères de soldats. Elle aurait prié, pleuré, supplié. Et elle aurait moins mal d'avoir gâché ce temps où il vivait encore. Elle aurait dû le harceler d'amour, enlacer sa grande carcasse, enregistrer sa voix et son rire pour les imprimer dans ses oreilles. Elle ne l'a pas fait. Tant pis pour elle ! Elle n'a pas su remercier Dieu, chaque jour, d'avoir un enfant si fort, si travailleur. Puisqu'elle n'a pas savouré sa chance, qu'elle pleure maintenant !

Voilà ce que pense la vieille dame écrasée de douleur sur le banc du premier rang, devant le cercueil posé sur des tréteaux et la photo d'un Marc rayonnant... On dirait qu'il sourit à une femme aimée.

Elle a voulu le voir une dernière fois dans son bel uniforme aux épaules galonnées, le visage paisible, un chapelet entre les mains, un dessin d'enfant sur le cœur. Sans le froid de sa peau, elle l'aurait cru vivant.

Paul arrive en voiture, seul, une heure avant le début de l'office. Il n'a pas revu Camille. Elle n'a pas téléphoné non plus. Ils sont convenus de prendre leurs distances, mais elle lui manque viscéralement. Il a besoin de la voir, de l'entendre, de la toucher et surtout de sonder son état d'esprit. Est-elle enfin paisible ? Libérée ? Heureuse ? Soulagée ? Et Céleste ? Pleure-t-elle son père ?

Il s'assied à l'arrière de l'église, un panama vissé sur le crâne, le menton rasé, les lentilles en place. Ce dernier mois, le docteur Ménard est devenu un autre homme. En marge. Enfermé dans un monde indicible. Il a assassiné un homme. Il ne peut plus parler à personne ni regarder qui que ce soit dans les yeux. Et pourtant, il est fier d'avoir poussé l'amour jusqu'à cette solitude. Pour Camille, il a donné sa vie, son honneur. Il le paie cher ! Il n'a plus aucune tranquillité d'esprit. Il s'affole d'un rien. Chaque personne qui entre dans l'église est une menace. Il fait le dos rond. On parle de lui, on s'approche, on lui pose une main sur l'épaule. Il sursaute.

La basilique se remplit sans qu'il soit inquiété. Ménard s'attendait à une église vide, un enterrement confidentiel. C'était sous-estimer l'esprit de corps des militaires et la fraternité des chasseurs. Tout un parterre de galonnés s'installe. Il cherche Sophie du regard en prenant conscience qu'il ne sait pas du tout à quoi elle ressemble, quand l'orgue attaque le *Requiem* de Fauré. Les fidèles redressent les épaules, joignent leurs mains et Camille paraît. On se retourne pour la voir. Moulée dans un tailleur noir impeccablement coupé, elle porte une courte voilette à pois et des talons hauts qui affinent encore un peu plus ses chevilles minces.

Le chagrin ne l'enlaidit pas.

Céleste tient la main de sa mère. Elle porte une robe noire à col blanc arrondi. Camille salue les uns et les autres. Céleste, tête baissée, regarde ses chaussures neuves. Leur allure est solennelle, comme si la gravité des circonstances ralentissait leur marche. Chacune porte une rose rouge à la main. Arrivées près de l'autel, elles disparaissent, englouties par le premier rang. L'office peut commencer.

Au moment de l'éloge funèbre, les uniformes défilent au pupitre. Ils vantent les qualités du major, un homme « fiable, travailleur et bon camarade ». Bon camarade ! Paul s'esclaffe intérieurement. Ah, ils cachent bien leur jeu, les militaires ! Mise impeccable et âmes pourries !

Paul cherche dans l'assemblée qui peuvent être les salauds qui abusaient de Camille. Pourquoi pas ces quatre gaillards, là, derrière elle ? Il les imagine vautrés dans le canapé usé, bière à la main : « Ôte ta culotte,

Chose ! Oui, c'est bien, montre ta belle petite chatte, tortille les fesses pour qu'ils admirent ton joli petit cul ! »

Paul est rouge de colère et d'excitation.

Ce qui le met en rage, c'est que personne n'ait rien vu, rien soupçonné. Combien d'enfants violés, de femmes maltraitées dans l'indifférence ?

Le curé demande aux fidèles de s'asseoir.

Il vante les mérites de Marc, ce bon père de famille.

« Tu parles ! pense Paul. "Sexuellement, c'est un gorille…" disait Camille. »

Si les gens savaient !

La messe se termine. Chacun s'apprête à déposer une rose pour bénir le corps. L'orgue se tait. Une forme bouge et parle dans les premiers rangs. C'est une vieille dame aux cheveux blancs qui s'avance vers le cercueil, sur lequel elle s'écroule les bras en croix en sanglotant. Une détresse déchirante, absolue. On se précipite pour la soutenir. Les mouchoirs volettent autour des sacs à main. On renifle quand, de l'autre côté de la nef, s'élèvent des protestations. C'est Camille qui enjambe des pieds pour quitter son banc. Elle s'y prend mal, manque de tomber, se rattrape et se redresse en tirant sur sa veste. Ses gestes saccadés expriment sa fureur :

— Me faire ça à moi ! Un jour comme aujourd'hui !

Elle est furieuse. Elle quitte l'église en martelant les dalles. Sa fille se lève à son tour et la suit. Puis d'autres fidèles et enfin Paul qui jette un œil vers la mère de Marc, toujours effondrée, toujours entourée.

Dehors, sous le porche, Camille ne décolère pas. Elle reçoit les condoléances du bout des lèvres, se glace sous les étreintes. L'enfant, telle une marionnette, se laisse embrasser. Peu à peu, Camille se ressaisit. Elle remercie, sourit tristement. Paul s'introduit dans la file. Son tour vient de saluer Camille. Elle fuit son regard. Il lui prend la main. Elle la retire vivement. Alors il se penche pour baiser sa joue. Il lui souffle :

— Tu es soulagée ?

Elle se recule, l'air choqué. Quelqu'un pousse derrière lui. On est pressé de compatir. Paul s'avance vers Céleste. Il se baisse pour être à sa hauteur. Elle pose sur lui un regard vide qui, peu à peu, s'emplit de larmes. Il ouvre les bras pour qu'elle s'y réfugie. Il la serre contre lui. Elle est raide comme une bûche.

— Je ne t'abandonnerai jamais, promet Paul.

Céleste ne réagit pas. Camille se tourne alors vers lui. Elle a son air des mauvais jours. Elle l'écarte de sa fille et lui glisse à l'oreille méchamment :

— Lâche-la, je ne veux plus jamais te voir !

- 25 -

Il sursaute quand une porte claque. Il pâlit quand un voisin s'approche. Il rase les murs, ne salue plus personne. Il se comporte comme un coupable. Qu'on le comprenne bien : il n'a pas honte de son geste. Il a honte de ce que les autres pourraient en penser. Il va devoir expliquer qui était Marc, raconter le drame secret de Camille, humiliée, battue, violée, démontrer le courage qu'il lui a fallu pour trahir ses valeurs d'homme, de médecin.

Paul se parle à voix basse, comme s'il plaidait sa cause, déjà.

À l'affût des bruits et des ombres, il se sent en danger dans sa propre maison trop vaste, trop vide. Il préfère dormir au cabinet, enroulé dans une couverture, sur le canapé de la salle d'attente. Mais il se réveille en sursaut. Sa conscience n'est plus jamais en paix. L'image de sa victime l'obsède. Ménard chuchote à l'oreille d'un bébé inquiet et c'est Marc qu'il entend : « Au secours, docteur, aidez-moi, j'ai si peur ! » Paul palpe un malade, et c'est encore Marc qu'il voit, allongé sur le côté, les joues creusées, le nez pincé, trépassé…

Est-ce le remords ? Il continue de soliloquer, pense se dénoncer, se retourne sur le canapé, se rendort parfois.

pleuré, supplié. Et elle aurait moins mal d'avoir gâché ce temps où il vivait encore. Elle aurait dû le harceler d'amour, enlacer sa grande carcasse, enregistrer sa voix et son rire pour les imprimer dans ses oreilles. Elle ne l'a pas fait. Tant pis pour elle ! Elle n'a pas su remercier Dieu, chaque jour, d'avoir un enfant si fort, si travailleur. Puisqu'elle n'a pas savouré sa chance, qu'elle pleure maintenant !

Voilà ce que pense la vieille dame écrasée de douleur sur le banc du premier rang, devant le cercueil posé sur des tréteaux et la photo d'un Marc rayonnant… On dirait qu'il sourit à une femme aimée.

Elle a voulu le voir une dernière fois dans son bel uniforme aux épaules galonnées, le visage paisible, un chapelet entre les mains, un dessin d'enfant sur le cœur. Sans le froid de sa peau, elle l'aurait cru vivant.

Paul arrive en voiture, seul, une heure avant le début de l'office. Il n'a pas revu Camille. Elle n'a pas téléphoné non plus. Ils sont convenus de prendre leurs distances, mais elle lui manque viscéralement. Il a besoin de la voir, de l'entendre, de la toucher et surtout de sonder son état d'esprit. Est-elle enfin paisible ? Libérée ? Heureuse ? Soulagée ? Et Céleste ? Pleure-t-elle son père ?

Il s'assied à l'arrière de l'église, un panama vissé sur le crâne, le menton rasé, les lentilles en place. Ce dernier mois, le docteur Ménard est devenu un autre homme. En marge. Enfermé dans un monde indicible. Il a assassiné un homme. Il ne peut plus parler à personne ni regarder qui que ce soit dans les yeux. Et pourtant, il est fier d'avoir poussé l'amour jusqu'à cette solitude. Pour Camille, il a donné sa vie, son honneur. Il le paie cher ! Il n'a plus aucune tranquillité d'esprit. Il s'affole d'un

- 24 -

Des anges aux visages ronds ornent le portail. À l'intérieur, des centaines d'ex-voto tapissent les murs de pierre. Depuis le Moyen Âge, des parents supplient la Vierge de guérir leur petit d'une « fièvre pernicieuse » ou d'une « angine couenneuse ». D'autres la remercient d'avoir sauvé leur enfant d'une « chute d'échelle » ou d'un « ébouillantement ».

Depuis quarante ans, Mme Ellis connaît la basilique, mais ne la fréquente pas.

A-t-elle prié pour son fils ? Non. Est-elle allée à la messe le dimanche ? Non. A-t-elle remercié la Vierge de lui avoir donné cet enfant si beau et plein de santé ? Non. Alors voilà sa punition : le bon Dieu l'a repris. Il a repris son fils unique. Punition ! Punition ! Punition !

Comment qualifier sa peine ? Est-elle veuve de son enfant ? Ou orpheline ? C'est un deuil sans vocabulaire, un deuil innommable. Le summum du chagrin. Les épargnés n'en ont aucune idée. Elle aussi n'en savait rien, voici dix jours seulement. Elle se reproche jusqu'à cette innocence. Elle aurait dû savoir que, bientôt, elle n'aurait plus d'enfant. Elle s'y serait préparée, comme devraient le faire toutes les mères de soldats. Elle aurait prié,

De toute façon, je n'y peux rien. Donc, j'aime Maman et je t'aime, toi. Le reste ne m'intéresse pas.

Paul se demande comment un homme aussi compliqué que lui peut avoir une fille aussi simple. Depuis qu'elle est là, il n'a pensé ni à Camille ni à Marc. Comme quoi, il est capable de vivre tranquillement, même après ça.

Et bla-bla-bla… Elle continue avec le même sourire heureux.

Soudain, il s'en agace. Elle devrait sentir qu'il n'est plus le même, qu'il est un imposteur, un Canada Dry, un criminel aux airs de bon docteur. Elle ressemble à sa mère, dopée aux endorphines. Elle est heureuse de courir, de parler, de rire et de manger avec gourmandise. Elle a toujours été craquante, un charme, un charisme, une bonne humeur qui donnent envie d'être elle ! Les copines se bousculent. Les garçons la veulent. Elle aime tant vivre !

— Plus tard, je serai aventurière, proclamait Manon.

— Attention, le monde n'est pas la Beauce, disait-il.

Comme c'était bête ! Les hommes sont des hommes partout, tantôt forts, tantôt faibles, tantôt bons, tantôt mauvais, et le méchant aujourd'hui, c'est lui. Lui qui a tué un autre méchant. De la voir si gaie, s'affairant dans la cuisine à la place de sa mère pour lui préparer un tajine aux pruneaux, il ressent une sorte de crispation dans la poitrine. Si elle l'aimait vraiment, elle devinerait qu'il a tué. N'aime-t-elle donc qu'une image de père ?

Mais si elle le connaissait vraiment, que deviendrait son amour pour lui ? Garderait-elle ce sourire si prompt ? À moins qu'elle ne triche, elle aussi. Sommes-nous tous des faussaires ? En façade, il est un homme parfait et elle, un amour de fille. Qui connaît-on vraiment ? Se connaît-on soi-même ? Jamais il n'aurait pensé qu'un jour, lui, le sauveur par vocation, tuerait un homme, *a fortiori* un patient. À force de douter de lui, il doute des autres et de Manon.

Mais non, quelle idée !

Il se reprend.

Il sourit. Comme si tout allait bien. Seule Chantal voit au-delà des apparences.

— C'est bizarre d'avoir froid par 25 degrés ! C'est sûr que le docteur va bien ?

- 26 -

Par ce dimanche après-midi, la Beauce a des couleurs pastel. En voiture, le docteur Ménard passe par la place de l'église. Le café, la boulangerie sont fermés… Une ville fantôme d'arrière-saison. Il n'est pas retourné à Cernon depuis le jour fatidique. Son volant décide pour lui qu'il est temps d'en avoir le cœur net : que veut Camille ? Quelles sont ses intentions pour le futur ? Il tourne à gauche vers la route communale, débouche sur la route des Champverts.

— Mon Paulo, je t'aimerai toujours, c'est indéfectible ! disait-elle.

« Indéfectible », le mot résonne et se répète. La maison paraît plus fraîche : crépi plus clair, portail repeint. Un cabriolet Mercedes bleu marine flambant neuf est garé devant chez elle. Paul s'inquiète et s'emballe. A-t-elle pris un amant plus beau, plus jeune que lui ? Un amant plus drôle qui lui donne du plaisir ? Est-ce un homme des tournantes ? Il souffre. Il s'affole. Du calme. Il s'appelle au calme. Lui reviennent les mots doux de la femme qu'il aime, son regard énamouré, sa tendresse, indéfectible.

Deux hommes en combinaison de travail et gants de jardinier arrivent par l'arrière. Ils transportent des sacs de terre, des bacs de plantes, des arbustes. Camille vient à son tour. Elle semble rajeunie, en jean et tee-shirt blancs. Elle donne des indications pour planter ici, tondre là. Elle paraît dans son élément en heureuse propriétaire de son jardin.

La poitrine de Paul se pince. Cette rage, toujours cette rage de la voir heureuse sans lui ! Il coupe le contact, pose un pied par terre.

Camille lève les yeux, intriguée par le bruit de moteur qui stoppe devant chez elle. Elle donne une dernière consigne et se dirige vers le portail, en ôtant ses gants en caoutchouc. Paul traverse la rue pour la rejoindre. Elle ouvre les bras, en avançant vers lui.

— Paul, comment vas-tu ? Quel plaisir de te voir ! Viens, j'ai des tas de choses à te montrer, dit-elle en l'entraînant vers l'intérieur. J'ai fait arracher les rhododendrons. C'est d'un banal ! Les bleus passent encore, mais les roses, on en voit partout. L'allée est moins raide, plus sinueuse, c'est nettement plus joli, tu ne trouves pas ? J'ai aussi acheté un salon de jardin, en teck, sobre, tu verras. Sous la véranda, j'installe une cuisine d'hiver. C'est indispensable ! Je l'ai dessinée moi-même, évidemment, comme tout le reste. Je te montrerai ça tout à l'heure. Installe-toi dans le salon, j'ai encore quelques ordres à donner. Le plus difficile est de trouver du personnel, des bons ouvriers. Et tu as vu ? Les dalles, elles ne branlent plus !

Paul reste sur le pas de la porte. Il n'arrive ni à la quitter des yeux ni à pénétrer dans la maison. Le salon va lui rappeler ce mois éprouvant où il est venu presque chaque jour. Il se sent oppressé. Le portrait de Marc est-il toujours posé sur le meuble blanc ? Camille reparaît, radieuse. Comment fait-elle pour être si légère ? Les murs à l'intérieur sont repeints, un orange plus soutenu.

— J'en avais assez du blanc. Au Japon, c'est la couleur du deuil, dit-elle en pouffant. Je suis restée dans les orangés, que veux-tu, c'est ma couleur fétiche, comme le blanc. Mandarine pour le salon et bleu nuit dans le couloir, ça donne de la profondeur et du mystère, tu ne trouves pas ?

Marc sourit toujours sur le dressoir. Camille saisit la main de Paul et l'entraîne vers la chambre, à l'étage. Il se rappelle sa première montée d'escalier, leur première nuit et…

— Là aussi, tout a changé.

Sur le pas de la porte, il marque un temps d'arrêt. Il revoit le major, échoué sur le ventre, livide, la joue écrasée sur l'oreiller, les yeux ouverts.

— J'ai choisi une nuance de vieux rose. C'est une couleur très distinguée. Évidemment, si on en tartine les murs, ça fait bonbonnière, mais un seul panneau, c'est très chic. Et les rideaux, des rayures, toujours élégantes, à condition qu'elles soient larges. C'est du taffetas de soie, explique-t-elle, pour son côté vaporeux. C'est beau, cette alternance de beige et de rose. Le rose avec du blanc pur aurait été trop tranché mais, là, ce passage en douceur du rose au beige, c'est parfait. J'ai beaucoup couru pour le trouver ! Des journées entières avec Céleste.

Paul croit rêver. Ils n'ont fait que se croiser depuis la mort de Marc, et elle disserte comme un magazine de décoration. Elle est plus détendue, plus belle que jamais. Les cernes ont disparu. Sa bouche semble moins pincée… Il voudrait la prendre dans ses bras, la serrer fort, lui demander ce qu'elle ressent : est-elle libérée ? Heureuse ? A-t-elle peur, elle aussi, de croiser un gendarme ?

— Et ce n'est pas tout, dit-elle en lui prenant de nouveau la main. Viens voir dehors !

Il la suit, heureux d'être admis dans son cercle. À l'enterrement, il avait craint le rejet, mais non, elle le traite en ami.

— Et voici notre nouvelle voiture, dit-elle en désignant fièrement le cabriolet Mercedes.

— Notre ? s'inquiète Paul.

— Oui, notre, à Céleste et à moi ! Oh… dit-elle en lui prenant le bras, tu as cru que j'avais quelqu'un ! Mais, Paul, c'est tellement absurde ! Je ne perds pas un mari pour en prendre un autre !

Ménard est décontenancé. Si elle ne veut plus d'un mari, alors, elle ne veut pas de lui… Il note que ces aménagements ont dû lui coûter bonbon, comme disait son père.

— J'avais des économies, répond Camille, évasive. Il est magnifique, tu ne trouves pas ? Tout le monde m'en dit du bien.

— Tout le monde ?

— Bah oui, les copains de Marc, nos amis…

— Parce que vous aviez des amis !

— Mais enfin, Paul, oui, j'ai des amis, comme tout le monde. Comme toi, je suppose. Ça t'étonne ?

Paul se trouble.

— Euh, non, enfin, je croyais que tu te sentais très seule…

— Tu crois que je ne suis pas assez aimable pour avoir des amis, c'est ça !

— Mais si, enfin, non… je n'ai pas dit ça.
— Pas assez généreuse ?
— Si… je…
— Je peux tout entendre, tu sais.
— Camille !
Il a crié. Les jardiniers ont relevé la tête. Il attend un moment. Plus bas, il reprend :
— Je n'ai jamais dit que…
— Mais si, tu prétends que je ne suis pas capable d'avoir des amis !
— On va arrêter cette discussion…
— Oui, ça vaut mieux, dit-elle froidement.
— Bravo pour ton coupé, c'est un très bon achat.
— L'idée ne vient pas de moi mais de Marc. Mercedes, c'était sa marque préférée. Il s'apprêtait à en acheter une neuve, alors voilà. J'ai exaucé ses vœux, en quelque sorte.
— Et comment va Céleste ?
— Mais très bien. Pourquoi veux-tu qu'elle aille mal ? dit Camille, sur la défensive.
— Mais tu disais…
— Oh, je disais beaucoup de choses, mais maintenant tout est résolu. Elle va même très bien. Sa maîtresse dit qu'elle est moins renfermée. Elle serait plus joyeuse qu'avant.
— Plus joyeuse ? répète Paul, qui espère un merci.
Elle se tait.
Il devrait partir. Il est incapable de la quitter.
— Et toi, comment vas-tu ?
— Oh, moi ! dit Camille, comme si elle n'avait aucune importance. Tu vois, je m'occupe. J'aménage une belle maison pour Céleste. Tu as vu le nouveau canapé. Il est en cuir. C'est une grosse dépense, mais

ça en vaut la peine. Du pleine peau. Ça ne colle pas aux cuisses quand on s'assoit. C'est le même que le tien… Celui que je t'ai fait acheter…

— Oui, Camille, et je t'en remercie.

— Et comment va le chat ?

— Bien, bien, merci.

Elle enfile ses gants et s'avance pour l'embrasser. Il ne le comprend pas tout de suite. Ils se heurtent en esquissant une sorte de danse.

— Ah ! s'esclaffe Paul comme s'il riait de leur maladresse.

Il lance bêtement : « Bon, je te laisse… » pour paraître à l'initiative du départ.

— À bientôt…

— Oui, à bientôt.

Un sentiment de désolation s'abat sur Paul.

— Bon, à bientôt alors, répète-t-il tristement.

— Oui, c'est ça, à bientôt. On se fait signe…

Cette fois, leurs joues se trouvent sans difficulté. Les bises de Paul sont appuyées. Celles de Camille, distraites : le travail l'attend.

— Je dois filer.

— Oui, file ! dit-il gentiment en l'accompagnant de la main.

Il la regarde s'éloigner et disparaître à l'arrière du jardin.

- 27 -

De retour au cabinet, Paul s'assied à son bureau en triturant le stylo de son père. C'est l'heure des bilans. S'il fait les comptes de cette relation, combien de joie, d'amour, de bonheur, pour combien de souffrance, de peine, de malheur ? Quelques minutes magiques d'un côté. Des mois de frustrations, de stress et d'angoisse de l'autre. Elle est sa drogue, son poison, son alcool, son obsession. Il n'y a qu'une chose à faire : couper les ponts. Se sevrer comme on se prive de vin, de sexe, d'héroïne. Il est dépendant, complètement malade, mais pour une fois – pour la première fois de sa vie peut-être –, il va penser à lui, à ce qui est bon pour lui. Sans autre critère que son propre bien. Dans cette perspective, quitter Camille est la seule solution. Ce sera un arrachement. Il lui faudra une volonté de fer pour ne pas l'appeler ni aller rôder autour de Cernon, mais il n'existe pas d'autre choix qu'un sevrage net et total.

Dans le bureau de Chantal, il va chercher un carton. Il y jette les lettres de Camille, les cœurs, les « Je t'aime, mon Paulo », les petits mots de leur luxueuse escapade, le dessin de Céleste. Il a vécu sans Camille. Il survivra sans elle. Il ira en Égypte pour les pyramides, en

Iran pour Ispahan, à Saint-Pétersbourg pour le palais d'Hiver. Quand il y pense ! Il ne connaît ni Rome, ni Florence, ni Venise, ni Pompéi. Dans sa vie, il n'a fait que travailler puis aimer, en se donnant à la folie. Dans les bras du monde, il oubliera tout. Il continuera ses recherches sur l'autisme. Il prendra des nouvelles de Lucie. Il restera en lien avec son cher Daniel, évidemment, sur le plan médical et amical. Enfin, Chantal lui manquera. Ils s'écriront. Il cherchera des mots oubliés. Ils en riront, comme autrefois.

Il va quitter Saint-Rémy, mettre en vente le Château, aller s'installer en ville. L'art, aussi bien que la nature, le distraira. Il ira skier, nager et passera du temps dans les musées, au cinéma, au théâtre. Il s'évadera. Il travaillera moins. Il n'aura aucun mal à trouver des vacations ou même un poste à l'hôpital, en approfondissant un sujet. La psychiatrie l'a toujours intéressé. Il faudra qu'il y réfléchisse. Première étape donc : publier une annonce dans *Le Quotidien du médecin* pour mettre en vente la maison et le cabinet. Deuxième étape, confier ses patients à un confrère plus sérieux que le docteur Monnier et recommander Chantal, chaleureusement. Troisième étape, remercier ses malades pour ces années de confiance, et parfois d'amitié, en écrivant un mot personnalisé à chacun. « Ça va aller », pense-t-il en terminant la rédaction de l'annonce. Il glisse le texte dans une enveloppe avec un chèque. L'annonce paraîtra dans le prochain numéro. Bientôt, il aura déménagé. Une nouvelle vie commence. Plus solitaire et moins riche humainement parlant, mais plus sereine, plus équilibrée.

Le lendemain, le docteur Ménard est d'une humeur entreprenante. Il propose à Chantal de déjeuner avec elle sur le banc, à l'arrière du cabinet, comme autrefois. C'est lui-même qui appelle la boulangerie pour commander « deux formules ». Ses patients le retrouvent souriant, à l'écoute.

— J'en ai un beau pour vous, claironne Chantal, radieuse, en mâchant son sandwich au jambon. Je vous donne la définition et vous essayez de trouver le mot. J'y vais ? Alors, voilà, on pourrait dire que c'est quelque chose d'impérissable, d'inoubliable. Un souvenir, une sensation, un instant qui restera toujours intact dans la mémoire.

Paul réfléchit, fait la moue.

— Je donne ma langue au chat, comme d'habitude.

— Elle se fait rare, l'habitude, dit Chantal pour le taquiner. Le mot, c'est « immarcescible ». Comme le docteur et moi en ce moment, sur ce banc, ce sera un moment imm…

Paul l'interrompt en se levant. Pas d'attendrissement. Il ne pourrait plus partir.

— J'en ai une autre ! crie Chantal pour le retenir. C'est une expression québécoise employée quand on a passé une nuit blanche à faire la fête… On dit ?…

— …

— « J'ai passé la nuit sur la corde à linge. »

Paul sourit, heureux de retrouver leur connivence. Chantal est fière de ses trouvailles. Elle ne pense plus à se reconvertir dans la charcuterie. De retour à son bureau, le docteur Ménard ne trouve aucune offre d'achat. La Beauce ne tente pas les jeunes médecins. Dommage, car maintenant que sa décision est prise, il voudrait partir vite. Son téléphone vibre dans sa poche. C'est Camille. Il ne répond pas. Une fois. Deux fois. Il assure son après-midi de consultations, quand on frappe à la porte de son bureau.

— C'est Mme Ellis, annonce Chantal. Si le docteur ne la prend pas au téléphone, elle dit qu'elle rapplique.

Paul soupire :

— Passez-la-moi !

— Allô, mon Paulo ? C'est Camille. Écoute, je suis désolée. Je téléphone pour m'excuser. Je n'ai pas été correcte avec toi hier, ni assez reconnaissante. Tu m'as tant donné. Tu m'as tant aimée. Pardon, mon Paulo, vraiment… Je suis désolée. Je ne sais pas comment te le dire ni te le prouver. Dis-moi que tu me pardonnes. Je regrette tellement, si tu savais.

— Qu'est-ce que tu regrettes ?

— De t'avoir négligé. Je suis si soulagée. Je me sens… Enfin, c'est la première fois que je me sens vivre, après des années d'horreur. Je suis désolée, Paul. Je me suis comportée comme une enfant gâtée. Je me suis cru tout permis…

— N'exagérons rien !

— Si, si, Paul, je m'en veux.

Ils restent un instant silencieux.

Il a le cœur battant.

— J'ai aussi besoin que tu me conseilles. Je t'ai menti à propos de Céleste. Je m'inquiète. Elle va mal. Elle est plus mutique que jamais. Je n'arrive pas à savoir si elle a des problèmes à l'école ou si la puberté la travaille.

— Ou si son père lui manque, suggère Paul.

— Oh, ça non ! Je ne vois pas comment il pourrait lui manquer. Il n'était jamais là. Et puis, je suis là, moi.

— Crois-tu qu'elle soupçonne quelque chose ?

— À quel sujet ?

— Au sujet de nous deux…

— Elle sait que nous étions amis…

— Étions ?

— Que nous sommes amis, rectifie Camille.

— Je parlais de Marc…

— Ah ? Non, bien sûr que non. D'ailleurs, il n'y a rien à soupçonner. J'ai appris qu'un footballeur est décédé, je ne sais plus son nom, un Allemand, très jeune. On en a parlé à la télé… Comme quoi, tout le monde peut mourir subitement, sur le terrain, comme Marc.

Une fois de plus, Camille laisse Paul perplexe.

— Mort sur le terrain… comme Marc ! répète-t-il, comme s'il avait mal entendu.

— Oui, un problème cardiaque et on ne se relève plus. Ça peut arriver à n'importe qui, même à moi. Ce serait terrible pour Céleste. Depuis la mort de son père, je suis sa seule famille…

— Et Sophie ?

Camille marque un temps d'arrêt.

— Oui, bien sûr, mais tu connais ses difficultés. Maurice ne va pas mieux. Elle est âgée. Et tu vois Céleste, en Gironde, loin de ses copines ?

— Je croyais qu'elle n'avait pas de copines.

— Enfin, elle n'a pas de grande copine comme en ont les filles de son âge, mais elle aime sa maison, son école, sa nouvelle chambre, sa belle voiture. Comment vais-je pouvoir entretenir tout ça ?

— Je t'ai proposé de venir t'installer chez moi.

— Oui, mais je ne peux pas, à cause de Céleste. Ce serait un tel changement de quitter Cernon, là où nous avons été heureux…

— Heureux !

— Oui, façon de parler. Si je partais maintenant, ce serait suspect. J'ai besoin de travailler et je ne sais pas à qui m'adresser.

— Tu pourrais mettre une annonce à la boulangerie…

— Une… annonce… à la… boulangerie ! (Camille s'étrangle.) Comme une vulgaire baby-sitter !

— Pourquoi « vulgaire » ?

— Mais enfin, Paul, je vaux beaucoup mieux que ça !

Il n'a pas le courage de lui rappeler qu'elle n'a pas son bac, aucune référence, presque pas d'expérience professionnelle.

— J'ai pensé que tu pourrais appeler le colonel Maurel pour moi, le supérieur de Marc.

— Que je pourrais l'appeler, mais à quel titre ?

— Eh bien, tu es mon médecin…

— Et alors ?

— Tu trouveras les mots. Tu es le seul à pouvoir trouver les mots, dit Camille en commençant à pleurer. J'ai été inconséquente. J'ai dépensé tout l'argent. Je voulais consoler Céleste et tout a fondu. J'ai peur pour elle, j'ai peur pour moi, pour nous. Qu'allons-nous devenir sans argent ?

— Je peux t'aider financièrement…

— Ah non, je ne veux rien devoir à personne. Juste un coup de fil au colonel Maurel. Après, je ne te demanderai plus rien, mon Paulo. Ce n'est pas grand-chose, un simple coup de fil pour qu'il me trouve un poste. Marc était très apprécié, tu l'as vu à l'enterrement. Ils ne peuvent pas abandonner sa fille. Ils doivent m'aider ! S'il te plaît… supplie-t-elle. C'est la dernière fois que je te supplie, juste un coup de fil.

Paul accepte, sans savoir s'il rechute ou s'il cède à Camille avant un au revoir définitif.

— D'accord, je l'appellerai.

— Dès demain ?

— Écoute, Camille…

— Dès demain ? C'est une question de vie ou…

— Ah ! pas de grands mots !

— S'il te plaît, je n'ai que toi. Tu ne le regretteras pas. Tu verras, nous serons heureux tous les trois quand j'aurai trouvé mon équilibre.

Au téléphone, le docteur Ménard se montre très insistant. Il parle du « désespoir de Mme Ellis depuis la mort de son mari, d'un risque de suicide ». Il espère que le colonel pourra la secourir, avant qu'un nouveau malheur n'arrive. Car elle se laisse mourir. Et comme la base est sa « seconde famille », dit-il en répétant l'argument que Camille lui a soufflé…

- 28 -

La femme qui pénètre dans le bureau du colonel Maurel n'a rien d'une mourante. Sa robe blanche des grands jours, son bronzage d'été soulignent la blondeur de ses cheveux, le saphir de ses yeux, la ligne de ses jambes qu'elle croise et décroise savamment. Ses ongles sont manucurés, ses cils allongés, ses lèvres matifiées, d'un rose étudié. Mais que le colonel Maurel ne s'y trompe pas ! Depuis la mort de son époux, elle est « ravagée ».

— J'essaie de faire bonne figure pour ma fille, explique-t-elle. Intérieurement, je suis brisée. Si j'entreprends cette démarche auprès de vous – et pardon pour le dérangement –, c'est qu'il y va de l'avenir de ma fille. Ma fille, qui n'a plus que moi.

Le colonel reste impassible.

Mme Ellis monologue sur le même ton. Pour Céleste, elle s'efforce de paraître entreprenante et gaie. Elle a rénové ce qui pouvait l'être dans sa maison. Elle a offert une jolie voiture à sa fille afin de lui procurer des joies après ce drame affreux, mais, précisément, ces dépenses ont englouti ses économies. Elle n'a plus un sou ! Elle s'affole. Il faut l'aider, sinon, sinon… sinon, elle ne répond de rien.

Le colonel Maurel est un homme concret. Il a besoin d'éléments précis : a-t-elle une expérience professionnelle ? Si oui, laquelle ? Quels postes a-t-elle occupés, exactement ? De quelle date à quelle date ? A-t-elle des références ? Depuis combien de temps n'a-t-elle pas travaillé ? A-t-elle des diplômes, des compétences particulières ? Quel genre d'emploi recherche-t-elle ? À quel salaire ?

Le jeu de jambes et les battements de cils marquent une certaine impatience.

Le colonel Maurel insiste :

— Avez-vous un curriculum vitae à me laisser ?

Mme Ellis se passe la main sur le front. Elle semble au bord du malaise.

Indifférent mais poli, le colonel Maurel propose un verre d'eau. Camille élude, comme si elle fournissait un gros effort pour rester digne.

— J'ai fait Sciences-Po, puis j'ai… J'ai dirigé un centre de soins pour personnes adultes gravement handicapées jusqu'en avril 1987, les Bleuets. Ensuite, j'ai attendu ma fille, nous sommes venus à Cernon, j'ai arrêté de travailler pour l'élever. De toute façon, mon mari est devenu navigant. Il n'était pas question que je confie ma fille à des étrangers.

— Diplômée de Sciences-Po ? Sciences-Po Paris ?

— Oui, j'ai étudié à Paris, mais mon diplôme n'a pas été validé. Je me suis mariée. Marc estimait qu'une femme…

— J'ai bien compris. Et sinon, dans ce centre de soins pour adultes handicapés, les Bleuets, c'est bien cela ? quel poste occupiez-vous ?

— Je vous l'ai dit : directrice, répond Camille comme si la question l'outrageait.

— Très bien, je vérifierai, annonce le colonel Maurel.

Camille s'indigne. Pas besoin de vérification. Il peut la croire sur parole ! Furieuse, elle lâche, pleine de sous-entendus :

— On ne sait pas de quoi mon mari est mort. Vous nous devez bien ça !

— Je ne comprends pas ce que vous voulez dire, s'étonne le colonel Maurel, glacial.

Son antipathie à l'égard de cette femme monte d'un cran.

— Soyez plus claire, madame Ellis !

— Eh bien, jusqu'à cette mission, mon mari était en excellente santé.

— En effet, mais qu'insinuez-vous exactement ?

— C'est arrivé si brutalement, cette maladie, après un détachement. Une maladie qu'il aurait contractée là-bas, il avait les yeux si rouges.

— Je prends note de notre conversation, madame Ellis, dit le colonel Maurel, sur le ton de celui qui n'en restera pas là.

— Très bien, dit Camille sans se démonter, j'attends de vos nouvelles !

Elle se lève et lui tend une petite main, obstinément gantée, car certains hommes ne méritent pas d'effleurer sa peau nue.

Camille Ellis n'a pas encore atteint le bout du couloir que le colonel Maurel est déjà en train de chercher les coordonnées du centre des Bleuets. Il compose le numéro, explique qu'il voudrait parler au directeur. On lui passe une femme. Il lui expose la raison de son appel. Il est en relation avec une dame qui cherche du travail. Elle aurait dirigé les Bleuets de 1985 à 1987.

— Ça m'étonnerait beaucoup, s'amuse son interlocutrice.

— Ça vous étonnerait ?

— Oui, ça m'étonnerait, pour la bonne raison que c'est moi qui dirige cet établissement depuis plus de trente ans.

— Alors vous vous souvenez peut-être de Mme Ellis ?

— Euh, non… Non, ça ne me dit rien.

— Pourtant, elle affirme avoir travaillé chez vous, ces années-là.

— Quel nom dites-vous ?

— Camille Ellis.

— Camille ?… Ah oui, bien sûr, mais c'était il y a plus longtemps que ça, à la fin des années 1970, je dirais. À l'époque, elle s'appelait Souffleau. Camille Souffleau. Elle n'est pas restée longtemps. Trois mois, peut-être, elle était secrétaire. Elle travaillait bien. Elle était ponctuelle, organisée. Néanmoins, nous avons dû nous séparer d'elle.

— Vous séparer d'elle, pourquoi ?

— C'est un peu gênant… Disons qu'elle a commis quelques… indélicatesses.

— Pourriez-vous être plus précise ?

— Rien de très grave, quelques emprunts.

— Y a-t-il eu des suites ?

— Les bijoux ont retrouvé leur propriétaire et nous en sommes restés là.

— Je vous remercie, madame, c'était très instructif, conclut le colonel Maurel, songeur.

D'abord, il y a eu le médecin qui en faisait trop. Puis cette veuve et ses mensonges et ces insinuations à propos d'une maladie grave que l'armée aurait cachée. Décidément, cette histoire sent mauvais. Adepte de la rigueur militaire, le colonel aime que les choses soient « claires, nettes et précises ». Il se rappelle ces rumeurs qui, dans les années 1970, ont couru dans Orléans. Des jeunes filles, disait-on, disparaissaient dans les cabines d'essayage des boutiques de lingerie. On les disait victimes d'une « traite des Blanches ». Une légende urbaine qui a gagné d'autres villes. Le colonel ne peut pas laisser s'installer le doute à propos d'une mort suspecte. Ses troupes bénéficient d'un suivi médical constant. Ses hommes doivent se sentir protégés par leur hiérarchie, avoir confiance en lui, en l'armée.

Cela dit, de l'eau a coulé sous les ponts depuis la mort de Marc Ellis. Il est enterré depuis des semaines. Les vacances ont dissipé les questions et les bruits de couloir. Comme toujours, on est passé à autre chose. Le colonel pourrait considérer que l'affaire est classée, et en rester là. Mais le hasard s'en mêle, car il lui arrive d'avoir un point de vue.

Le soir qui suit la visite de Camille, le colonel Maurel et sa femme sont invités chez des amis. Autour de la table se trouve notamment le commandant de la gendarmerie d'Orléans. Turlupiné par cette histoire, le chef de la base d'aviation militaire raconte le décès brutal de ce colosse extrêmement sportif, sa veuve qui ment sur son CV et fait du chantage, son amant insistant, qui a signé le certificat de décès.

— Vous allez peut-être me trouver idiot, conclut-il, mais j'ai des doutes sur cette affaire.

Le commandant estime que les amants méritent bien « un petit coup de chaud ». Il conseille au colonel d'invoquer la santé de ses hommes, afin que toute la lumière soit faite sur les causes d'un décès soudain.

Le procureur de la République est saisi. À ce stade, personne ne pense à un assassinat. Il s'agit de vagues rumeurs, d'impressions sans fondement. Mme Ellis n'est critiquable que sur ses dépenses excessives. C'est maigre ! Néanmoins, le procureur de la République ouvre une enquête et les gendarmes se penchent sur le train de vie de la veuve. Ils découvrent que Camille est femme au foyer. Sa pension de réversion est minime. Or, la Mercedes a été payée comptant. D'où vient l'argent ? Ils commencent à éplucher ses comptes. Ils révèlent que le prévoyant mari a contracté deux assurances-décès au nom de sa femme. Voilà qui constitue un sérieux mobile et légitime des recherches plus poussées.

- 29 -

17 octobre 1998

Élise Nuc habite en face du cimetière. Le matin, lorsqu'elle ouvre la fenêtre de sa chambre pour secouer draps et couvertures, elle regarde les tombes sagement alignées et, notamment, celle du petit Marc, comme elle l'appelle. Elle l'a vu grandir. Elle a bien connu ses parents. Son décès lui a causé un choc. Tous les matins, elle prie pour lui car, selon elle, le rôle des vivants est de se rappeler les morts. Sinon, ils se vengent.

Elle aimait bien le petit Marc, un enfant doux et rêveur. Elle le revoit à huit ans, bien propre sur lui. Sa mère l'habillait comme un petit marquis. Assis sur une pierre, il regardait les avions traverser le ciel. Il a toujours voulu voler. Quelle fête au café quand il a décroché son bachot ! Son père a payé la tournée. Le jukebox a chanté toute la nuit. On dansait sur la place du village. Ça n'arriverait plus aujourd'hui. Le café a mis la clé sous la porte, chacun chez soi. C'est ce que pense Élise Nuc en secouant ses draps.

Avec ses lunettes sur le nez, elle voit les gendarmes s'arrêter devant la tombe. Ils sont tout un troupeau.

« Qu'est-ce que c'est que ce bazar ? » se demande Élise.

Au même moment, à l'autre bout du cimetière, apparaît une femme qu'elle reconnaît facilement à ses cheveux blonds, sa ligne mince, habillée de noir. Elle vient tous les deux jours environ, avec ou sans sa fille, un bouquet à la main. Elle le dispose avec soin dans le vase moulé à même la tombe. Parfois, elle apporte une balayette et un chiffon.

— C'est une gentille femme, et soigneuse, apprécie Élise quand elle parle d'elle avec ses voisines.

Camille presse le pas en voyant les gendarmes. Elle doit leur demander des comptes. Elle fait des grands gestes énervés, comme un… Elle ne sait plus le mot. Elle avait une si bonne mémoire ! Élise Nuc augmente la puissance de son sonotone. Camille crie. Que font-ils devant la tombe de son époux ? Elle exige des explications. Elle en référera aux autorités. Elle demande à parler à un supérieur. Le chef prend la parole et, soudain, Camille s'effondre.

On la soutient.

« Pauvre petite madame, pense Élise. Comme si elle n'avait pas assez de malheur ! »

Un gendarme remet la veuve sur pied et la convainc de se calmer. Elle obtempère, suit le groupe qui remonte l'allée centrale. Élise se penche vers la gauche et voit Camille monter dans une voiture de gendarmerie.

— Quelle histoire ! murmure la vieille dame, qui n'a jamais vu ça.

- 30 -

Paul sifflote devant la glace en se rasant. Il a bien fait de téléphoner au colonel Maurel. Une nouvelle fois, Camille en a la preuve, elle peut compter sur lui. Savoir être là pour l'autre, c'est essentiel dans un couple.

Le moral de Paul remonte en flèche car, c'est un fait, Camille a besoin de lui autant qu'il a besoin d'elle. La dépendance existe, mais elle agit dans les deux sens. Que deviendrait la belle Camille Ellis-Ménard sans ses bravos, ses compliments ? Sans son soutien, elle s'écroule. Sans sa raison, elle délire. Sans son adoration, elle dépérit. À leur façon étrange, ils sont faits l'un pour l'autre. Aujourd'hui et depuis ses excuses, il en mettrait sa main au feu : Camille deviendra la seconde Mme Ménard, peut-être pas par amour, mais pour la position sociale et le confort matériel, car elle est fauchée.

Cette mise au point faite, Paul ne se berce d'aucune illusion. La vie avec Camille sera tendue. Il faudra supporter ses caprices, ses esclandres, sa manière si personnelle de voir les choses. Mais tout vaut mieux que son absence. Il est prêt à toutes les concessions pour l'aimer, la servir, l'aduler. Quant à sa Céleste, elle finira par le voir comme un pilier. Elle n'était pas très proche de son père, semble-t-il. Celui-ci la considérait à peine, d'après Sophie, il fuyait la famille, passait son temps à la chasse ou à la salle de sport… Quand il n'était pas en train d'abuser de sa femme.

— Aïe !

Paul s'est coupé. Il sourit en tamponnant sa plaie. L'autre raison pour laquelle Camille va l'épouser est qu'elle est trop rebelle pour se soumettre à une autorité et, donc, pour travailler. Elle ne supportera ni l'armée ni un chef. En admettant que le colonel Maurel lui procure un emploi, elle ne tiendra jamais dans un poste forcément subalterne au vu de son niveau de qualification.

Il choisit la chemise lilas. Il cire ses chaussures, attrape une cravate à pois. Il connaît aussi sa folie des grandeurs. Elle veut du luxe. Elle en aura ! Il passera en secteur 2. Il fixera lui-même ses honoraires. Elle aura du temps, de l'argent, une maison à repeindre, des vacances dans un Relais & Châteaux. Il la laissera libre. Elle n'est pas coureuse. Il l'installera dans la tour nord. Elle y entassera ses tissus, ses pinceaux, sa machine à coudre, ses papiers peints. Elle pourra exprimer ses talents, et même développer une affaire. Bien des femmes ont besoin de conseils pour s'habiller et décorer leur intérieur. Rien ne les empêchera d'avoir un enfant dans les deux ou trois années qui viennent…

Paul est heureux, enfin !

Heureux comme jamais.

Il a oublié qu'il est coupable, car on doute de sa faute quand elle reste impunie. Paul pense de plus en plus rarement au major. Et quand il le fait, c'est en se disant que son cœur a lâché. Comment ? Pourquoi ? Il en reste au constat.

Il ressort les lettres, le dessin du carton, mais doit partir faire ses visites. Il les rangera à son retour. Il ne renouvellera pas l'annonce du *Quotidien du médecin*. Ça n'a pas d'importance, de toute façon, il n'a aucune proposition. L'esprit serein, il ouvre la fenêtre pour estimer la température et savoir s'il doit enfiler une veste sur sa chemise, quand il aperçoit une voiture bleue, avec gyrophare, qui s'avance dans l'allée.

Pendant ce temps, Camille est conduite à la gendarmerie. On lui explique que l'aviation militaire s'inquiète d'une possible maladie qui aurait coûté la vie à son mari. Elle est auditionnée en simple qualité de témoin. Le gendarme la met en confiance. Il lui offre un café. Il est souriant, sensible à son charme. Une simple routine. Au cimetière, elle a eu peur d'un cataclysme. Elle retrouve son calme.

— Faites votre travail, je n'y vois aucune objection.

17 octobre 1998
Extrait de l'audition de Camille Ellis

« Mon mari travaillait sur un avion de transport de l'armée de l'air. Pour les épouses, le temps paraît toujours très long. Ce sont des absences qui peuvent durer jusqu'à six semaines. Heureusement, j'ai ma fille, Céleste. Elle a neuf ans. Mon époux est tombé malade après une mission de seize jours au Mali. Il est rentré le 15 ou le 16 juin. Il était très fatigué. Il avait de la température, les yeux rouges. Il s'est couché. Il m'a demandé d'appeler le médecin. Comme je connaissais le docteur Ménard, c'est lui que j'ai contacté. Il n'a pas pu

venir tout de suite. Son assistante filtre les appels. Elle n'est pas très professionnelle. Bref, quand il est enfin arrivé, le docteur Ménard a examiné mon mari. Il a diagnostiqué une hypertension et une conjonctivite. Il a établi une ordonnance. Je suis allée acheter les médicaments à la pharmacie, rue de l'Église, celle qui est la plus proche de chez nous.

Le docteur lui a également prescrit des somnifères parce qu'il se plaignait de mal dormir. Il a refusé un arrêt maladie. Les militaires sont très stricts sur la santé du personnel navigant. Il aurait pu être interdit de vol. Mon mari n'y tenait pas. Il fallait surtout s'assurer qu'il n'avait pas attrapé une maladie infectieuse. Le docteur Ménard a demandé des examens de sang et d'urine. L'infirmière pourra vous le confirmer. Il s'agit de Mme Béatrice Crolet, à Saint-Rémy.

J'ai donné les médicaments à mon mari. Le docteur Ménard est revenu le voir plusieurs fois. Peu à peu, mon mari s'est rétabli. Le matin de sa mort, il se sentait encore faible, mais il allait beaucoup mieux. D'ailleurs, il a avalé un copieux petit déjeuner. Je lui ai demandé si ça ne l'ennuyait pas que j'emmène Céleste faire des courses au centre commercial et qu'on aille manger ensuite à la pizzeria. Il m'a dit que non, ça ne l'embêtait pas, que j'avais raison de gâter sa fille puisqu'elle est très bonne élève. De toute façon, il avait envie de dormir pour récupérer.

Quand nous sommes rentrées, vers 18 heures, la maison était silencieuse. Mon mari était très enrhumé ces derniers temps. Il ronflait beaucoup.

J'ai été étonnée de ne pas entendre de bruit. Inquiète, je suis montée voir dans la chambre. Il était allongé sur le ventre, la tête tournée vers la fenêtre. Quand je l'ai appelé, il n'a pas répondu. Il ne bougeait pas. J'ai cherché son pouls. Ça ne battait plus. Affolée, j'ai appelé le docteur Ménard qui a mis beaucoup de temps à venir.

Oui, c'est lui qui a signé le certificat de décès. Il a indiqué qu'il s'agissait d'une mort naturelle. Un arrêt du cœur.

Je n'ai fait que suivre ses prescriptions. S'il disait de donner deux comprimés roses et une gélule blanche, je donnais à mon mari deux comprimés roses et une gélule blanche.

Non, sa mort ne me paraît pas suspecte. Il a dû attraper une maladie au Mali. Les organismes européens ne savent pas toujours s'adapter aux virus exotiques.

Oui, je connais bien le docteur Ménard comme je vous l'ai dit. Il est mon médecin traitant et mon confident. S'il est arrivé que nous ayons un rapport sexuel, c'était à sa demande.

Non, avant cet épisode, il n'avait jamais vu mon mari, ni en tant qu'ami ni en consultation. »

Pendant que Camille est interrogée, la mère de Marc est appelée pour venir chercher sa petite-fille à l'école. Mémé tombe des nues. Son fils est enterré depuis près de trois mois. Elle a téléphoné deux fois à sa belle-fille, qui lui a pratiquement raccroché au nez. Et soudain, quand ça arrange, on se rappelle qu'elle est la grand-mère de la petite ! Elle demande ce qui arrive. On reste évasif. Elle insiste. Elle a bien pensé à un accident ou à un suicide, est-ce qu'il y a du nouveau ? On lui annonce qu'aucune hypothèse n'est écartée.

Avant la sonnerie de la cloche, elle se poste à l'entrée de l'école. Céleste et sa grand-mère se connaissent peu.

En la voyant, Céleste marque un temps d'arrêt. Mémé explique sa présence en répétant, mot pour mot, ce qu'ont dit les gendarmes. Les autorités militaires veulent des précisions sur la mort de son père. Ils interrogent tout le monde, sa mère aussi. Ça ne devrait pas prendre beaucoup de temps. En attendant, Mémé doit s'occuper de la fillette, qui ne bronche pas. La seule chose qui l'inquiète en ce moment est sa coupe de cheveux qui la rend « hideuse ».

— C'est le coiffeur qui t'a fait ça ?!

Mémé ne sait pas manier les circonlocutions. La fillette répond sur le même ton :

— Non, c'est ma mère.

Ce casque d'épis polarise l'attention des copines moqueuses. Céleste se reproche mille autres petits défauts physiques qui lui font oublier son papa. Tant mieux ! Elle se ferme face à la compassion. La gentillesse l'affole, car elle devient fragile. Elle n'a pour elle-même aucune pitié, c'est ce qui la rend forte. Camille contribue à l'endurcir : « Ton père ne peut pas te manquer, il n'était jamais là. C'est presque mathématique : on ne regrette pas la présence d'un absent. »

Moralement, l'enfant va bien. C'est physiquement qu'elle se sent mal. Soit elle a envie de vomir. Soit elle a froid. Soit ce sont des glaçons qui la picotent le long du dos. Elle soupire beaucoup. Aucune détente. Heureusement, elle sait se concentrer sur ses devoirs comme autrefois, sur ses jeux. Personne ne peut la distraire. Elle pique une crise si on l'interrompt. « Qu'est-ce que je vais faire chez Mémé ? » se demande-t-elle. Elle est vieille. Elle n'a pas d'amis. Elle mange à peine. Elle vit dans un trou perdu, encore plus perdu que Cernon. Du coin de l'œil, elle la regarde conduire à une allure d'escargot, le nez collé sur le pare-brise, sans desserrer les dents. Et elle ressent un élan de tendresse pour cette vieille dame inquiète et appliquée. « Ce sera peut-être mieux avec elle », pense sa petite-fille, car elles ont en commun ce paradoxe : le goût du silence et du franc-parler.

- 31 -

Paul transpire, desserre son nœud de cravate, se passe la main sur le crâne. Le voici dans une vaste salle bruyante et encombrée. Un seul gendarme l'interroge, un rouquin en chemise bleue. Il l'invite à décliner son identité complète : nom, prénoms, date de naissance, profession…, tape lui-même les réponses avec quatre doigts et une grande habitude. Il explique à Paul qu'il s'agit d'un interrogatoire de routine. Il le remercie de les avoir autorisés à emporter le carton qui était sur son bureau. Il est de notoriété publique que Camille Ellis et lui sont des amis proches. Ses affaires seront bien évidemment restituées, quand ils auront fini de lui poser quelques questions.

La fenêtre ouverte laisse entrer de l'air frais. De l'autre côté de la rue apparaît un coin de la cathédrale rayé par des barreaux. La rumeur de la ville parvient du dehors. Paul essaie de se détendre. Il n'est accusé de rien. On veut seulement savoir de quoi est mort le major et, comme il est le signataire du certificat de décès, on voudrait l'entendre. Oui, on sait que des malades patientent au cabinet. C'est l'affaire d'une petite heure. Chantal est prévenue. Elle gère son retard. Que le docteur Ménard se tranquillise.

Paul se donne des consignes de bon sens : répondre aux questions le plus précisément possible. Parler en médecin. Aucune incohérence, une seule version. Très peu de détails. Ce sont eux qui perdent les coupables, car ils sont vérifiés, recoupés, confrontés. On se trahit par les petites choses qui, d'une déposition à l'autre, ne collent pas. Elles prouvent les mensonges et orientent les soupçons. Ménard réfléchit à toute allure.

Était-il le médecin traitant de Marc Ellis ?

— Non, le major était suivi par la médecine militaire. Il n'avait pas besoin de médecin traitant. Mais, cette fois, il voulait se faire soigner incognito. Pour protéger son droit de voler. Il avait même déposé une demande de congé pour cacher son problème de santé. Son avion était toute sa vie. Je soignais sa femme et sa fille, il était naturel qu'on fasse appel à moi pour soigner le mari.

Quand a-t-il commencé à voir M. Ellis ?

— Il faudrait que je vérifie la date exacte sur l'agenda professionnel que tient mon assistante, mais ce devait être à la mi-juin – à son retour de mission.

Quels symptômes a-t-il constatés ?

— Marc Ellis était rentré du Mali très fatigué. Il souffrait d'une bronchite. Ses yeux étaient injectés de sang, une conjonctivite. Il était hypertendu : 17-12, si ma mémoire est bonne. Il se plaignait aussi d'être stressé et d'avoir du mal à dormir. Je lui ai prescrit un fluidifiant bronchique, un antitussif sous forme de sirop, un collyre antiseptique, un hypotenseur, en précisant bien qu'il faudrait chercher la cause de cette poussée d'hypertension, et un anxiolytique parce que son état de santé l'angoissait. Enfin, un hypnotique, à durée d'action moyenne.

Il n'avait pas de difficultés d'endormissement mais il se réveillait en pleine nuit sans pouvoir se rendormir. Pour vous donner le traitement et les posologies exacts, il faudrait que je consulte son dossier.

Le docteur Ménard admire ses réponses. Il est clair et calme. D'ailleurs, le gendarme enquêteur ne tique pas.

A-t-il constaté une aggravation de l'état de son patient ?

— Non, il n'allait pas mieux, mais ça ne s'aggravait pas.

A-t-il pensé le faire hospitaliser ?

— J'en ai été dissuadé par l'excellente constitution physique du patient. Il était solide et sportif. Il n'avait jamais été malade. Il bénéficiait d'un suivi médical très sérieux, je n'ai pas cru nécessaire de prendre une mesure aussi radicale. J'ai conclu à un état d'épuisement, dû à des missions rapprochées. Un épuisement autant physique que psychologique nécessitant principalement du repos. Mais peut-être aurais-je dû le faire hospitaliser. C'est ma grande erreur.

De quoi est mort le major Ellis ?

— D'une insuffisance cardiaque non détectée. Le décès était imprévisible. Sa mort a surpris tout le monde.

Le docteur Ménard a-t-il quelque chose à ajouter ?

— Non.

Parfait. Qu'il veuille bien relire et signer sa déposition. Le gendarme instructeur désigne l'emplacement. Il est libre d'aller retrouver ses malades…

À ces mots, Paul sent ses muscles se relâcher d'un coup. Il n'avait pas pris la mesure de son anxiété. En sentant sa respiration retrouver une amplitude normale, il remercie le gendarme et le ciel de repartir libre.

Il se lève. Dans son dos, la discussion est animée entre le gendarme enquêteur et quelqu'un au téléphone.

— Oui, monsieur le juge... Bien, monsieur le juge... Oui, monsieur le juge...

— Docteur Ménard ?

On lui fait signe de revenir. Paul se retourne, au ralenti.

— Docteur Ménard, nous avons encore quelques questions à vous poser.

Le cœur de Paul s'affole. Il ne comprend rien à ce revirement. Il revient s'asseoir. Il n'arrive plus à maîtriser la moiteur de ses mains, ses tremblements nerveux. Le nouveau gendarme qui s'assied devant lui a des gestes vifs, le regard pétillant. Avec lui, le ton change brusquement.

— Bon, alors maintenant on va arrêter de jouer aux cons ! Savez-vous où se trouve votre maîtresse, en ce moment ?

Paul fait non de la tête.

— Dans le bureau d'à côté, interrogée comme vous.

— Et le major ?

Même réponse de Paul.

— À la morgue, sur une table d'autopsie, les clavicules déplacées, les côtes brisées, la calotte crânienne sciée. Vous savez ce que cela signifie ? Les organes sont pesés, disséqués, analysés dans leurs moindres recoins, et ensuite on fait quoi ? On établit un rapport d'autopsie qui détaille tout ce qui est arrivé au cadavre, seconde par seconde. Un cadavre qui a livré tous ses secrets. On sait en particulier à quelle heure il est mort, de quoi, et dans quelles circonstances. Vous êtes médecin. Ça doit vous dire quelque chose les grandes salles froides, les tiroirs métalliques...

En effet, Paul se rappelle les tables en porcelaine, les gaines mortuaires, la lumière fluorescente qui grise la peau des morts et blanchit celle des vivants. Il croit entendre les constatations du médecin légiste qui examine Marc. Il dicte à un petit magnétophone :

— Corps non embaumé d'un homme caucasien d'environ quarante ans, bien développé, bien nourri, pesant quatre-vingt-sept kilos pour 1,93 mètre. On soulève les paupières : les yeux sont de couleur marron clair.

Paul sent l'odeur de phénol. Les gants en latex se promènent sur la peau.

— Des lividités fixes sont présentes au niveau du visage, du cou, de la poitrine, de la partie supérieure des bras et de la partie droite de l'abdomen, signe qu'il était couché sur le ventre au moment de sa mort.

Le gendarme interrompt sa rêverie morbide :

— Et que nous dit la veuve ? Que le matin de sa mort, son mari allait beaucoup mieux, qu'il avait d'ailleurs avalé un copieux petit déjeuner. On le rapporte au juge qui, ni une ni deux, demande au légiste d'investiguer pour savoir si la victime est décédée brutalement ou pas. Le lobe inférieur du cerveau est disséqué et là, que découvre-t-on ? Vous restez muet, alors je vais vous éclairer. On découvre que, le matin de sa mort, le major était dans le coma. Le lobe inférieur du cerveau est blanc, ce qui prouve quoi, docteur ?

— Qu'il n'était plus irrigué, murmure Paul.

— Exactement, bonne réponse ! déclare le gendarme, comme s'il animait un jeu télévisé. Je vois que vous méritez pleinement votre titre de docteur en médecine. Mais si, le matin de sa mort, le major était dans le coma, la veuve a dû vous appeler.

— C'est exact !

— Vous êtes venu l'examiner.

— C'est exact…

— À ce stade, j'ai trois hypothèses : la première est que vous n'avez pas constaté ce coma. Vous ne savez donc pas faire la différence entre un état d'éveil et un état comateux et vous êtes totalement incompétent. La deuxième, vous avez vu que le major était inconscient mais quelqu'un vous a empêché de le faire hospitaliser, et ce quelqu'un ne peut être que la veuve, votre maîtresse. Troisième hypothèse, vous avez tué Marc Ellis et vous êtes un assassin.

Le docteur Ménard comprend aussitôt que sa vie est finie. Il ne reverra jamais le Château, le cabinet, les routes menant à Cernon, les épis de blé mûr bercés par le vent d'été.

Il baisse la tête, croise les jambes. Ses épaules sont plus voûtées que jamais. Deux policiers arrivent en renfort pour l'interroger. Paul se redresse. Sa décision est prise. Puisque sa culpabilité ne fait aucun doute, il va avouer, sans rien omettre.

— Je vais tout vous raconter mais c'est une longue histoire… Auriez-vous une cigarette ?

— C'est non fumeur, mais des bières, un sandwich, c'est dans nos cordes, annonce le gendarme, plus aimable.

— Je voudrais commencer par le début, par ma rencontre avec Camille.

— Allez-y, on a tout notre temps.

La salle est silencieuse. Paul s'enfonce dans sa chaise, les yeux au plafond. Il se rappelle l'apparition de Camille dans la rue, un jour de pluie. C'était le… Il raconte les appels de Sophie, l'angoisse de Camille, ses bleus, les coups, le major claquant le portail, le dessin de Céleste « Sauve Maman ». Il reconnaît une relation amoureuse et sexuelle avec Camille. Elle se sentait si seule ! Mais leur relation va bien au-delà de la sexualité.

Il marque une pause. Le silence a cédé au brouhaha. Le ciel est noir, la cathédrale éclairée, les néons sont allumés. Il se retourne, la salle est vide. Devant lui, un pain au lait fourré de miettes de thon et d'œuf dur écrasé est à peine entamé. Si seulement il pouvait fumer ! Depuis combien de temps parle-t-il ? En face de lui, les gendarmes se sont succédé, d'abord le rouquin puis un brun à l'accent parisien.

— Elle était en danger de mort, comprenez-vous. Son mari est un fou. Il était capable de tout. Il aurait pu enlever sa fille ou même la tuer. Que vouliez-vous que je fasse ? Avec mes amis pompiers, nous sommes intervenus chez une femme, il y a une dizaine d'années. Elle avait le visage explosé, les côtes cassées, une fracture du poignet, un vrai jeu de massacre ! Elle pleurait accroupie dans un coin de la chambre, elle saignait, un film d'horreur. Et que faisait son cogneur ? Il riait, je vous assure qu'il riait, comme s'il avait fait une bonne farce ! Sa victime était partie se coucher et, tout seul devant la télé, il s'était fait un film. Elle le trompait. Elle amenait des hommes chez eux pendant qu'il était au travail. Une fureur autoalimentée. Elle n'a jamais retrouvé son visage. Il lui avait écrasé les os. Psychologiquement, elle avait vécu quelque chose d'inhumain. Finalement, deux mois plus tard, elle a sauté par la fenêtre… Je ne pouvais pas laisser Camille finir comme elle. Je n'en dormais plus. Chaque fois que le téléphone sonnait, je pensais qu'il lui était arrivé malheur. Et quand il ne sonnait pas, c'était pire encore. Je ne pouvais pas supporter l'idée qu'elle meure dans l'indifférence, comme toutes les autres. Tout le monde a lâché Camille, même Sophie, même les gendarmes, accuse Paul. Il fallait bien que j'agisse ! L'occasion s'est présentée le 16 juin, quand le major est rentré malade de mission…

Paul s'écroule. Il est épuisé, en larmes. Les aveux sont complets. Le petit jour pointe à la fenêtre. La cathédrale s'éveille. Paul conclut :

— Il fallait que je sauve Camille, quitte à me sacrifier, quitte à foutre ma vie en l'air. Je ne pouvais pas fermer les yeux comme tous ces lâches qui font semblant de ne rien voir, qui détournent le regard et mettent des boules Quiès pour assourdir les cris.

Le gendarme réfléchit et résume, avec un brin d'ironie :

— Si je vous comprends bien, vous avez fait une bonne action.

- 32 -

Bringuebalé dans le fourgon de gendarmerie, Paul vacille. Des menottes lui maintiennent les poignets serrés. Il tire dessus ; le métal meurtrit sa chair. Est-ce vrai ce qu'on dit sur les prisons : la domination des caïds, leurs souffre-douleur, les sodomites ? Que fait-on des bourgeois en prison ? D'un Minus ? D'un intello ? Une odeur de sueur, aigre comme l'urine, lui monte au nez. Il est seul. C'est donc lui qui pue la crasse et la peur ! Le fourgon pénitentiaire s'arrête en rase campagne, devant un bloc de béton à plusieurs branches.

Aux coins, des miradors de surveillance. Au centre, une tour de contrôle rappelant celle des aéroports. La porte de la maison d'arrêt se referme sur lui, lourde comme celle d'un coffre-fort. À l'entrée, le greffe établit sa fiche pénale : nom, prénoms, sexe, âge, profession, adresse, empreintes digitales de chacun des doigts, puis de toute la main. Figé sur un tabouret à vis, il se laisse photographier, de face, de profil. Vient ensuite la fouille au corps, rebaptisée « fouille au cul » par les insolents, derrière un paravent.

Au vestiaire, on inspecte et on enregistre ses effets personnels. Retournement des poches, palpation des doublures, des ourlets. Les lacets de chaussures ont disparu (possibilité d'étranglement), de même pour les lunettes. Les verres pourraient servir à se trancher les veines. Sa chaîne de baptême finit, elle aussi, dans un sac en plastique transparent. C'est le seul souvenir qui le rapproche de sa mère. Depuis qu'elle est morte, il ne l'a pas quittée. Il se plie à ces formalités en somnambule. Une gardienne lui remet un couchage, une trousse d'hygiène et son numéro d'écrou : 8976.

Il traverse une cour rectangulaire. On lui désigne le quartier des femmes et celui des hommes en surplomb. Des bouches invisibles hurlent des insultes ou des recommandations :

— Sale bâtard !

— Pense au linge !

— Je t'aime, bébé !

— Enculé !

— Demande un parloir double !

Paul imagine Camille face à la laideur, la vulgarité. Comment va-t-elle supporter la promiscuité, l'enfermement ? Il espère qu'elle clame son innocence. Céleste ne peut pas perdre sa mère en plus de son père. Qu'on le charge au maximum, tant pis ! Il talonne le gardien, comme un collégien suit le pion chez le directeur. Ils avancent de grille en grille, de sas en sas.

Des cris, des coups contre les portes, des appels : « Surveillant ! »

Un dédale de termitière. Ils parviennent dans une gigantesque carlingue éclairée par le haut. Trois étages de coursives superposées, un alignement de portes violettes sur des murs crème. Au centre, un vide sécurisé par un filet. Des escaliers en fer distribuent les étages. Les néons grésillent. De l'humidité remonte du sol.

Ça paraît propre. Ça ne l'est pas. Les semelles collent sur le lino beige, par endroits. Partout, le bruit sec des déclics électroniques.

Le gardien s'arrête devant la cellule 622. Il répète les gestes mécaniques de sa profession : contrôle œilleton, chaîne défaite, clé extraite du trousseau, un tour à droite, l'enfoncer, un tour à gauche, tirer la porte, qui s'ouvre. La cellule est maintenue dans la pénombre par une serviette de toilette en guise de store.

— Bonjour, fouille de cellule !

Sur la droite, deux couchettes superposées. De celle du bas émerge une voix ensommeillée. Un homme s'assied, tâte le ciment du bout des orteils, à la recherche de ses claquettes. Il se frotte les yeux. Sans qu'on lui demande rien, il se lève. Comme s'il répétait des gestes cent fois exécutés, il montre la plante des pieds, la paume des mains, les aisselles. Il ouvre la bouche, en tirant la langue, en la levant : il ne cache rien.

— Caleçon, s'il vous plaît.

L'homme l'enlève, le tend, fait un tour sur lui-même, dévoile des fesses blanches, un sexe circoncis. Le gardien inspecte les coutures. Le prisonnier se penche en avant. Pas de toucher anal, mais une inspection visuelle pour s'assurer que rien d'interdit n'occupe l'orifice. Paul distingue mal l'expression de l'homme, mais il ressent sa soumission. Si on le lui demandait, il pourrait, toujours impassible, faire les pieds au mur, ou lécher les bottes de qui l'ordonne. L'uniforme bleu marine inspecte le matelas, les lettres, les magazines, les vêtements, le mini-réfrigérateur, la télé. Il disparaît derrière une cloison à mi-hauteur. Voilà, c'est fini, Paul peut entrer.

L'homme remet son caleçon, se rassied sur sa couchette, les jambes écartées, les coudes sur les genoux, l'air hagard. Soudain, il cogne sa paume de main avec le poing et se fige tel un crocodile à l'arrêt. Puis, de nouveau, brusquement, sans qu'on sache pourquoi, le poing frappe la main. Un geste si vif qu'on le devine plus qu'on ne le voit. C'est le claquement qui dit le mouvement.

Paul n'ose pas poser de questions. Et si son codétenu était fou ou dangereux ? En trois coups d'œil, il dresse l'inventaire des lieux. Une table, deux chaises à montants en acier et assises en bois, comme à l'école. Une armoire métallique pour deux. Un lavabo pour deux, un WC pour deux. Une résistance pour faire chauffer l'eau. Sur l'étagère, un pot de Ricoré, une casserole, des coquillettes, un paquet de riz, trois boîtes de sardines. Les provisions de l'homme au poing.

Au fil des jours, Paul apprend que les gardiens sont officieusement des « matons », officiellement des « surveillants ». Des « chefs » si ce sont des gradés. On les traite d'« écureuils » à cause de leurs déplacements en accéléré. Ils n'ont le temps de rien, sauf de procurer des « cachetons » aux dépressifs, aux malades, aux excités. Les types qui servent la tambouille et lavent les coursives sont des « auxis » (pour auxiliaires), c'est-à-dire des détenus qui ont la confiance de l'administration. Dans leur dos, on parle de « collabos ». Ils sont logés à part pour éviter les chantages du type « une double ration ou je t'encule à la douche ». Le grillage qui renforce les barreaux des fenêtres empêche de « yoyoter », c'est-à-dire d'échanger tout et rien, verticalement, comme on baisse ou remonte le seau d'un puits.

Le « mitard », c'est la prison de la prison, pour les fortes têtes. Déconseillé : si on n'est pas dingue quand on y entre, on est dingue quand on en sort. La « promenade » consiste à tourner en rond autour d'une cour, une fois par jour. La douche, c'est une fois par semaine, la télé, en location. La « cantine », c'est ce qu'on peut acheter via les gardiens, autrement dit tout ce qu'on trouve en grande surface. Les matons assurent l'approvisionnement. C'est dire qu'il vaut mieux avoir la cote, du fric et la patience d'attendre la livraison.

L'attente est à tous les étages. On attend du linge, un coup de téléphone, une lettre, une autorisation, une convocation du juge, des somnifères, son traitement, sa cantine, une visite de son avocat, celle de sa femme, de sa mère ou de ses enfants…

Au cours de sa vie, Paul a connu différentes qualités de solitude. La solitude sereine des fins de journée bien remplies. La solitude passionnée, hantée par la belle Camille, qu'il revoyait marcher, parler, se déhancher ou s'offrir à lui… La solitude angoissée de l'énamouré qui espère un signe, un appel. Enfermé dans sa cellule, allongé sur la couchette du haut, le visage à quelques centimètres d'une peinture cloquée, il découvre la solitude hébétée. Comme si l'angoisse et la prison absorbaient, en lui, toute forme de vie.

Il se raccroche à Camille. Il l'imagine à quelques blocs, dans la prison des femmes. Il lui écrit chaque jour pour la distraire. Il parle de verts couleur d'herbe et de ciels saturés de bleu. Il dessine des clochers et des vols d'oiseaux. Il lui conseille de lire Colette et Giono. Il termine :

En espérant te transporter dans un ailleurs plein de beautés. Je veux être ton oxygène, ton poumon, le cœur qui bat en toi. Je t'aime, mon bébé, ma chérie. Ne perds pas courage. Nous nous retrouverons.

Avec tout mon amour,

Paul

Et, à Daniel :

Mon ami,

Comment allez-vous ? Avec le professeur Tannenbaum, vous êtes entre de bonnes mains. Il saura vous soigner. C'est un excellent spécialiste et un homme chaleureux. En vous écrivant cela, je m'aperçois que je me prends encore pour le docteur Ménard... C'était il y a cent ans, dans une autre vie. Je suis aujourd'hui le numéro d'écrou 8976, numéro de cellule 622. Soit neuf mètres carrés d'impuissance. Je compare les détenus aux fauves pelés des cirques de mon enfance. De pauvres bêtes pitoyables, mais encore si dangereuses. Voilà un mois que je suis des leurs, et je me sens, comme eux, pitoyable et dangereux, puisque j'ai fait ce que j'ai fait.

Qui aurait prédit que j'en arriverais là ? Je dois me pincer pour y croire. Ce dimanche matin, nous pourrions pédaler autour de Saint-Rémy, dans le bois de Misset. Vous me parleriez de femmes, de livres, de politique. J'admirerais – en peinant – vos mollets endurants. Entre deux essoufflements, j'apprécierais la rassurante géométrie de nos paysages.

Je ne peux plus regarder la télévision, qui diffuse les images normales, de gens normaux. Je ne peux plus supporter les faux rires, les fausses larmes, les faux coups de gueule. Les jeunes gens me rappellent mes enfants. Les blondes me rappellent Camille. Les rondes me rappellent Chantal. Les uniformes me rappellent Marc et les toubibs me rappellent moi, avant.

Je préfère lire. La télé, c'est le monde extérieur qui entre dans les murs ou, plutôt, l'illusion du monde extérieur. Les livres, c'est l'évasion mentale. On sort de taule. On fait des rencontres. On croise d'autres humains qui parlent, vivent, pensent comme nous et différemment. Et si l'auteur est doué, on est avec eux, parmi eux. On est moins seul. On est ailleurs. On vit mille vies quand, au détour d'une phrase, d'une scène, on se rencontre, soi. Ce qui fait réfléchir et se souvenir. Je préfère la lecture, mais vous le savez bien, vous qui lisez tant.

À ce propos, ne croyez pas les journaux quand ils parlent de prison « cinq étoiles ». Foutaises ! Être incarcéré, c'est avoir un corps d'homme et une vie de môme. Se sentir puni, du matin au soir. Demander la permission, pour tout. Être au ban des humains et aux aguets, la peur au ventre, parmi les fous, les malades, les vrais méchants et les paumés. Si vous saviez comme c'est dur…

Me pardonnerai-je un jour d'avoir retardé votre guérison ? Comme je m'en veux de vous avoir négligé, vous, mon seul ami ! Souffrez-vous ? Dites-moi quel est votre traitement. Donnez-moi de vos nouvelles, sur tous les plans ! Votre rire me manque. Je me demande parfois dans quel état d'esprit vous seriez, à ma place. Vous prendriez votre sort comme une expérience intéressante, sûrement, et avec humour. Je vais essayer de m'en inspirer car nous avons, aussi, des occasions de rire.

Ici, en prison, il faut écrire pour prendre rendez-vous chez le médecin, le psy, le dentiste. Écrire pour cantiner. Écrire encore pour aller aux ateliers, changer de cellule ou obtenir une permission de sortie. Vient ensuite l'attente de la réponse. On dit qu'on « attend Rieu » comme André Rieu, le violoniste, parce que l'administration nous joue du violon, en faisant croire que nos attentes seront satisfaites « très prochainement » selon la formule consacrée.

Cette importance de l'écriture en prison est d'autant plus cocasse qu'un tiers des condamnés est analphabète. Certains détenus s'improvisent donc « écrivains publics ». Mais, à supposer qu'ils soient « lettrés », rien ne dit qu'ils soient diplomates. Ce qui donne par exemple cette missive, adressée à l'administration pénitentiaire : « Je suis indigent. Je n'ai plus de tabac. Il faut m'en donner sinon va te faire enculer ! »

C'est le genre d'histoires qui circulent ici.

Vous voyez, on s'amuse bien !

Amitiés,

Paul

- 33 -

Il y a des moments de solidarité entre détenus, comme l'annonce d'un parloir, car on ne sait jamais si c'est une bonne ou une mauvaise nouvelle, une visite aimante ou le couperet d'un décès, d'une rupture. Certains reculent, au dernier moment. C'est un « parloir blanc ». Un visiteur sans détenu. Alors sincèrement, on se souhaite « Bon parloir ! ».

On ne sait pas non plus qui vient. On connaît le jour et l'heure fixés, sans autre précision. Donc, Paul a parloir ce dimanche, à 14 heures. Cette échéance lui noue l'estomac. Il a interdit à ses enfants de venir le voir. Qu'ils gardent de lui une image positive, celle de feu le bon docteur Ménard. Ils s'écriront souvent. Écrire des lettres, il ne fait que cela depuis sa prison. Ce doit être Chantal. Il va devoir lui annoncer qu'il a tué un homme, que le cabinet va fermer, qu'elle ne sera plus hygiéniste… Un parloir blanc, il y pense lui aussi. La peur d'être jugé, condamné par avance. Et l'orgueil, ne pas se montrer déchu. L'homme au poing sort de son silence :

— T'as la tremblote, on dirait !

Le dimanche arrive. Le bruit de clés le fait sursauter. Sa barbe a poussé. On lui a rendu ses lunettes.

— Ménard, parloir !

Il suit le maton en regardant ses pieds. Ne pas croiser le regard des autres détenus. Ne pas se reconnaître en eux. Ne pas devenir un taulard parmi les taulards. Garder la tête haute. On le fait entrer dans une petite pièce blanche, anonyme, sans fenêtre. Au mur, un poster de mer tropicale.

Paul s'assied sur l'une des deux chaises en adoptant une attitude contrite. Il s'éponge le front, lorsque son visiteur paraît. Il lui sourit machinalement. C'est Hélène. Il est heureux de la voir. Hélène ne lui a jamais fait de mal.

Elle porte une veste beige, un pantalon noir. Ses cheveux bouclent dans le cou. Ils sont plus longs, joliment ondulés. Ses fines lunettes à monture dorée soulignent la régularité de ses traits. Paul n'ose pas l'en féliciter. Et s'il se trompait ? Et si la veste, la coiffure, les lunettes existaient déjà de son temps ? Elle détaille la pièce.

— Eh bien, quelle déchéance !

Elle désigne une valise qui a dû passer par la fouille.

— Je t'ai apporté des affaires. J'ai évité les Lacoste pour ne pas faire trop riche…

— Oh, tu sais, Lacoste ou pas, on connaît les pedigrees…

— Les pedigrees ! Tu parles déjà comme eux !

Hélène a du mal à s'asseoir. La prison est le dernier lieu où on a envie de s'installer, même pour une demi-heure. Elle expédie les messages :

— J'ai ajouté quelques livres. Je t'ai ouvert un compte sur lequel j'ai mis de l'argent pour que tu puisses… comment dit-on déjà ?

— Cantiner.

— C'est ça, cantiner. Pardon mais je manque de vocabulaire carcéral. J'ai mis le Château en vente. Je t'ai apporté des papiers à signer.

— Et le cabinet ?

— Le cabinet aussi, bien sûr. L'un ne va pas sans l'autre. Je ne sais pas quel prix on pourra en tirer. Tout part à vau-l'eau : la maison vide, le cabinet fermé, les arbres nus, le parc abandonné.

— Et Chantal ?

— Elle est sonnée. Elle n'arrive pas à croire que… Enfin, elle n'arrive pas à y croire. Elle parle d'erreur judiciaire. J'ai bien essayé de lui faire comprendre que tu avais avoué, elle n'en démord pas. Le docteur Monnier a proposé de l'embaucher. Elle ne l'aime pas. Elle va sans doute se replier sur la charcuterie. Elle hésite encore…

— Et Camille ? Est-ce que tu as des nouvelles de Camille ? Elle ne répond pas à mon courrier.

Hélène prend un air consterné.

— Des nouvelles de Camille, moi ? Pourquoi en aurais-je ? Je n'ai aucune raison d'en avoir et, désolée, je n'ai pas pensé à lui apporter des oranges…

— Et sa fille ?

— Aucune idée, Paul ! Et merci de ne plus me parler de ces gens-là. En revanche, je t'ai trouvé un avocat, à Paris. Je l'ai vu à la télé. Il m'a paru compétent. C'est un peu bizarre de passer par les médias mais, tu m'excuseras, je n'avais pas de pénaliste dans mon carnet d'adresses. J'ai obtenu un rendez-vous. Il m'a reçue aimablement et m'a aiguillée sur une collaboratrice junior. Je te répète, mot pour mot, ce qu'il m'a dit d'elle : « Elle s'appelle maître Florence Abott. Elle est moche – vraiment très moche – mais, en fait, c'est plutôt un bon point. Les jurés la plaignent et ne se méfient pas. À tort. C'est un morbac. Elle connaît ses dossiers à fond, elle ne lâche rien. Vous serez contents, vous verrez. » Voilà, Paul, je ne l'ai pas rencontrée. J'ai trouvé bizarre qu'il parle de son physique avec tant d'insistance. Elle devrait te contacter rapidement.

Paul voudrait la remercier, lui dire combien elle est admirable de venir le voir, de vendre la maison, de lui trouver un avocat. On peut compter sur elle et ça n'a pas de prix. Il voudrait lui dire qu'elle mérite pleinement le qualificatif de belle personne. Belle sur tous les plans, même physiquement, avec les fines rides qui se dessinent au coin de ses yeux. Habillée par Camille, elle pourrait même avoir de la classe…

— Que de ruines pour une histoire de fesses ! C'est pitoyable ! lâche Hélène, pensive.

Paul bondit.

— Une histoire de fesses… Mais c'est beaucoup plus que ça ! J'ai donné ma vie pour une femme, est-ce pitoyable ? Le sacrifice de soi, est-ce pitoyable ? La défense des opprimés, est-ce pitoyable ?

— Et moi ? Tu as pensé à moi ? Tu sais ce que je vis ? Les regards en dessous, les coups d'œil scrutateurs : est-ce qu'elle va bien, est-ce qu'elle va mal ? Est-ce que tu m'imagines revenant à Saint-Rémy ? Les petites phrases chuchotées dans mon dos : « Elle est courageuse de revenir ici ! », « Elle a vieilli, j'ai l'impression… », « Ses enfants pourraient la soutenir ! Ils vivent où, déjà ? ». Même mes amies sont mal à l'aise. Et les enfants, est-ce que tu as pensé aux enfants ? « Il fait quoi, ton père dans la vie ? — Assassin, pourquoi ? »

— Je t'en prie, Hélène, ne sois pas amère !

— Ah, mais oui, tu as raison, pas d'amertume, Hélène, tiens-toi bien, Hélène, souris, Hélène ! C'est ça, le credo ? On ruine ma vie et je dois être zen. Ne pas pleurer, ne pas hurler, ne pas crier ! Mais je t'emmerde, Paul. Je t'emmerde avec tes appels à la dignité, toi qui as bousillé ma vie par pure connerie. Mais tu sais quoi ? Camille va me venger, car tu n'es pas au bout de tes peines ! Cette salope t'a bien eu, jusqu'au trognon, une sacrée machination.

— Une machination, mais qu'est-ce que tu vas chercher ?

— En fait, la grande différence entre toi et moi, mon pauvre Paul, c'est le bon sens. Si je m'étais fait draguer par Brad Pitt, j'aurais trouvé ça suspect. Je me serais dit : « Les plus belles femmes du monde sont à ses pieds, qu'est-ce qu'il me trouve ? » Mais toi, non. Marilyn te vampe et ça ne t'étonne pas ! Tu ne te dis pas : « Je suis vieux, elle est jeune. Je suis moche, elle est belle. C'cst tout de même bizarre qu'elle soit folle de moi. » Non, tu as pensé que ton physique bouleversant la séduisait. Que tes yeux – comment disait-elle déjà… à propos de tes yeux, de leur couleur ?… Ils étaient de quelle couleur, déjà ?

— Violets.

Hélène pouffe de rire. Un rire plein d'ironie.

— C'est ça, violets, uniques… Mon pauvre Paul, ce que tu peux être naïf. J'en rigole encore. Elle t'a bien eu !

— Qui m'a eu ? demande Paul, déboussolé.

— Mais elle ! Camille, évidemment ! Avec son méchant mari, ses méchants amis, les méchants gendarmes et ta méchante femme qui l'a espionnée… Et tu l'as crue !

— Bien sûr que je l'ai crue. J'ai vu les traces de coups, les blessures. Et puis d'abord, que sais-tu de Camille ? Tu étais là quand elle se faisait violer, taper dessus ? Mais toi, bien sûr, tu es plus forte que tout le monde, tu connais la vérité.

— Mais elle crève les yeux, la vérité, mon pauvre Paul ! Elle a tout inventé pour que tu la débarrasses d'un mari gênant. Il n'y a rien d'autre à dire. C'est une histoire bête à pleurer et vieille comme le monde. Je n'arrive pas à croire que tu sois tombé dans un panneau aussi… banal !

— Je suis désolé pour les enfants, désolé pour toi, mais, en tant qu'homme, et en tant que médecin, je me devais d'agir.

— Conneries ! lâche Hélène avec mépris.

Un mépris qui le ramène à Minus. Il sort de ses gonds.

— Mais enfin tu étais là ? Non ! Tu as reçu un dessin suppliant de sa fille ? Non ! Les appels affolés de son amie Sophie ? Non plus ! Tu ne sais pas de quoi tu parles. Tu ne sais rien de Camille. Ni de moi, d'ailleurs… À mon avis, tu es jalouse et vexée.

C'est la première fois qu'il s'abandonne à une telle virulence. Il s'en fait le reproche. Il va sonner le gardien, retourner en cellule. Elle le prend de court, très calmement.

— Jalouse ? Vexée ? Parce que tu penses vraiment que je te regrette ? Mais regarde-toi, mon pauvre Paul : en prison, accusé de meurtre ! On ne peut pas être jaloux de quelqu'un dont on a pitié.

Paul baisse la tête. Il n'a pas honte. Il a tout dit. Son regard effleure les mains d'Hélène. Sa bague de fiançailles, son alliance ont disparu. Il espérait…

Il se rend compte de son outrecuidance. Ainsi, il croyait tout avoir, tout garder.

— Je vais partir m'installer sur la Côte d'Azur. Là-bas, au moins, j'aurai chaud. Je serai comme tous ces retraités qui soignent leurs rhumatismes au soleil. Je donnerai des cours d'espagnol, je ferai des traductions. Peut-être que je rencontrerai un vieux monsieur, pourquoi pas ?

— Ou un jeune, tu n'auras pas de mal à trouver quelqu'un, dit Paul, encourageant.

Elle évacue le compliment, tristement.

— Ah, j'oubliais, je t'ai apporté la photo de Marilyn…

— Oh ! dit Paul, sincèrement ému. Comme c'est gentil ! Je ne m'attendais pas à cette attention. C'est bien toi d'avoir cette… Merci… Je ne sais comment te dire, Hélène… Tu es vraiment une femme bien.

Elle pourrait pleurer. Elle se met à rugir, emplie de haine.

— Oh, surtout ne me prends pas pour une sainte ! Je ne fais pas ça pour toi, mais pour moi. Uniquement pour moi. Car si je commence à te voir comme une ordure, alors j'aurais bousillé ma vie avec un sale con, et quelle erreur ce serait, quel gâchis, quel naufrage ! Je préfère penser que tu étais un type bien, un bon père, un bon époux qui a été assez bête – mais bête à bouffer du foin – pour tomber dans le panneau d'une faiseuse. Je t'aide, mon pauvre Paul, comme on lance une bouée à un homme qui se noie. Je t'aide pour Quentin. Je t'aide pour Manon. Afin qu'ils sachent qu'ils ont encore une mère, à défaut d'avoir un père digne de ce nom.

Paul n'écoute pas. Il mérite sa colère. Il l'accueille comme le sermon après la faute. Il lui pardonne en espérant que, lorsqu'elle sera calmée, il pourra lui exprimer sa reconnaissance et la prendre dans ses bras afin de respirer le parfum d'une femme, une dernière fois, avant…

— De toute façon, nous n'avions pas les mêmes goûts, constate Hélène. Tu n'as jamais aimé le sport, ni la campagne, ni mes amis. Finalement, nous n'avions pas grand-chose en commun.

Il voudrait protester. Ils avaient les enfants, le Château… Leur couple a très bien fonctionné pendant plus de vingt ans. Il a été heureux. Ce n'était pas l'amour fou, mais ils étaient bons camarades.

— Je t'aide jusqu'au procès, conclut Hélène. Une fois le divorce prononcé, le verdict énoncé, tu n'entendras plus parler de moi.

Elle se lève. Paul comprend qu'il l'a perdue. Il s'approche pour l'embrasser. Elle se dérobe. Il espère encore un petit signe de la main, mais la porte se referme, sans un geste et presque sans un bruit.

Seul dans le parloir, Paul reste assis. Il voudrait pleurer, mais les larmes ne coulent pas.

Il voudrait penser, mais les idées s'embrouillent. Évidé, cabossé, hors d'usage, il se sent comme un tas de ferraille abandonné. Car le désamour est un ravage. Même quand il vient d'une femme qu'on n'a pas su aimer.

- 34 -

En voyant son avocate entrer dans le parloir, le docteur Ménard cache mal sa surprise. Quel drôle de physique ! Plate et menue, elle a la taille d'une enfant. Elle porte une robe chasuble écossaise, un col blanc, des collants roses, des lunettes rondes et bleues, des chaussures à brides de petite fille modèle. Le visage, au contraire, a quelque chose d'âgé. Une tête volumineuse, un nez fort, des yeux petits, des cheveux si fins qu'ils s'échappent d'un catogan de l'épaisseur d'une ficelle et… voilà l'étrangeté, un tic consistant à pousser ses dents vers l'avant. Un dentier ! Paul n'en croit pas ses yeux, si bien qu'il tressaille lorsqu'elle lui tend la main.

— Euh, oui, pardon, dit-il en présentant la sienne.

— Bonjour, je suis Florence Abott.

Comme il n'a pas l'air de comprendre, elle précise patiemment :

— Votre avocate… Je vais m'occuper de votre dossier.

— Ah, oui… Oui, bien sûr !

— J'ai l'habitude. On s'y fait, dit-elle avec espièglerie.

Paul sourit, plus détendu. Elle pose un grand sac en tissu imprimé, à grosses fleurs, sur la table du parloir et en sort un dossier estampillé « Ménard-Ellis-Souffleau ».

— Souffleau ?

— Oui, comme Camille Souffleau, son nom de jeune fille.

— Ah !

— Avant d'étudier votre affaire, avez-vous besoin de quelque chose ? Que je transmette un message ?

Paul hoche la tête négativement et se ravise.

— Avez-vous des nouvelles de Camille ?

Elle hausse les sourcils.

— Votre Camille ? Non, mais je peux me renseigner.

— Oui, s'il vous plaît. Ce doit être si dur pour elle, la prison. Elle aime tant le beau, les parfums, la nature, les oiseaux…

— Je me renseignerai, promet Florence Abott. Venons-en à vous, maintenant. Vous risquez gros, je ne vous le cache pas. La préméditation, c'est trente ans.

— Trente ans ! s'écrie Paul, effaré. Et pour Camille ?

— La même peine, *grosso modo*.

— Mais Marc méritait… Il y a les circonstances atténuantes.

— Hum, fait la petite avocate. Il faut aussi compter avec les remises de peine. Votre personnalité joue en votre faveur… Mais nous n'en sommes pas là. Le principal, entre nous, c'est la confiance. Pour qu'elle existe, sachez que je suis excellente dans mon domaine. Je ne plaide que des dossiers d'assises, et l'abus de faiblesse, disons… que je connais le sujet.

— L'abus de faiblesse ?

— Oui, vous avez été abusé.

— Je ne comprends pas.

— Camille vous a trompé.

— Avec un autre homme ?

— Mais non. (Florence Abott sourit avec indulgence.) On ne va pas détailler maintenant car j'ai une assise dans trois heures, dit-elle en regardant sa montre. Nous en reparlerons… La seconde chose que je vous demande est de suivre mes conseils à la lettre. Je vous dis de vous taire, vous vous taisez. Je vous dis de vous justifier, vous vous justifiez. Je vous demande de jouer la comédie, vous le faites aussi. Une cour d'assises est un théâtre où chacun joue une partition. Je connais la vôtre. Mes conseils sont l'équivalent des traitements que vous prescriviez à vos patients : ils ne se discutent pas !

— « Prescriviez », relève Ménard.

Il est des imparfaits qui font mal. Il n'en dit rien. Maître Abott poursuit :

Nous pourrions résumer l'axe de la défense comme suit : tout sur Camille ! Elle est la méchante. Vous êtes le gentil qui s'est fait piéger.

— Ce n'est pas si simple ! proteste Paul.

— Ça doit le devenir. Les jurés ont trois jours pour se faire une opinion. Une opinion qui va décider du nombre d'années que vous allez passer en prison. Pour cela, ils ont besoin qu'on leur présente les choses de manière binaire : les bons/les méchants, les coupables/les innocents, les bourreaux/les victimes, et ainsi de suite. Je vais plaider en disant que vous avez été la victime d'une méchante femme, ce n'est pas si simple peut-être mais, je le répète, ça doit le devenir parce que la condamnation peut varier – non pas du simple au double, mais de trente ans à substantiellement moins.

— Substantiellement moins… C'est quand même une éternité.

Paul est assommé. Il n'a fait que son devoir, celui de tout citoyen face à une femme sans défense… Il réagit.

— Mais le diable, ce n'est pas Camille, c'est Marc !

— C'est aussi une façon de voir les choses. Ne vous inquiétez pas : l'important est que vous, vous soyez vu comme un gentil égaré du mauvais côté.

Florence Abott continue sur le même ton affirmatif. Sa voix est grave et profonde. On l'écoute. On la croit. C'est ce qu'on appelle le charisme.

— Le pire, pour les jurés, est de ne pas comprendre. Ils ont besoin de savoir qui est qui, et comment le drame est arrivé, techniquement, humainement. C'est votre chance, Paul. Vous êtes lisible, le contraire d'un tordu.

— J'espère bien…

— Autre bon point, vos déclarations n'ont jamais varié. Par ailleurs, souvenez-vous que tout passe par le corps. Pas de bras croisés, d'attitudes fermées, de regards fuyants qui vous feront passer pour un faux jeton, un lâche ou un hypocrite. Laissez-vous émouvoir par le malheur des témoins, comme si ce n'était pas vous qui l'aviez provoqué. Cependant, n'en faites pas trop ! Ne cherchez pas à apitoyer, ça ne passerait pas. Autrement dit, ne surjouez pas l'émotion, arrangez-vous pour la ressentir. Identifiez-vous ! Pensez sincèrement que c'est triste qu'une petite fille, Céleste, soit privée de son père et qu'une mère, Mme Ellis senior, soit privée de son fils. Même si, par ailleurs, vous vous sentez légitime d'avoir délivré Camille de son bourreau, suis-je bien claire ?

— Oui, très claire, mais on joue sur des subtilités.

— Ne sous-estimez pas les jurés. Rien ne leur échappe. C'est très impressionnant pour eux d'avoir à juger quelqu'un. C'est une première pour la plupart et ils sont soucieux de bien faire. Ils vous scrutent. Ils veulent être sûrs de ne pas se tromper. Tout cela pour dire que votre partition, c'est la sincérité. Le reste, je m'en charge ! Mais je vous répéterai tout ça le moment venu…

Le dossier Ménard-Ellis-Souffleau disparaît dans le sac à fleurs. Avant de partir, Florence Abott adresse à son client son drôle de sourire en résine, aux gencives pâles. Il lui offre une poignée de main chaleureuse.

— Je ne viendrai pas vous voir souvent. Deux heures de voiture, c'est le bout du monde pour quelqu'un comme moi qui court après le temps mais, faites-moi confiance, j'éplucherai chaque ligne de votre dossier et je saurai tirer toutes les ficelles. À bientôt. Soyez confiant !

Il la regarde s'éloigner. De dos, on lui donne douze ans.

« Quelle drôle de fille ! pense Paul. Un vieux briscard dans un corps d'enfant ! »

Il retourne en cellule en traînant les pieds. Cris, injures, bruits de pas, de serrures électroniques, œilletons levés, baissés, ronflements, latrines, promenade, douche… Les jours se suivent, sinistres et répétitifs. L'homme au poing passe son temps assis sur sa couchette, tête baissée, les yeux fixés sur ses claquettes. Paul, allongé sur la couchette du haut, regarde le plafond en pensant à Camille. Sur le mur, il a collé avec du chewing-gum la photo de Marilyn. Quand son moral baisse, il se noie dans son regard perdu. Il pense à sa mort solitaire dans une villa d'Hollywood. Il imagine qu'il la prend dans ses bras pour la réchauffer et les heures s'écoulent. Sinon, il écrit des lettres à Camille, à ses enfants, à Daniel. Florence Abott lui a confié une mission qui l'occupe également : récapituler chronologiquement les faits, depuis sa rencontre avec Camille, une sorte de tableau sur lequel noter ce qui est arrivé, et à quelle date.

C'est intéressant pour lui aussi. Il remarque par exemple que Sophie ne l'a pas remercié d'avoir sauvé Camille. Lui en veut-elle de quelque chose ? Camille pourrait expliquer ce silence mais ses lettres sont rares et neutres. Il se rappelle aussi la froideur de Céleste devant un malaise de sa mère. Elle lui avait ouvert la porte, les yeux secs, puis elle s'était enfermée dans sa chambre. Il avait entendu de la musique à travers la porte. Sur son tableau récapitulatif, il note : « Camille – perte de connaissance, indifférence de Céleste ».

Ainsi défilent les semaines quand un jour on l'extrait de la prison pour l'emmener chez le juge d'instruction. Le juge Deluynes. Paul s'étonne de trouver autant de monde dans son bureau : le greffier, une dame d'un certain âge, la petite avocate et Camille. En la voyant, son cœur bondit. Il y a aussi un jeune quadragénaire qu'on lui présente comme étant maître Olivier de La Marsaudière, avocat de Mme Souffleau.

Le juge explique les avoir réunis pour une expertise graphologique. Il demande aux accusés de bien vouloir s'asseoir autour de la table ronde.

Le greffier apporte des feuilles de papier blanc et de quoi écrire.

La dame âgée leur dicte en lettres majuscules, puis en lettres manuscrites :

— Sauter. Venteux. Manie. Mamelle. Sauver. Verdure.

Camille grommelle.

Paul écrit le plus vite possible afin de regarder la femme qu'il aime. Il se noie dans son visage, retrouve son front bombé, les ailes délicates de son nez, son implantation de cheveux en pointe – la pointe du diable, comme Marilyn, riait-elle –, l'arête du nez bien droite, le rebondi de ses joues. Comme il aime ses joues !

Voilà, ils ont terminé. Les avocats ne bronchent pas. D'un clic, Camille fait disparaître la bille de son stylo, méthodiquement. Le juge annonce :

— Et maintenant, les mêmes lettres écrites de la main gauche.

Camille se lève d'un bond. Elle a perdu assez de temps. Elle refuse de se livrer à cette mascarade. D'ailleurs, elle est incapable d'écrire de la main gauche. Il faudrait qu'elle se contorsionne, elle ne saurait même pas comment s'y prendre. Paul l'interpelle avec candeur :

— Mais si, Camille, souviens-toi, ton talent « inutile », comme Léonard.

Elle le fusille du regard et se tourne vers le juge.

— Mais enfin, monsieur le juge, puisque c'est lui qui a tué mon mari ! dit-elle en désignant Paul.

Le magistrat demande à Camille de garder son calme et d'obtempérer. Se soustraire à une expertise lui sera très défavorable.

— Parce que c'est une expertise ? s'écrie-t-elle, interdite.

— Oui, une expertise graphologique, comme je vous l'ai dit en introduction, et maintenant, madame Ellis, veuillez vous rasseoir et écrire, de la main gauche…

- 35 -

11 mars 2002
Ouverture du procès

Les Saint-Rémois s'étaient promis de soutenir leur docteur Ménard, de lui écrire, de l'entourer. Mais le temps amollit les résolutions, qu'elles soient bonnes ou mauvaises. Chez Sylvain, au Café des Amis, on a de moins en moins parlé de l'affaire. On s'est habitué à la grille fermée du Château. Le docteur Monnier est devenu le seul médecin de Saint-Rémy. On l'a jugé finalement « presque aussi sérieux que le docteur Ménard » et beaucoup plus ponctuel. La peur de l'an 2000 a mobilisé les esprits, d'autant qu'un compte à rebours devant la mairie scandait les jours, les heures, les secondes rapprochant de l'apocalypse prédite par Nosferatu…

— Mais non, pas Nosferatu, Nostradamus.

— C'est qui, alors, Nosferatu ?

— Un gars du même genre, en plus méchant.

Le temps du docteur Ménard a passé. L'annonce du procès réveille les souvenirs. On recommence à épiloguer. Dans l'ensemble, on ne peut pas croire que le bon docteur soit un assassin. Ou, s'il l'a été, c'est poussé par cette ensorceleuse de veuve. Certains se précipitent au tribunal pour connaître le fin mot de l'histoire et voir la tête des accusés. Dans le box, c'est sûr, elle fera moins la fière ! D'autres répugnent à « remuer la boue » comme ils disent. Leur conception de la vertu les détourne des affaires privées, des drames, des faits divers qui ne les regardent pas. Néanmoins, leur opinion est faite : l'enjôleuse est coupable et si Ménard s'est rasé la barbe, c'est pour se punir.

Les neuf jurés, désignés par tirage au sort sur les listes électorales, n'ont jamais eu affaire à la justice. Ils en ignorent le décorum, les formules, les rites, les procédures. Consciente de leur noviciat, la présidente de la cour d'assises, Françoise Riflet, habillée en tenue de ville, les introduit sans apparat dans la salle d'audience endormie. Elle leur parle simplement.

— Mesdames et messieurs les jurés, je suis honorée de vous accueillir dans cette cour d'assises. Vous êtes sans doute pleins d'émotion et de questions, vous vous demandez ce qu'on attend de vous…

Cinq mètres de hauteur sous plafond, des boiseries en noyer sculptées, deux lustres fastueux, des sièges de velours noir. Quand la présidente Riflet reparaît vingt minutes plus tard, elle a enfilé sa robe rouge bordée de fourrure blanche. Sa silhouette mince, ses traits fins de quinquagénaire fatiguée y gagnent en majesté. Elle est suivie de ses deux assesseurs. Puis des jurés qui se sentent moins intimidés sur l'estrade, dans une position dominante qui oblige, en contrebas, avocats, témoins et accusés à lever les yeux.

Florence Abott a tiré une valise à roulettes dans les couloirs du palais. Lorsqu'elle entre dans la salle d'audience, tout le monde est en place. Sur la gauche, l'avocat général dit la loi. Il représente la société. L'avocat de la partie civile défend les intérêts des victimes, en l'occurrence Céleste et Mémé. Devant le public, la presse, qui rend compte des étapes du procès par l'écriture et le dessin car les photos sont interdites. Près du box des accusés, les avocats de la défense.

Maître Abott, fidèle à elle-même, porte des chaussures à brides, des lunettes bleu ciel, une queue-de-cheval filiforme. Elle farfouille dans ses dossiers comme si elle avait perdu quelque chose. À côté d'elle, maître Olivier de La Marsaudière est aussi grand qu'elle paraît petite, aussi fier qu'elle semble gauche.

La présidente s'assure que tout le monde est en place et déclare solennellement :

— L'audience criminelle est ouverte, veuillez vous asseoir.

Froissements de robes, papotages, bruits de chaises suivis d'un silence.

— Faites entrer les accusés !

Paul paraît le premier. Il n'a pas mangé, pas dormi. Ces derniers jours, il a été surveillé, menotté, car l'administration pénitentiaire craint les suicides, les évasions, les enlèvements à la veille des procès. Il a mis une chemise blanche, une cravate sobre, un costume beige. Il flotte dedans. Son front s'est encore dégarni. Ses lunettes, qui ne sont plus adaptées à sa vue, lui donnent mal à la tête. Il ressent plus qu'il ne voit la salle aux allures de cathédrale, les taches rouges et noires de la magistrature, le son qu'amplifient les micros, le public et la presse attentifs. Il a peur comme un animal piégé. Peur du procès, peur de revoir ceux qui l'ont connu. Peur d'être condamné à perpétuité. Peur aussi de retrouver Camille dont il ne sait rien, depuis plus d'un an.

Quand elle arrive à son tour, il a du mal à la reconnaître. Amaigrie, les yeux baissés, vêtue de noir. Ses cheveux ont foncé. Où est passée Marilyn, la blonde, la rieuse, la solaire ? On l'installe non pas à côté de lui, mais juste devant, sur le gradin inférieur. Il admire sa nuque gracile, ses épaules étroites, ses cheveux courts – une nouvelle coupe. Sous le fin pull noir, il voit saillir ses omoplates, si petites. Il localise l'unique grain de beauté de sa peau, sous la cinquième vertèbre lombaire. Comme il aime la regarder encore, même de dos ! Il la respire dans l'espoir de retrouver son parfum entre miel et lilas blanc. Il a beau jouer des narines, il ne sent rien, ou plutôt si, très faiblement, une odeur de renfermé, de tabac, de soupe de légumes et de détergent bon marché. Une odeur spécifique, la même que la sienne, celle de la prison.

La petite avocate fait tomber des papiers, les ramasse, s'excuse. Manifestement, elle cherche un document qu'elle ne trouve pas. Elle paraît perdue tandis que le jeune La Marsaudière esquisse un sourire. Aisance, brassage d'air, effets de manches, il est une caricature d'avocat. La confiance de Paul s'émousse. Et si Hélène lui avait fait un mauvais coup ? Si elle avait choisi une débutante pour se venger ? Il n'a vu Florence Abott que quatre fois. Elle a affirmé qu'elle maîtrisait le dossier et qu'elle était confiante, mais quelle preuve a-t-il de sa compétence ? Aucune ! « Une gosse édentée pour toute défense. Je vais dans le mur », pense-t-il amèrement.

L'avocat de Camille se tourne vers sa cliente. Ils sont proches. Il lui tapote le bras. Paul est jaloux. Lui aussi voudrait la toucher, être front contre front avec elle, lui parler à l'oreille, la rassurer, lui inspirer confiance… Elle doit se sentir renaître sous le regard de cet homme jeune et séduit.

La greffière lit d'une voix monocorde le rappel des faits.

— Le 6 octobre 1998, le colonel Maurel, commandant de la base aérienne de B., portait à la connaissance des services de gendarmerie d'Orléans que des rumeurs circulaient sur le décès du major Marc Ellis habitant 12, route des Champverts à Cernon-en-Beauce… Le 17 octobre 1998, les gendarmes se présentent au cimetière et croisent la veuve Mme Ellis Camille, née Souffleau. Son comportement éveille leurs soupçons. Elle cite le docteur Ménard, son médecin traitant, qui a signé le certificat de décès. Il est de notoriété publique qu'ils sont amants. Ils sont interpellés tous les deux. Camille Souffleau, épouse Ellis, et Paul Ménard, vous êtes tous les deux accusés d'avoir volontairement donné la mort au major Marc Ellis, avec la circonstance aggravante de l'avoir prémédité. Pour ces faits, vous encourez la réclusion criminelle à perpétuité, comme prévu par l'article 221-3 du Code pénal.

— Monsieur Paul Ménard, levez-vous ! ordonne la présidente. Aujourd'hui, reconnaissez-vous l'ensemble des faits qui vous sont reprochés, aucun fait, certains faits ?

— L'ensemble des faits.

— Madame Camille Souffleau, levez-vous ! Aujourd'hui, reconnaissez-vous l'ensemble des faits qui vous sont reprochés, aucun fait, certains faits ?

— Aucun.

— Que contestez-vous ?

— Je ne suis pas responsable de la mort de mon mari. Je n'ai fait que suivre les prescriptions du docteur Ménard. Si quelqu'un est responsable du décès, c'est lui.

— Vous n'y êtes pour rien ?

— C'est ça !

— M. Ménard a avoué. Il s'agira donc d'établir quelle est la part de Mme Ellis dans la mort de son mari, explique la présidente. A-t-il été assassiné à son insu ? Est-elle complice ou véritable coauteur ? Pour l'établir, nous allons commencer par examiner la personnalité des deux accusés. Comment en sont-ils arrivés là ? Quelle a été leur vie ? En France, la loi dit de juger quelqu'un en fonction de sa personnalité et de son passé. On cherche à savoir comment cette personne s'est construite, si bien qu'on va loin parfois dans la vie privée. Ce n'est pas du voyeurisme, mais un paramètre de jugement, car ce passé peut avoir son importance dans la compréhension du passage à l'acte et dans la prise en compte de circonstances atténuantes, explique la présidente.

Elle se tourne vers Camille.

— Madame Ellis, vous naissez dans une famille d'agriculteurs modestes le 7 mars 1959. Vos parents travaillent dur, mais le mal qu'ils se donnent rapporte peu d'argent. Vous vivez dans une relative pauvreté. Votre mère est décrite comme une femme assez froide et parfois aigrie. Elle était promise à un plus beau parti. Son fiancé en a choisi une autre. Par peur de rester célibataire, elle se serait tournée vers votre père à contrecœur. Avez-vous quelque chose à dire sur ce point ?

— Je ne sais pas, non… Je ne connais pas la vie intime de mes parents.

— Je continue, poursuit la présidente. Il n'y a pas de cris à la maison mais une atmosphère lourde de reproches. Vos parents ne semblent pas avoir la fibre parentale. Pour eux, un enfant est une bouche à nourrir et une fille encore plus qu'un garçon. Vous restez fille unique et, après votre naissance, ils dorment séparément. Ces informations nous viennent de vos cousins. Vous grandissez donc dans une certaine solitude affective. À l'école, vous êtes à part. Vous avez quelques admirateurs car vous êtes, dès l'enfance, d'une beauté hors du commun, et si on le précise aujourd'hui, c'est que cette beauté joue un rôle dans votre histoire et la construction de votre personnalité. Seulement, votre caractère rebute. Vous découragez par des remarques cassantes et un certain sentiment de supériorité. On vous trouve condescendante. Qu'en pensez-vous, madame Ellis ?

— Je crée toujours beaucoup de jalousies.

— À l'école, vous ne brillez pas, sauf en rédaction où vous excellez. Vous êtes remarquée pour vos histoires fleuves, à l'oral et à l'écrit. Néanmoins, vous commettez quelques vols et vous mentez. Vous racontez par exemple que votre père n'est pas votre père, que votre vrai père est riche et qu'il vous emmène le dimanche dans sa grande propriété en cachette de vos demi-frères et sœurs. Vous parlez des biens dont vous hériterez à sa mort. Vous êtes régulièrement démasquée et rappelée à l'ordre. Vos parents sont convoqués. Rien n'y fait. En première, vous êtes renvoyée du lycée pour vol. Vous ne reprenez pas vos études. Vous devenez caissière dans un supermarché, puis secrétaire dans un centre de soins. Vous avez du bagout, vous êtes facilement embauchée mais, quelques mois plus tard, vous êtes licenciée pour faute, des vols en général. Vous vous en tirez bien. Personne ne porte plainte. Le 24 avril 1979, votre vie bascule. Vos parents décèdent dans un accident de voiture. Vous avez vingt ans. Si vous éprouvez du chagrin, vous ne le montrez guère. Vous dépensez en vêtements le peu d'argent dont vous héritez, vous passez votre permis de conduire, vous vous achetez une petite voiture, vous ne cachez pas votre joie d'être libre et un peu plus riche qu'auparavant. Qu'en dites-vous, madame Ellis ?

— Je me demande comment on peut dire ça. Personne n'est dans ma tête…

— Ni dans votre cœur, nous sommes bien d'accord. Mais avez-vous ressenti de la peine à la mort de vos parents ? Car les témoins ne l'ont pas vue.

— Nous n'étions pas très proches, répond Camille.

— Cet été-là, vous avez vingt ans, vous êtes élue reine de beauté et vous rencontrez Marc Ellis. Un bel homme. Coup de foudre. Il est travailleur et plein d'avenir. Vous vous mariez dans la foulée. Vous avez l'air heureux. Seule ombre au tableau, vous n'arrivez pas à avoir d'enfant. Votre fille Céleste naît enfin, après dix ans de mariage. Votre époux vous croit toujours employée à mi-temps, alors que vous avez arrêté de travailler. C'est vous qui tenez les comptes et gérez le budget. Il ne s'aperçoit de rien. Votre mari réussit bien. Il passe des concours, accède rapidement au premier grade des officiers de l'armée de l'air. En 1995, quelque chose change. Il devient navigant, c'est-à-dire qu'il part régulièrement en mission, de plusieurs jours à six semaines d'affilée. À la même période, vous achetez une maison à Cernon-en-Beauce, non loin de la base. Il semble qu'alors, vous vous soyez retrouvée très seule.

Vous n'avez pas d'amis proches. Il n'est fait mention d'aucune aventure extraconjugale avant le docteur Ménard. En novembre 1997, celui-ci devient votre médecin traitant. Le courant passe. Vous êtes proches. Vous le prenez comme confident puis comme amant. C'est ici que vos déclarations divergent. Selon M. Ménard, vous racontez que votre mari vous bat. Vous parlez même de tournantes qu'il organiserait avec des collègues. Vous y seriez victime de viols collectifs. Les plaintes que vous auriez déposées à la gendarmerie seraient restées sans suite. Est-ce exact, madame Ellis ?

— Oui, c'est arrivé.

— Parlez dans le micro, madame Ellis, on ne vous entend pas !

— Oui, c'est ce que j'ai dit.

Lorsqu'elle passe à l'enquête de personnalité de Paul Ménard, la présidente s'étonne :

— Il est très rare que cela arrive dans une cour d'assises à propos d'un accusé, monsieur Ménard, mais nous n'avons trouvé personne pour dire du mal de vous. Vous êtes né à Paris d'une mère au foyer et d'un père chirurgien cardiaque renommé. Vous êtes fils unique. Votre enfance n'est pas très gaie. Vous avez onze ans quand votre mère apprend qu'elle souffre d'un cancer du sein. Vous la soutenez pendant toute sa maladie, mais vous n'êtes pas là quand elle décède deux ans plus tard. Votre père vous a envoyé en pension chez les Jésuites. Il est jovial, extraverti. Vous êtes réservé et sérieux.

» Vous êtes étudiant en médecine à Paris lorsque vous rencontrez Hélène, votre future épouse. Ses parents vous adoptent comme un fils. Votre beau-père est médecin généraliste à la campagne, près de Chartres. Vous dites de lui qu'il vous a tout appris. Quand l'un de ses amis, médecin à Saint-Rémy, prend sa retraite, on pense tout naturellement à vous pour le remplacer. Vous attendez rapidement des jumeaux, un garçon et une fille. Votre famille, votre couple semblent harmonieux. Socialement, vous êtes bien intégré et très investi. Vous travaillez énormément, vous êtes sur tous les fronts. On ne vous connaît qu'un seul véritable ami, Daniel Beynac, et aucune liaison extraconjugale avant Camille Souffleau. Un parcours sans faute jusqu'à cette rencontre. Vous tombez fou amoureux. La rumeur dit qu'elle vous a ensorcelé. Quand vous apprenez par son amie Sophie, une cousine éloignée de son père dont elle est devenue très proche, qu'elle est victime de maltraitance et d'abus sexuels de la part de son mari, vous perdez la tête. Vous constatez les coups. Sophie vous supplie de la sauver. Céleste vous envoie un dessin déchirant. Camille menace de se suicider si la situation ne change pas. Bref, vous décidez de supprimer Marc Ellis. Est-ce exact, monsieur Ménard ?

— Oui, madame la présidente.

La petite avocate opine. Elle est très satisfaite de son client.

- 36 -

Dans Cernon, on la surnomme « la mère Michel » parce qu'elle a perdu son chat. Une farce de gamins qui s'amusent à la voir courir dans une envolée de jambes maigres en appelant : « Minou ! Minou ! » En réalité, elle s'appelle Germaine, Mlle Germaine. Un titre auquel elle tient. De son temps, rester vieille fille était une honte. Elle en a fait une fierté.

— J'ai toujours été moderne, d'avant-garde, comme on dit maintenant. D'ailleurs, les jeunes sont comme moi : ils ne se marient plus !

Cet humour bravache signe le caractère bien trempé de cette longue vieille dame aux cheveux rares et roux, ramenés sur le sommet du crâne en un petit chignon dit à la Goulue. En toute saison, elle enveloppe ses robes noires de grands châles frangés aux couleurs vives.

Elle habite route des Champverts, à proximité des Ellis. Son témoignage contre Camille est accablant.

— La femme Ellis ne s'est jamais intéressée à moi. Bien trop fière, bien trop snob. À peine bonjour quand on se croisait, le matin au courrier ou le soir aux poubelles. Vers le printemps 1997, une mouche la pique : « mademoiselle Germaine » par-ci, « mademoiselle

Germaine » par-là, et des tas de questions sur le docteur Ménard. Est-ce qu'il est bon médecin ? Et le lendemain : est-ce qu'il est marié ? Est-ce qu'il a des enfants ? Et le surlendemain : « Vous savez ce qui lui ferait plaisir comme cadeau ? » Elle lui court après. Je réponds qu'il aime les vieux films, surtout avec Marilyn… Marilyn Monroe qui lui rappelle sa mère avant sa maladie. Ça m'a marquée, on est de la même classe, Marilyn et moi, nées en 1926 toutes les deux. Et, pas longtemps après, voilà qu'elle devient blonde et qu'elle s'habille en blanc, comme dans les films d'autrefois en noir et blanc. À partir de là, c'est fini. Je ne l'intéresse plus. Elle m'a tiré les vers du nez. Elle a eu sa dose. Je suis de nouveau la vieille bique qu'on regarde de haut ! Y a pas de doute, elle lui a mis le grappin dessus. Tout était calculé.

Olivier de La Marsaudière s'avance vers le témoin en prenant son temps. Il remonte ses larges manches noires sur ses avant-bras. Il regarde les jurés un à un et Mlle Germaine, qui semble rétrécir à mesure qu'il approche. Elle est à l'aise dans le monologue. Dans la contradiction, elle perd ses moyens. L'avocat se poste devant elle. On dirait le loup devant la chèvre de M. Seguin. Pourtant, il démarre tout en douceur :

— Avez-vous déjà été amoureuse, mademoiselle Germaine ?

La vieille dame est surprise. Elle se redresse et répond le plus sincèrement possible.

— Ouh la la ! oui, heureusement que j'ai été amoureuse, mais ça remonte à loin en arrière, dit-elle en agitant la main derrière sa tête.

Une onde de bonne humeur parcourt la salle.

— Et c'était réciproque, bien sûr. On vous aimait en retour…

— Bah ça, forcément, sinon c'est plus de l'amour.

— Et comme tous les amoureux, vous vous faisiez des petits cadeaux ?

— Oui, sans doute, répond Mlle Germaine qui ne voit pas où il veut en venir.

— Quel genre de cadeaux vous faisait-il ?

— Il m'offrait des châles en soie, dit-elle en tirant sur les franges du sien. Il était mexicain.

— Madame la présidente, intervient la petite avocate, la question est hors sujet.

— Attendons le déroulement. Poursuivez, maître.

— Des châles qu'il choisissait avec soin… dans vos couleurs ?

— Oui, tout à fait. Dans les jaunes, les turquoise.

— Et vous, vous lui faisiez des cadeaux ?

— Bien sûr. Ne rien prendre sans donner, c'est ma philosophie.

— Quel genre de cadeaux lui faisiez-vous ?

— Je ne sais plus, des petites attentions… dans un joli paquet.

— Et avant de lui faire ces cadeaux, vous vous creusiez la tête pour deviner ce qui lui ferait plaisir ?

— Ça, c'est sûr ! J'allais pas lui offrir un slip de bain ; il savait pas nager !

(Rires dans la salle.)

— Éventuellement, vous auriez pu demander à quelqu'un qui le connaissait bien quels étaient ses goûts…

— Oui… Mais c'est quand même moi qui le connaissais le mieux !

— Alors est-il possible que Mme Ellis vous ait interrogée pour savoir quels étaient les goûts du docteur Ménard et ce qui lui ferait plaisir ?

— C'est possible…

— Comme on le fait quand on aime vraiment quelqu'un… précise l'avocat.

— C'est possible, admet Mlle Germaine.

— Camille Ellis n'aurait-elle pas pu devenir blonde et changer de garde-robe pour les mêmes raisons, pour plaire au docteur Ménard, à son nouvel amoureux ? N'avez-vous jamais tenté de vous faire belle pour un homme, mademoiselle Germaine ?

— On a compris, maître, intervient la présidente. Nous vous remercions…

— Mais quand même, ajoute la vieille demoiselle, elle a tout calculé depuis le début. Elle lui a tourné la tête, au docteur, et je peux le prouver…

— Et comment ? demande Françoise Riflct, intriguée.

— À la fin, le docteur Ménard, il n'était plus le même, ça, c'est sûr ! Lui et moi, on se connaissait depuis au moins vingt ans, eh bien… (Elle ménage son effet.) Il ne savait même plus comment je m'appelais. Il disait Michel, Mlle Michel ! Où il est allé chercher ça ? Moi, c'est Germaine, Mlle Germaine… Et il l'a toujours su.

Des rires fusent dans la salle. Paul sourit. L'audience est suspendue.

- 37 -

Il y a des témoins qui émeuvent plus que d'autres, comme la petite dame tassée, aux cheveux blancs frisottés, qui s'avance à la barre, au deuxième jour du procès. Mme Ellis mère ne s'est jamais exprimée en public mais, depuis la mort de son fils, rien ne peut l'effrayer. Le seul « avantage » des grands malheurs est qu'ils dissipent les petits. Est-ce son maintien, sa dignité ou le souvenir de son cri à l'église ? Toujours est-il que l'on retient sa toux lorsqu'elle se présente d'une voix ferme.

— Je suis Lucja Ellis, née le 4 août 1932 à Lens. Les parents de mon mari et les miens sont arrivés en France en 1920 pour travailler dans les mines. Nous nous sommes connus enfants, lui et moi. Nous habitions le même quartier. Nous avons fréquenté la même école jusqu'au certificat d'études. On ne s'est jamais quittés. Mon mari est devenu mineur. Quand la mine a fermé, on a ouvert un petit commerce, une boulangerie-épicerie-poste-bazar dans le Cher, le long d'un champ de pommes de terre. On travaillait tôt le matin et tard le soir. On n'avait le temps et les finances que pour un enfant. Marc est resté seul. Petit, c'était un bon garçon, rêveur, qui regardait passer les avions dans le ciel. Militaire, ça lui allait bien. Il aimait les moteurs, la mécanique, le sport. Il a toujours été sérieux, pas de boisson, pas de filles. Pour les vacances, on allait chez mon beau-frère dans le Berry. À la retraite, on s'est rapprochés de notre fils. Quand Marc s'est marié, on l'a vu de moins en moins et finalement presque plus du tout. On ne comprenait pas pourquoi. On a pensé que c'était elle. Puis que c'était lui. Mais on ne sait pas ce qui passe dans la tête des gens. Puis mon mari est mort, et ensuite Marc.

— Comment avez-vous appris sa disparition ?

— C'est ma belle-fille qui a téléphoné pendant RTL. Je faisais du repassage. Elle a simplement dit : « Marc est mort », comme ça, sans rien ajouter. Ça fait un drôle d'effet, vous savez. Vous le croyez en bonne santé… Pardon, je suis un peu émue… Et on vous dit soudain que… enfin…

La vieille dame s'interrompt. Par délicatesse, la présidente regarde ses notes. Mme Ellis mère reprend en serrant la barre un peu plus fort.

— Je lui ai demandé : « Quoi ? Qu'est-ce que tu dis ? » Elle a répété : « Marc est mort ! » La phrase a mis du temps à venir jusqu'à moi. J'ai pas compris tout de suite. J'ai demandé si c'était un accident. Elle m'a dit que non. Elle m'a parlé d'une grippe, d'une maladie du cœur, et qu'on l'avait trouvé mort dans son lit. Pendant des mois, on se demande ce qui arrive. On marche, on mange, on respire. On cherche des choses à quoi s'accrocher. On n'arrive pas à bien réaliser. On se demande ce qui est arrivé vraiment. J'ai cru qu'on me cachait quelque chose. On regarde autour de soi : tout parle, et rien ne répond.

Mme Ellis oublie le décor, les magistrats, le public derrière elle et sa belle-fille dans le box… D'une voix brisée :

— J'étais pas préparée, sûrement pas ! Son fils, c'est inimaginable. On ne peut pas y croire. On mène sa vie tranquillement et on plonge dans le malheur jusqu'au cou. J'ai demandé : « Tu crois pas que Marc a fait une bêtise ? On meurt pas comme ça ! » Je pensais au suicide. Elle s'est fâchée : « Arrêtez de parler de ça ! » qu'elle a dit méchamment.

— Quels étaient vos rapports avec Camille, madame Ellis ? poursuit la présidente.

— Comme la lumière éteinte. On se parlait pas. Avant son mariage, on voyait Marc toutes les quinzaines et après… Après… On n'était pas assez bien pour elle. Elle nous trouvait bas de gamme, paraît-il. C'est vrai qu'on n'a pas beaucoup de connaissances mais… Enfin, on n'a qu'une petite-fille… Marc s'est laissé éloigner. Il était très occupé par son travail. Il a suivi sa femme. Fallait pas la contrer. Elle se fâchait si facilement.

— Est-ce qu'il était brutal avec elle ?

— Oh non, pas du tout. On l'avait pas élevé comme ça.

— Vous n'avez pas entendu parler de bagarres, au lycée, par exemple ?

— Non, jamais. Il ne buvait même pas.

— Est-ce qu'il était coureur ?

— Il préférait la musculation.

(Rires dans la salle.)

— Je veux dire, est-ce qu'il aimait les filles ? rectifie la présidente.

— Sûrement pas. Son monde à lui, c'étaient les outils, les moteurs, la chasse, les choses faciles à comprendre. Il craignait les femmes. Il les trouvait compliquées.

Il préférait les militaires. Ou alors les femmes militaires, sportives, naturelles, sans chichis, directes. Mon fils est un garçon honnête. Pas le genre à aller voir ailleurs. Et taper une femme ? Mais jamais ! Le mariage, ça voulait dire quelque chose pour lui. C'était sacré ! Pour ce que j'en sais, elle a été sa première, mais on connaît mal les gens, même ses enfants.

— Avez-vous autre chose à ajouter, madame Ellis ?

Elle hoche la tête.

— Il méritait pas ça. Une vie si courte… (Elle passe un doigt sous ses lunettes pour arrêter ses larmes.) C'est tous les jours qu'il me manque, quand il fait froid, quand il fait beau…

Elle semble se trouver mal.

La présidente lui demande doucement si elle a besoin d'une interruption d'audience.

Elle fait non de la tête.

— C'est tout le temps que je me dis qu'il est mort… Heureusement que mon mari est parti, c'est si difficile, tout ça…

Elle n'arrive plus à retenir ses sanglots.

Dans le box des accusés, Paul se met à pleurer. Les larmes se perdent dans sa barbe. Il renifle et s'essuie le nez du dos de la main. Une femme parmi les jurés fait signe à ses voisins de passer un mouchoir à l'accusé. La petite avocate bondit. Elle écarte bruyamment sa chaise, s'avance vers le mouchoir, le saisit, remercie infiniment, tout haut. Le Kleenex blanc virevolte, passe par-delà Camille – qui n'en a pas besoin – et atterrit dans la main de Paul qui remercie, et se mouche ostensiblement. Florence Abott lui adresse un signe des paupières signifiant « Bravo, bien joué ». Il n'a pas de mérite. Il a pensé à sa mère. Elle aurait eu ces mots-là, si elle l'avait perdu. La petite avocate s'avance alors vers la vieille dame.

— Maître Abott, annonce la présidente.

— Madame Ellis… vous pensez peut-être que la défense est pour les accusés, donc contre vous, mais ce n'est pas le cas. Nous sommes là pour votre fils, aussi. Nous sommes là pour faire toute la lumière sur ce qui est arrivé et lui rendre justice, en établissant la part exacte qu'ont prise les deux accusés dans sa mort. Vous comprenez, madame Ellis, nous sommes là pour Marc aussi, et je tenais à vous le dire. Nous sommes là pour vous, d'accord ?

— C'est gentil, dit Mme Ellis, très touchée.

La petite avocate lui serre la main. L'audience est suspendue.

- 38 -

Quand l'audience reprend, la présidente demande que l'on fasse passer les scellés numérotés de 17 à 21, en priant mesdames et messieurs les jurés de prêter une attention particulière au dessin intitulé « Au secours, docteur Cocotte, sauve Maman ». Camille fixe un point au plafond, suit le vol d'un pigeon égaré dans les hauteurs du prétoire. Quand la présidente l'interpelle, elle prend son temps pour daigner la regarder. Son avocat se tourne vers elle, lui parle à voix basse, lui conseille moins de morgue ou de détachement. Sachant combien ses expressions influencent les jurés, la présidente Riflet ne manifeste aucune impatience. Un écran s'allume, en hauteur.

— Expliquez-nous, madame l'experte, comment vous avez procédé.

— J'ai pu analyser des dessins originaux de Céleste Ellis, des cahiers d'écolière, des lettres adressées à son papa ainsi que des lettres et des dessins de Mme Souffleau. Certains écrits ont été griffonnés près du téléphone. Il y a des lettres adressées à son mari, le major Ellis, des petits mots destinés au docteur Ménard. De même pour ce dernier. J'ai étudié son courrier, ses ordonnances, quelques griffonnages. Enfin, j'ai procédé à une expertise graphologique des deux accusés, dans le bureau du juge Deluynes, à partir de documents que je leur ai dictés. Céleste a été soumise aux mêmes tests, mais séparément.

— Quelle était la question posée à l'expertise ? demande la présidente.

— Céleste Ellis est-elle l'auteure des dessins destinés au docteur Ménard, et notamment de celui-ci : « Au secours, docteur Cocotte, sauve Maman » ? Si elle en est l'auteure, l'a-t-elle réalisé de son propre chef ou sur commande ? Enfin, si le dessin n'est pas d'elle, alors de qui est-il ? Qui a imité son graphisme et sa signature ?

— Et quelles sont vos conclusions ?

L'experte se lance dans une série de considérations techniques, montrant aux jurés à quel point les dépositions des spécialistes peuvent être longues et fastidieuses à écouter. En s'aidant d'un PowerPoint, elle désigne les jambages, situés sous la ligne d'écriture (dans les *j* et les *g* par exemple), et les hampes, situées au-dessus (dans les *l* ou les *b*). Elle compare ensuite les scripteurs, dénommés « scripteur A » (Camille), « scripteur B » (Paul) et « scripteur K » (Céleste), dont elle confronte les écritures et analyse les personnalités. Pour en arriver à une conclusion catégorique :

— Céleste Ellis n'est pas l'auteure du dessin adressé au docteur Ménard où se trouve la phrase « Au secours, docteur Cocotte, sauve Maman ». Il n'est pas non plus attribuable au docteur Ménard lui-même. En revanche, de nombreuses similitudes sont constatées entre le graphisme de Mme Souffleau et le dessin en question.

Des similitudes permettant d'établir que ce dessin a bien été réalisé par Mme Camille Souffleau.

Paul est éberlué. Il regarde le dos de Camille qui, la tête levée, continue de suivre le pigeon des yeux. Elle paraît insensible aux révélations qui l'accablent. L'experte précise encore :

— Mme Souffleau a parfaitement imité le style graphique de sa fille. Cette habileté, peu commune, témoigne d'un moi faible, capable de se glisser facilement dans une personnalité d'emprunt. Elle l'a exécuté de la main gauche – bien qu'elle soit droitière – pour faire croire, sans doute, à une maladresse d'enfant…

Paul n'écoute plus. Ce dessin qui a joué un rôle déterminant dans son passage à l'acte est un faux ! Il n'en revient pas. La présidente se tourne vers Camille.

— Vous avez entendu les conclusions de Mme l'experte graphologue. Madame Souffleau, reconnaissez-vous être l'auteure du dessin intitulé « Au secours, docteur Cocotte, sauve Maman » ?

Camille regarde ailleurs.

— Madame Souffleau, insiste la présidente, reconnaissez-vous que ce document a été écrit et dessiné de votre main ?

– Peut-être. Je ne m'en souviens plus. Je dessine tout le temps…

- 39 -

— Vous avez déclaré aux enquêteurs que votre mari vous a toujours trompée mais, je vous cite : « Ça a empiré lorsqu'il est devenu navigant. » Les occasions se seraient multipliées en mission. Il serait alors devenu, selon vous, un « obsédé sexuel », allant jusqu'à organiser des tournantes, c'est-à-dire – je précise pour que mesdames et messieurs les jurés comprennent bien – que Marc Ellis réunissait deux ou trois collègues ou des amis chasseurs et que vous deveniez leur objet sexuel. Ils vous violaient à tour de rôle, est-ce bien cela, madame Souffleau ?

— C'est ça.

— Donc, votre mari vous battait et, en plus, vous violait au cours de viols collectifs qu'il organisait avec des hommes amis, militaires ou chasseurs comme lui ?

— Oui, c'est exact.

— Vous avez été mariée dix-neuf ans, quand les premiers coups sont-ils arrivés ?

— Dès le début.

— Et vous ne l'avez pas quitté ?

— Je pensais que ça passerait. Quand il n'était pas violent, il était gentil.

— Mais il a recommencé…
— Oui.
— À quel rythme vous maltraitait-il physiquement ? Était-ce une fois par semaine, une fois par an ?
— Je ne sais plus, mais souvent. Et quand ce n'étaient pas des violences physiques, c'étaient des humiliations.
— À qui en avez-vous parlé ?
— À mon amie Sophie…
— À personne d'autre ?
— Non.
— Pourquoi ?
— J'avais honte, je suppose.
— Et les tournantes, quand ont-elles commencé ?
— Quand mon mari est devenu navigant.
— C'était donc (la présidente consulte le dossier) en 1995, trois ans avant la mort de votre mari ?
— Oui, c'est exact.
— Avez-vous pensé à porter plainte ?
— Oh oui, je suis allée à la gendarmerie.
— Les gendarmes sont-ils intervenus ?
— Non, ils m'ont demandé de donner des preuves. Un bleu n'est pas une preuve : on peut s'être cognée. Une foulure n'est pas une preuve : on a pu tomber. Je leur ai demandé si ma mort serait une preuve et j'ai claqué la porte.
— Sans déposer plainte ?
— Non.
— Pourtant, vous avez déclaré avoir déposé plainte.
— Juste une main courante, je crois.
— J'explique pour mesdames et messieurs les jurés qu'une main courante consiste à signaler certains faits à la police ou à la gendarmerie, sans porter plainte contre leur auteur. Donc, vous avez déposé une main courante ?

— Plusieurs. À la dernière, une femme a parlé de nous placer en foyer, ma fille et moi. Elle voulait me présenter toutes les possibilités. Je nous ai imaginées, Céleste et moi, toutes les deux, loin de la maison, dans un dortoir sordide. J'ai vu Marc radié de l'armée. Il est le père de ma fille tout de même, j'ai manqué de cran.

— Combien de mains courantes avez-vous déposées, madame Souffleau ?

— Je ne sais plus exactement.

— Est-ce une, deux, trois ou plus ? Vous devez bien en avoir une idée…

— Trois ou quatre.

— Pouvez-vous être plus précise ? À quelles dates était-ce ?

— Je ne sais plus exactement.

— Était-ce avant de rencontrer le docteur Ménard ?

— Oui, avant.

— Est-ce que votre fille était née ?

— Oui.

— Quel âge avait-elle ?

— Sept ans, à peu près…

— Donc la mémoire vous revient. Si elle avait sept ans… (la présidente consulte ses dossiers) ce devait être en 1996.

— C'est ça.

— Le problème, madame Souffleau, est que les enquêteurs n'ont trouvé aucune trace de main courante venant de vous, ni cette année-là, ni les précédentes, ni les suivantes. Qu'avez-vous à dire à ce sujet ?

— C'est-à-dire que j'allais jusqu'à la gendarmerie et, au dernier moment, je reculais…

— Et pourquoi reculiez-vous ?

— Je reculais… par respect pour mon mari.

Réactions dans la salle.

— Et pour ma fille, ajoute-t-elle en parlant trop près du micro.

La présidente demande le silence.

— Que je vous comprenne bien, madame Souffleau : vous alliez jusqu'à la gendarmerie et, au dernier moment, vous ne déposiez pas de main courante, est-ce bien cela ?

— Oui.

— Vous n'avez donc jamais déposé de main courante, finalement, à aucun moment ?

— Si, une fois…

— Mais vous venez de dire que vous n'êtes jamais allée au bout de votre démarche…

— Si, une fois.

— Allons bon, on revient en arrière. À quelle date, madame Souffleau, avez-vous déposé cette main courante ?

— Je ne m'en souviens plus.

La présidente demande le silence.

— Et pourtant, je le répète, il n'existe aucune trace de votre passage à la gendarmerie. Comment l'expliquez-vous ?

Camille s'énerve.

— Ce n'est pas ma faute s'ils perdent leurs dossiers !

La présidente intervient de nouveau pour que la salle se taise.

— Et ces militaires, ces collègues ou amis de votre mari qui abusaient de vous sexuellement, à tour de rôle, lors des tournantes, combien de fois est-ce arrivé ?

— Souvent.

— C'est-à-dire, madame Souffleau ?

— Quand mon mari était là.

— C'est-à-dire ? La justice a besoin d'éléments précis et vous ne l'aidez pas beaucoup.

— Ce n'est pas le genre de choses qu'on note dans son agenda, murmure Camille.

— Parlez plus fort, madame Souffleau, on ne vous entend pas !

— CE N'EST PAS LE GENRE DE CHOSES QU'ON ÉCRIT DANS SON AGENDA !

(Signes d'agacement dans la salle.)

— Et ces militaires, ces chasseurs qui abusaient de vous, combien étaient-ils ?

— Trois.

— Trois à chaque fois ?

— Parfois, il en manquait un.

— Quels sont les noms de ces trois hommes, madame Souffleau ? Vous n'avez pas voulu les livrer aux gendarmes, mais peut-être allez-vous les nommer devant la cour…

— Certainement pas. Ce n'est pas mon genre de dénoncer.

On s'exclame sur les bancs.

— Êtes-vous bien consciente, madame Souffleau, que si vous ne donnez pas leurs noms, ils peuvent continuer de nuire à d'autres femmes ?

— Oui…

— Et qu'en ne les dénonçant pas, il n'y a aucune preuve de ce que vous avancez…

— Oui…

— Alors pourquoi ne donnez-vous pas leurs noms ?

— Pour ne pas nuire à leurs familles !

Manifestations hostiles dans la salle d'audience. Autoritaire, la présidente demande au public de se taire ou elle fait évacuer la salle. Maître Olivier de La Marsaudière s'inquiète. Sa cliente s'enfonce. L'antipathie des jurés devient palpable. Incohérente ou provocatrice, arrogante ou recroquevillée sur son banc, elle n'ouvre la bouche que pour leur déplaire. Si elle continue sur ce ton, elle sera condamnée à la peine maximale. Il faut d'urgence dévoiler son humanité, ses failles. Florence Abott sur ses talons, l'avocat demande à parler à la présidente. Ils s'approchent de l'estrade. Françoise Riflet l'écoute avec attention et déclare :

— La séance est suspendue. Elle reprendra dans une demi-heure.

Lorsque l'audience reprend, la présidente se tourne vers le docteur Ménard.

— Avez-vous entendu parler de Sophie, la chère amie de Camille, presque une mère pour elle ?

— Oh oui, très souvent. Camille est très attachée à elle.

— Avez-vous eu l'occasion de la rencontrer ?

— Non, hélas, j'aurais aimé la connaître. Une fois, nous avons failli nous voir. Nous sommes partis, Camille, Céleste et moi. C'était en avril 1998 si ma mémoire est bonne, mais nous avons dû rebrousser chemin. Son mari avait été victime d'un AVC. Il a été hospitalisé d'urgence. Ce fut un rendez-vous manqué.

— Donc, vous ne l'avez jamais vue.

— Non… En revanche, je l'ai eue très souvent au téléphone.

— Que voulez-vous dire par « très souvent » ?

— En fait, c'était assez décousu. Soudain, elle m'appelait plusieurs fois par jour, et même la nuit, et puis plus rien. Je n'entendais plus parler d'elle.

— Elle vous appelait même la nuit !

— Surtout la nuit…

— Est-ce par Sophie que vous avez appris la violence de Marc Ellis ?

— Disons qu'elle m'a mis les points sur les *i*. Avant, je n'avais que des soupçons. Camille avait beaucoup de mal à parler de son drame. Elle y faisait seulement allusion. Quand je lui posais des questions directes, elle changeait de sujet.

— Pouvez-vous préciser les soupçons que vous aviez sur le « drame » qu'elle vivait ?

— Eh bien, quand j'ai fait sa connaissance, Camille me parlait de son mari en termes élogieux. Elle était fière de lui. Elle le décrivait comme un bel homme qui avait de l'ambition et le sens des responsabilités. Par la suite, j'ai compris qu'elle était seule et dépressive. J'ai pensé que son mari lui manquait. Il était souvent absent. Mais elle présentait des symptômes typiques de personnes subissant des violences : maux de tête, maux de ventre, douleurs mobiles… Parfois, je lui prenais simplement le bras et elle avait un mouvement de recul ou un petit gémissement ou un cri de douleur. Je lui faisais mal. Elle disait qu'elle était tombée, qu'elle s'était cognée… J'ai commencé à soupçonner un problème. Mais ce n'est pas facile à détecter. Il y a des femmes battues sans symptôme apparent et des hématomes dus à de simples maladresses. Je ne savais pas trop quoi en penser. Et puis, un jour, elle est arrivée à mon cabinet avec des lunettes noires et, quand je lui ai demandé de les retirer, elle avait un bleu sur la joue et une sorte de cocard autour de l'œil gauche.

— Était-ce enflé ?

— Je ne sais pas, mais c'était violacé.

— Avez-vous examiné sa joue de près ?

— Je n'avais pas besoin de le faire pour constater un hématome cutané.

— Cela pouvait-il être du maquillage ?

— Oh non, madame la présidente, je l'aurais vu ! Mon œil médical ne m'a jamais trompé.

La présidente réprime un sourire.

— Revenons à Sophie, quand avez-vous entendu parler d'elle pour la première fois ?

— Quand Camille a fêté ses quarante ans, ou plutôt ses trente-neuf ans, mais elle prétendait en avoir quarante… Bref, son amie Sophie lui a offert quarante roses blanches pendant quarante semaines. La maison de Camille était envahie. Elle en a fait livrer à mon cabinet.

— Ce n'est pas très clair. Qui en a fait livrer à votre cabinet ?

— Camille, pour que Marc ne voie pas toutes ces roses. Il aurait été jaloux. Il ne la gâtait pas beaucoup…

— Mais si c'est Sophie qui les offrait, comment Camille pouvait-elle les faire livrer chez vous ? Ce qui revenait à ce que cette amie vous fasse un cadeau, pour les quarante ans de sa nièce, qui avait trente-neuf ans… Tout cela n'a pas grand sens.

— Je ne me suis pas posé la question, madame la présidente.

— En effet, monsieur Ménard, je trouve que vous ne vous êtes pas posé beaucoup de questions…

— J'ai toujours été très pris. Je travaillais jusqu'à soixante-dix heures par semaine, six jours sur sept, sans compter les urgences. Je n'avais pas le temps de m'interroger.

— Donc vous entendez parler de Sophie au moment de l'anniversaire de Mme Souffleau. Depuis combien de temps la connaissez-vous, à ce moment-là ?

— Presque un an.

— Elle ne vous a jamais parlé d'elle auparavant ?

— Non, ou alors je ne m'en souviens pas.

— Dans quels termes étiez-vous avec Camille Souffleau à ce moment-là, juste avant l'anniversaire ?

— Nous avions eu notre première dispute.

— À quel propos ?

— Eh bien, ma femme, Hélène, avait des soupçons. Elle a embauché un détective privé. Elle me l'a dit. J'ai jugé le procédé inadmissible et j'ai d'abord refusé de lire le compte rendu du privé mais, d'un autre côté, Camille était si mystérieuse. Elle brodait, elle se contredisait. Finalement, j'ai lu ce rapport.

— Et que disait-il ?

— Eh bien…

Paul est gêné. Il a des scrupules. Il ne veut pas trahir Camille. Il regarde de son côté. Il attend un signe de sa part pour continuer. Elle ne se retourne pas.

— Le détective a découvert que… que… Camille mentait.

— À quel sujet ?

— Sur son âge, sur son père biologique qui n'était pas son père, sur ses diplômes, sur les fonctions qu'elle avait exercées…

— Et cela ne vous a pas alerté ?

— Je prenais ça pour de l'affabulation, à la manière des filles qui se rêvent princesses, pour se faire valoir. À mes yeux, ce n'était pas plus grave que ça. On peut mentir et dire vrai.

La salle s'esclaffe.

— Silence ! demande la présidente. Est-ce à ce moment de votre relation qu'est apparue Sophie ?

— Oui, je crois.

— Ça ne vous a pas paru étrange que Camille ne l'ait pas mentionnée avant ?

— Non, elle n'avait aucune raison de m'en parler.

— Vous dites que Sophie vous appelait par rafales, et souvent la nuit. Quels étaient les motifs de ces appels ?

— Elle s'affolait. Elle me demandait d'aller voir à Cernon si tout allait bien. Elle répétait que Camille n'avait que moi et que je devais la sauver sinon, un jour, elle mourrait.

— Soyez plus précis.

— Eh bien, elle me disait que Marc la battait, qu'elle craignait pour sa vie. Que Camille pouvait mourir sous les coups de son mari ou mettre fin à ses jours. Elle me parlait d'elle, retranchée dans le garage, blessée, affolée. Je voulais appeler les gendarmes, les pompiers. Elle me répondait : « Surtout pas, il la tuerait ! »

— Et alors, que faisiez-vous ?

— J'y allais, complètement affolé, mais quand j'arrivais à Cernon, la maison était calme, toutes lumières éteintes. Sophie me rappelait. L'orage était passé. Marc s'était endormi. Je rentrais chez moi rassuré, mais nerveusement épuisé.

— Et vous, est-ce que vous contactiez Sophie ?

— Non, elle appelait en numéro masqué. Elle ne voulait pas être dérangée. Son mari ne supporte pas le bruit. Il est hyperacousique et très irritable. Un caractère difficile d'après Camille, et un homme malade…

— Vous auriez pu lui écrire.

— Je n'y ai pas pensé. Je n'avais pas non plus son adresse postale.

— Est-ce par Sophie que vous avez entendu parler des tournantes pour la première fois ?

— Oui, tout à fait, madame la présidente. Camille violée par ces hommes, c'est terrible !

— Quel rôle a joué Sophie dans votre décision d'éliminer Marc Ellis ?

— Un rôle assez majeur. Chaque fois qu'elle appelait, nous franchissions un cran dans l'horreur. Elle m'a d'abord appris que Camille n'était pas heureuse. Puis qu'elle était battue. Puis qu'elle était terrorisée. Puis violée par son mari. Puis violée par des collègues ou amis de son mari, en groupe. Un jour, il est apparu que la seule solution pour la sauver était de… enfin de…

Paul Ménard ne peut pas prononcer le mot. La présidente le lui souffle :

— … de… tuer le mari.

Paul se prend la tête dans les mains. La petite avocate se lève. Elle semble inquiète. Elle se penche vers lui.

— Paul, ça va ?

Il se redresse. Il est pâle.

— Oui, merci, dit-il en se reprenant.

— Jusqu'à quand avez-vous eu des nouvelles de Sophie ?

— Jusqu'à la mort de Marc Ellis…

— Et ensuite ?

— Plus de nouvelles, mais je n'attendais rien d'elle. Tout était dit. J'ai pensé la croiser à l'enterrement. Si elle était là, je ne l'ai pas vue. L'église était pleine, c'était impressionnant.

Maître Olivier de La Marsaudière paraît nerveux. Il s'avance de nouveau vers la présidente. Elle fait signe à Florence Abott d'approcher aussi. Après quelques minutes de discussion, l'audience est suspendue. Un quart d'heure plus tard, Olivier de La Marsaudière interroge Camille.

— Camille, quelle place tient Sophie dans votre vie ?

— C'est un pivot.

Elle regarde son avocat dans les yeux, elle semble s'animer.

— Depuis quand est-elle ce « pivot » ?

— Depuis toujours, répond l'accusée d'une voix douce et assurée.

— Lorsque vous étiez enfant et que vos parents vous délaissaient, est-ce vers elle que vous vous tourniez ?

— Oui, dit Camille d'une voix intelligible.

— Quand vous avez été élue reine de beauté, est-ce à Sophie que vous l'avez annoncé en premier ?

— Oui, confirme Camille. D'ailleurs, elle était là.

— De même pour votre rencontre avec Marc Ellis. A-t-elle été la première à le savoir ?

— Oui, bien sûr.

— Que lui avez-vous dit exactement ?

— Que j'avais rencontré l'homme de ma vie, le prince charmant

Paul se crispe sur son banc.

— Et qu'a-t-elle répondu ?

— Qu'elle était heureuse pour moi, évidemment.

— Était-elle à votre mariage ?

— Non.

— Pourquoi ?

— Elle n'a pas pu venir. Elle était en voyage.

— Et à la naissance de votre fille, était-elle présente ?

— Non plus.

— Elle n'était pas là non plus, précise l'avocat.

— C'est ça, confirme Camille d'une petite voix.

— Et pourquoi Sophie n'était-elle pas là ?

— Elle était en voyage… encore… je suppose, dit Camille, qui semble vouloir changer de sujet.

— Étiez-vous fâchée de ces absences ?

— Un peu déçue, mais on s'écrivait, on se téléphonait. Elle m'envoyait des cadeaux. En pensée, elle a toujours été très proche de moi.

— Avez-vous conservé ses lettres ?

— Non, je les jetais au fur et à mesure. Je ne suis pas très conservatrice. Et puis mon mari aurait été jaloux. On s'entendait bien, elle et moi.

— On s'entendait ?

— On s'entend bien…

— Et aujourd'hui, Camille, dit son avocat très doucement, est-ce que Sophie est ici ?

Camille parcourt l'assistance des yeux et constate tristement :

— Non.

— Si je vous disais qu'elle va entrer par la grande porte, là-bas…

Camille regarde dans cette direction.

— Si je vous disais qu'elle va entrer dans ce tribunal, vous penseriez que Sophie va apparaître pour vous soutenir, comme elle l'a toujours fait.

Tout en tension, Camille regarde vers l'entrée de la salle d'audience.

— Et pourtant… enchaîne Olivier de La Marsaudière.

Dans l'assistance, un chroniqueur judiciaire se penche vers une collègue stagiaire :

— Tu comprends ce que fait son avocat ?

— Non, je ne vois pas où il veut en venir…

— Il est en train d'essayer de la faire craquer. Cette femme manque de tripes, d'émotion. Or, les jurés détestent les monstres froids. Quand on juge une belle femme, le procès en sorcellerie n'est jamais bien loin.

Si Souffleau continue froidement, et sur ce ton, elle va prendre perpète. Son avocat veut montrer qu'elle est humaine et fragile. C'est super dangereux ! Depuis le temps que je traîne aux assises, je sais de quoi je parle. C'est une affabulatrice. Elle tient par les histoires qu'elle se raconte, mais qu'on lui mette le nez dans ses mensonges, comme le fait son défenseur en ce moment pour prouver qu'elle a du cœur, et elle va se disloquer. Et ce ne sera pas beau à voir, tu peux me croire. Pas beau du tout…

— Vous ne voyez pas où je veux en venir, Camille ? Et pourtant, répète très doucement maître de La Marsaudière en s'approchant d'elle, comme s'il s'adressait à une enfant malade, et pourtant, Camille, vous savez bien que Sophie n'existe pas !

Exclamations de surprise dans la salle d'audience. C'est un coup de théâtre comme en connaissent les cours d'assises.

— Et pourtant, reprend l'avocat, vous savez bien que Sophie n'existe pas. Vous savez bien qu'elle n'a jamais existé que… dans votre imagination.

Paul a bien entendu. Il pourrait répéter les mots prononcés : « Sophie n'existe pas », cependant cette révélation ne parvient pas à sa conscience. Ou alors, si elle lui parvient, c'est comme étouffée, enrobée de ouate pour amortir le choc.

Camille regarde fixement son avocat. Elle n'exprime rien. Il poursuit :

— De même que vous n'avez jamais été battue, Camille, et que les tournantes n'ont jamais eu lieu.

L'accusée ne bouge pas d'un millimètre. Elle paraît statufiée.

— C'est vous, Camille, poursuit Olivier de La Marsaudière, qui vous faisiez passer pour Sophie. Vous, qui preniez une voix de vieille dame pour téléphoner au docteur Ménard…

Un silence stupéfait s'abat sur la cour d'assises. Certains jurés ont la bouche entrouverte. Paul pose une main devant la sienne.

Et soudain, Camille semble se fendiller. Elle est prise de tremblements, d'abord imperceptibles, puis de plus en plus violents. Elle commence par pousser des gémissements de poussin, en expirant par le nez comme pour déloger une souffrance intérieure très ancienne. Et brusquement, de sa bouche, de ses tripes sort un hurlement inhumain, le cri d'une raison naufragée. Camille se convulse et tombe comme une pierre, dans un bruit mat, entre deux bancs. La salle d'audience se glace. Il n'en est qu'un pour enjamber le banc aussi vivement qu'un jeune homme : Paul Ménard.

— Mon bébé, ma chérie. C'est moi, je suis là… Reviens, mon petit, là, là…

De l'assistance, on ne voit que son dos. On devine la douceur de ses gestes. Son ton est implorant, paternel.

Maître de La Marsaudière a bien joué. Les jurés savent désormais que Camille est une femme sinistrée qui s'invente un monde pour tenir debout.

- 40 -

En raison de son jeune âge, Céleste n'est pas convoquée en cour d'assises. Cependant, comme elle est un témoin clé, un témoin direct, ses dépositions ont été filmées par les gendarmes lors de l'arrestation de sa mère, à l'automne 1998. La présidente annonce qu'on va en diffuser des extraits.

Camille est d'une pâleur que souligne le noir de son pull. Sans maquillage, les cheveux pendants, elle fait peine à voir. Elle se tasse sur son banc. Paul ne la quitte pas des yeux, prêt à la secourir.

Le visage qui s'affiche sur l'écran est celui d'une petite fille sage. Elle a le teint blanc, des taches de rousseur, de jolis traits, une coiffure improbable. Elle regarde droit dans les yeux l'enquêtrice et répond docilement à ses questions. Elle s'exprime bien. Spontanément, on s'apitoierait sur son sort d'enfant éprouvée, mais une lueur dans son regard retient la compassion. Elle est froide, dure, analytique. La douceur d'un fauve. Elle parle d'une voix calme et monocorde. L'évocation de ses parents, de son père décédé, la laisse sans émotion apparente.

— Céleste, tu es la fille de Marc et Camille Ellis. Tu es née le 14 août 1989 à Ineuil, tu as neuf ans. Est-ce exact ?

— Oui, madame.

— En quelle classe es-tu ?

— En CM2, j'ai sauté une classe.

— Ça se passe bien ?

— Oui, très bien, sauf... en dessin.

— Justement à propos de dessin, je vais te montrer celui-ci. Il s'intitule « Au secours, docteur Cocotte, sauve Maman », le reconnais-tu ?

— Non.

— Tu ne l'as jamais vu ?

— Non.

— As-tu écrit des lettres, fait des dessins pour le docteur Ménard ?

— Non, jamais.

— As-tu vu quelqu'un d'autre réaliser ce dessin ?

— Non.

— As-tu vu ta maman écrire ou dessiner à ta façon ?

— Non, mais Maman sait très bien écrire de la main droite, de la main gauche et à l'envers. C'est elle qui faisait toutes les signatures à la maison, même celle de Papa.

— Que veux-tu dire ?

— Elle signait les papiers, les chèques, comme si c'était Papa.

— Elle imitait sa signature ?

— Oui.

— Il était au courant ?

— Oui.

— Est-ce qu'elle signait pour le docteur Ménard aussi, est-ce que tu as vu ta maman s'entraîner à écrire comme lui ?

— Non, mais...

— Mais ?

— J'ai trouvé un bloc d'ordonnances dans le buffet du salon.

— Un bloc d'ordonnances du docteur Ménard ?

— C'est ça.

— Comment est-il arrivé chez vous ?

— Je ne sais pas. Le docteur a dû l'oublier.

L'enquêtrice qui l'interroge note quelque chose sur un calepin.

— Est-ce que tu t'entends bien avec le docteur Ménard ?

— Pas tellement bien.

— Que veux-tu dire par « pas tellement bien » ?

— Il me fait des cadeaux, il m'apprend des choses, il m'emmène à l'école, il essaie d'être gentil mais il est presque trop gentil. Je préférais mon père, malgré qu'il pouvait être sévère et que je le voyais peu.

— Quelle était l'ambiance avec ton papa à la maison ?

— Normale.

— C'est-à-dire ?

— On mangeait, on faisait des sorties à vélo, on regardait la télé. Papa était souvent à la chasse, au sport ou dans le garage à bricoler. Il m'emmenait avec lui quelquefois et me montrait des choses. Il venait toujours m'embrasser dans mon lit quand il partait loin, tôt le matin, et il s'intéressait à mes notes. Maman n'aimait

pas qu'il mette du désordre dans la maison. Elle lui disait souvent de ranger son sac, ses chaussures qui traînaient. Quand il rentrait avec des cadeaux, elle était contente. Souvent, elle me donnait à signer les lettres qu'elle écrivait à Papa. Elle l'appelait « chéri » ou parfois « Pollux ». Ça finissait par un mot gentil. C'est à la fin qu'il y a eu des disputes.

— À partir de quel moment, les disputes ?

— Vers les vacances de Pâques.

— À quel sujet ?

— Maman disait que Papa allait avec d'autres femmes.

— Que répondait-il ?

— Que c'était faux et...

— Et ?

— Au sujet de l'argent. Papa ne comprenait pas que Maman en réclame tout le temps.

— Qui faisait les comptes à la maison ?

— Elle et...

— Et ?

— Papa croyait que Maman travaillait...

— Il croyait qu'elle touchait un salaire ?

— Oui, c'est ça. À mi-temps dans une maison d'handicapés.

— Et ce n'était pas vrai.

— C'est ça. Elle cachait des papiers dans un panier, des papiers qu'elle ne voulait pas montrer à Papa, des factures surtout.

— Y avait-il d'autres sujets de dispute ?

— À la fin, Papa se fâchait à propos du docteur qu'elle voyait. On disait qu'ils étaient ensemble. Il disait qu'on en parlait jusqu'en Afrique.

— Que répondait ta maman ?

— Que c'était seulement son médecin et son confident.

— Ton papa se fâchait ?

— Oui, il disait qu'on n'a pas besoin d'un confident quand on a un mari. Il ne voulait pas qu'elle raconte des choses de nous à un étranger. Il voulait pouvoir lui faire confiance. C'est ce qu'il disait...

— Est-ce qu'il était violent avec ta maman, je veux dire physiquement ? Est-ce que tu l'as vu lui faire du mal ?

Céleste ne répond pas tout de suite. Elle regarde l'enquêtrice droit dans les yeux.

— Non. C'est Maman qui s'énervait le plus. Un jour, elle a cassé toutes les assiettes en disant que, comme ça, pour le divorce, il y aurait moins à partager.

Camille bondit de son banc.

— Elle ment ! Ma fille ment ! Je ne sais pas pourquoi elle a dit ça. C'est complètement faux !

La présidente fait arrêter la projection et demande le silence.

— Asseyez-vous, madame Souffleau. Je vous donnerai la parole, le moment venu.

Un accusé prépare son procès pendant des mois, voire des années, tout le temps que dure l'instruction. Il réfléchit aux arguments qu'il développera devant la cour d'assises, aux anecdotes significatives qu'il racontera, mais, à l'audience, on parle de lui, on parle pour lui, tandis que son temps de parole est limité, limité à celui qu'on veut bien lui donner.

Camille se rassied, impuissante. La projection de l'audition de Céleste reprend.

— *Ton père n'a jamais frappé ta mère, me dis-tu, mais, un jour, tu as trouvé ta maman évanouie dans le vestibule de la maison. Est-ce que tu peux me raconter ça ?*

— *Je suis rentrée de l'école. Maman était par terre dans le couloir. J'ai eu peur, j'ai crié. Je l'ai secouée. Elle a ouvert les yeux. Elle m'a dit d'appeler le docteur Ménard. J'ai couru au téléphone. J'ai trouvé le numéro dans l'agenda. J'ai appelé. Je me disais qu'elle allait mourir. Que j'allais rester toute seule puisque Papa était toujours parti. J'avais peur. J'ai entendu la voix de Chantal, la dame qui travaille avec le docteur. Elle ne comprenait pas. Elle m'a passé le docteur Ménard. Je pleurais. Je criais que Maman était par terre. Il a dit qu'il arrivait tout de suite. Quand je me suis retournée, Maman n'était plus là. Elle avait disparu dans la salle de bains. Elle est revenue maquillée. Elle avait changé de chemise de nuit. Elle s'était faite jolie.*

— Mais elle raconte n'importe quoi ! proteste de nouveau Camille, en regardant la salle comme pour chercher du secours. C'est complètement faux ! Vous ne pouvez pas la croire. Elle a menti. Elle a menti de bout en bout.

La présidente fait de nouveau arrêter la projection et s'apprête à faire taire Camille, quand celle-ci ajoute une phrase qui fait mauvais effet :

— Elle a toujours été jalouse de moi.

La salle est indignée. La présidente demande le calme.

— Madame Souffleau, vous prendrez la parole quand je vous la donnerai, dit-elle sèchement.

Camille se retourne vers Paul.

— Dis-leur, toi, supplie-t-elle.

Il hausse les épaules en signe d'impuissance. La projection reprend.

— Certains soirs, est-ce que des messieurs venaient à la maison ?

— Non. Il n'y avait que le docteur Ménard.

— Mais quand ton papa était là, venait-il avec des messieurs, des amis à lui ?

— Il y avait parfois des invités, des couples d'amis.

— Jamais d'hommes seuls, ai-je bien compris ?

— Oui, c'est ça.

— Nous allons passer maintenant aux derniers jours. Si c'est trop difficile, nous pouvons arrêter.

Céleste fait signe qu'elle est assez forte pour continuer à répondre.

— Peux-tu me parler de la maladie de ton papa ?

— Il est rentré de mission juste avant la classe de mer. Il était fatigué, il vomissait. Il avait les yeux rouges. Maman a appelé le docteur Ménard, mais pour de faux.

— Comment ça « pour de faux » ?

— C'était lui, mais il ne ressemblait plus au docteur. Il n'avait plus de barbe, plus de lunettes.

— Pourquoi à ton avis ?

— Pour que Papa ne le reconnaisse pas.

— Comment sais-tu que c'était pour ça ?

— Maman l'appelait « docteur » et lui disait « vous » comme si elle ne le connaissait pas. Et puis, il sonnait à la porte. D'habitude, il avait la clé.

— Qui donnait les médicaments à ton papa ?

— Maman. Elle comptait les gouttes à la cuisine et elle portait à Papa un grand verre d'eau sur un plateau.

— Est-ce que tu l'as vue faire des piqûres aussi ?

— Non.

— Et le docteur Ménard ?

— Non plus. Quand je suis rentrée de classe de mer, Maman m'a dit que Papa était malade et que je devais rester dans ma chambre pour ne pas le déranger. Elle m'avait acheté une télé, une petite. À la fin, il ronflait très fort. Ça énervait Maman. On ne pouvait plus le réveiller. Elle a demandé au docteur d'arrêter ça, les ronflements. Elle n'arrivait pas à dormir.

— Que s'est-il passé le lundi 13 juillet ?

— Maman voulait se changer les idées, aller à la pizzeria du centre commercial. Dehors, c'était la fête parce qu'on avait gagné avec les Bleus, au football. Nous aussi, on était gaies. Il y avait des boutiques d'ouvertes. On a acheté des choses. On a mangé. On n'arrivait plus à partir. Quand on est rentrées…

Céleste marque un temps pour contenir son émotion.

— Quand on est rentrées, la maison était sombre parce que Maman avait baissé les volets roulants pour garder la fraîcheur. Mais surtout…

Céleste s'interrompt encore.

Pas un bruit dans la cour d'assises. Camille pleure silencieusement. Paul baisse la tête.

— Mais surtout, c'était le silence. Maman a couru dans la chambre. Pendant un moment

on n'a rien entendu et puis elle a poussé un cri. Un cri terrible. Après, elle s'est mise à pleurer. Moi, j'avais peur de monter. J'avais peur qu'on m'oblige. J'ai été dans ma chambre et j'ai regardé la télé. Maman a appelé le docteur, qui ne pouvait pas venir. Elle criait vraiment. Le docteur a fini par arriver, longtemps après. J'ai vu qu'il faisait une piqûre à Maman pour la calmer. Il est allé voir dans la chambre. Quand il est redescendu, il a annoncé la nouvelle : Papa est mort. Après, il s'est assis à la table de la salle à manger. Il a sorti une feuille. Il l'a remplie et signée. Il est reparti. Maman a appelé des amis.

— Quels amis ?

— Alain et François, qui travaillent avec Papa.

— Elle, ta maman, elle avait peur d'eux ?

— Non, pas du tout, au contraire, elle les remerciait d'être venus si vite.

— Ces hommes, ils sont mariés ?

— Oui, ils venaient manger à la maison quelquefois, mais seulement quand Papa était là.

— Seuls ?

— Non, toujours avec leur femme.

— Toujours avec leur femme ?

— Oui.

— Et Sophie, son amie ?

— Un jour, Maman s'est mise à parler d'elle tout le temps.

— Est-ce que tu l'as déjà rencontrée ?

— Non.

— Tu ne l'as jamais vue ?

— Non.

— J'ai une dernière question, Céleste. Crois-tu que ta maman aime le docteur Ménard, comme s'aiment les amoureux ?

— Ils se téléphonaient souvent. Il avait le droit de rentrer dans la maison avec ses chaussures. Maman l'appelait « mon Paulo » et lui, il disait « mon bébé » ou « ma chérie ». Mais, après la mort de Papa, elle ne voulait plus le voir. En lisant son nom sur son téléphone, elle criait : « Oh non, pas lui ! », sans décrocher. Et puis...

— Et puis ? demande l'enquêtrice.

— Elle disait qu'il était laid !

- 41 -

Quand la parole est à la défense, la petite avocate s'excuse auprès de la présidente mais elle... ne trouve... pas... où a-t-elle mis... ? Les jurés sourient de sa maladresse. Quel âge peut-elle avoir ? Vingt-cinq ans tout au plus. Elle est rigolote avec ses bas roses, ses boucles d'oreilles fluo, en forme de petits crayons. Son premier procès d'assises, sûrement. Elle doit avoir le trac. Florence Abott regarde ses feuilles étalées par terre, désarmée. Olivier de La Marsaudière lève les yeux au ciel, l'air de dire : quel cirque ! C'est donc sans notes qu'elle s'avance dans le prétoire, avec le pas hésitant et le regard fuyant d'une grande timide. Les plus aimables des jurés sourient pour l'encourager.

— Pardon, madame la présidente, mesdames et messieurs les jurés, il va falloir que j'improvise. J'espère que vous pardonnerez mes maladresses... Mon client mérite mieux qu'une débutante. Mais « client », quel vilain mot, n'est-ce pas ? C'est un homme que nous allons juger, et quel homme ! Un homme au sujet duquel madame la présidente elle-même a dit, rappelez-vous...

Elle marque une pause.

— … qu'elle n'a trouvé personne – écoutez bien ce mot – personne, pour dire du mal de lui. Autrement dit, avant sa rencontre avec Mme Souffleau, le docteur Ménard est absolument irréprochable. Jamais un impayé. Pas la moindre petite infraction au Code de la route. Pas la moindre infidélité. Une sorte de Monsieur Parfait. Car le docteur Ménard est plus qu'un honnête homme. Il est un médecin hors pair, d'une générosité, d'un dévouement aux autres qui relèvent du sacerdoce. Dans sa pratique médicale, il ne compte pas ses heures, il prend des nouvelles de ses patients en dehors des visites, gratuitement. Il travaille tous les jours de la semaine, sauf le dimanche matin. Il est un modèle d'abnégation. Un homme, un médecin comme on n'en fait plus. Hélas, c'est précisément ce qui va le perdre dans sa relation avec Camille Souffleau. Il va vouloir la sauver.

» Quand il la rencontre, il est à un tournant de sa vie, la cinquantaine. Ses enfants viennent de quitter la maison. Il est au sommet de sa carrière médicale, il possède la plus grosse clientèle de la région. Il est marié depuis deux décennies. Sa vie manque de perspectives. Les psychologues vous diront que l'on tombe amoureux quand on a envie d'être quelqu'un d'autre, dans une autre vie. Paul a besoin de se réinventer. Il se cherche… Et Camille arrive, comme par magie.

» Elle est d'une beauté confondante. D'une beauté travaillée pour lui plaire. D'une beauté qui lui rappelle sa mère adorée et Marilyn Monroe, le mythe de son enfance. Camille le fait rêver et, pourtant, il n'est pas homme à tromper sa femme. Pour le séduire, elle passe donc par la médecine, puisqu'il est médecin dans l'âme. Elle joue les malades. Elle le flatte : « Vous êtes le meilleur. » Elle est folle d'admiration pour l'exceptionnel docteur

Ménard qui renaît, qui revit. Elle l'aime. Il devient fou amoureux d'elle. Fin de l'acte I.

» Acte II. Elle souffle le chaud et le froid. D'un côté, elle le glorifie : « Vous avez réussi ce qu'aucun spécialiste n'avait obtenu : vous m'avez guérie. C'est un miracle ! » De l'autre, elle le dénigre et le met en échec : ses maux de tête, ses maux de ventre reviennent et d'autres douleurs encore. Il est un génie de la médecine, mais non, en fait. Il la déçoit terriblement, car il ne parvient ni à la guérir vraiment ni à la combler sexuellement. Pour reconquérir son estime, il est prêt à tout. Malgré un emploi du temps chronométré, il devient son chevalier servant, lui fait des courses, conduit sa fille à l'école. Elle joue aussi sur le manque. Elle l'appelle trente fois par jour puis disparaît. Pendant des jours. Paul croit l'avoir perdue. Il souffre comme un toxicomane sans drogue. Elle revient, l'admire et… le méprise. Elle fusionne et s'évapore. D'une certaine manière, elle essaie de le rendre fou.

» Dans un éclair de lucidité et un réflexe d'autopréservation, il décide d'en finir. Trop, c'est trop. Alors elle s'invente un abominable malheur. Paul est profondément touché par la détresse humaine. Souvenez-vous que, enfant, il a soutenu sa mère malade atteinte d'un cancer incurable. Il lui a tenu la main, aux sens propre et figuré. Il a rêvé qu'il la sauverait. Sans succès, hélas ! Il en a éprouvé un sentiment d'impuissance qui, toute sa vie, a demandé réparation. Comme pour se racheter, le docteur Ménard doit sauver des vies. Je vous rappelle qu'il est aussi médecin urgentiste avec les pompiers. La souffrance d'autrui lui est intolérable. Certains témoins ont même dit qu'il aimait le malheur – non pas pour sa noirceur, mais pour le combattre. Là est sa plus grande qualité et... son talon d'Achille.

» L'intuition diabolique de Camille s'en saisit. Et avec quel machiavélisme elle s'invente une complice : Sophie ! Toutes les deux usent Paul comme on lime du métal. Elles l'obsèdent, le harcèlent, l'empêchent de dormir. Elles lui passent jusqu'à trente-deux coups de téléphone dans une nuit. Les relevés téléphoniques, les fadettes, en témoignent. Et de nouveau ce silence abyssal. Camille ne répond plus, comme si elle était morte, comme cette mère qu'un jour, en rentrant de pension, Paul ne retrouve plus dans la maison. Elle a disparu. Aucune trace de son passage sur terre et pour cause : elle est morte et enterrée, sans lui. Camille muette, évaporée, Paul imagine le pire. Il l'imagine battue, violée, baignant dans son sang, morte peut-être. Elle reparaît et disparaît encore.

» Pendant ce temps, le docteur Ménard doit aussi tenir un cabinet médical. Il continue de travailler trop. La nuit, il ne dort plus. Nerveusement, il est épuisé. Il n'a plus de recul. Il ne sait plus analyser la situation sereinement, logiquement. Il est pris dans la spirale de Camille et de cette amie, Sophie, comme dans l'œil d'un cyclone. Les sectes emploient ce genre de méthodes pour faire avaler leurs couleuvres : bourrer l'emploi du temps, abrutir de fatigue, ne plus laisser le temps de penser, transformer des hommes en pantins dont on actionne les ficelles, malmener leur ego pour les faire douter et, ainsi, mieux les manipuler.

» Acte III. Marc sait qu'ils sont amants. Il est jaloux. Il est violent. Il est capable de tout. De tirer sur sa femme. De la frapper à coups de poing. Capable aussi d'enlever Céleste, de la cacher dans son avion et de la vendre à un marchand d'esclaves sexuelles. Si on ne fait rien, Camille va mourir. Paul aura sa mort sur la conscience, car il est le seul qui puisse faire quelque chose. Pour ? Pour sauver la mère et accessoirement la fille !

» L'assassinat n'est pas tout de suite un objectif. La diabolique Camille manœuvre par étapes. Dans un premier temps, il s'agit seulement de faire dormir Marc Ellis pour qu'il cesse de battre et d'agresser sexuellement la pauvre Camille, sans défense. Le docteur Ménard entre en douceur dans le processus criminel, en lui prescrivant seulement, pourrait-on dire, des somnifères. Mais Camille l'affirme : « Les doses ne sont pas assez fortes. » Marc n'est plus un homme, c'est un animal qui continue de la cogner et de l'abuser. Cette violence doit s'arrêter ! Quitte à se nuire à elle-même. Elle fait mine d'avoir avalé les somnifères prescrits. La preuve, cette démarche titubante, cette voix pâteuse. Elle répète : « C'est lui ou moi. » Le docteur Ménard s'affole. Il augmente les doses. Il est maintenant tout à fait convaincu qu'il faut tuer Marc Ellis, qu'il n'existe pas d'autre solution.

» Évidemment, tout est inventé, mais Paul n'en sait rien. Il est aveuglé par l'angoisse, par l'urgence d'un amour absolu dont vous avez été les témoins, ici même, au cours de ce procès. Devant vous, cet éternel bon Samaritain qu'est le docteur Ménard apprend qu'il a été manipulé, abusé. Que tout est faux : le dessin, Sophie… Et que fait-il ? Que fait Paul ? Il s'oublie, encore une fois. Il s'oublie pour voler au secours de la femme qui a causé sa perte. Vous l'avez entendu : « Camille, Camille »…

La petite avocate laisse les jurés réfléchir à cette idée.

— Voyez, mesdames et messieurs les jurés, comme elle a bien joué, en actionnant le seul levier qui pouvait convaincre le docteur Ménard de tuer un homme, celui de la détresse d'une femme en danger. Car il ne s'agit pas des mécanismes habituels du crime passionnel : tuons mon mari et partons tous les deux. L'argument n'aurait jamais convaincu un homme aussi droit, aussi moral que Paul. Il lui fallait des raisons autrement plus puissantes que la passion pour passer à l'acte. Il fallait que ce soit une grande cause à défendre, celle d'une femme battue. Il fallait aussi que ce soit une question de vie ou de mort.

» Devant une victime de violence conjugale, Paul n'a pas pu rester les bras croisés. Il n'a pas pu faire partie des lâches qui entendent des hurlements d'une femme et augmentent le son de la télé. On ne se mêle pas des affaires privées. Ce qui se passe chez le voisin, n'est-ce pas, ne nous concerne pas. Chacun fait ce qu'il veut chez soi… Si Paul Ménard a cru en la lâcheté des voisins et des autorités, c'est qu'elle existe, mesdames et messieurs les jurés, elle existe ! Combien de femmes meurent chaque année sous les coups de leur conjoint, et dans l'indifférence générale ? Combien sont maltraitées, abusées, violées sans que personne ne bouge ! Le docteur Ménard a décidé qu'il agirait, quitte à sacrifier sa vie. Camille, croit-il, s'est plainte aux gendarmes, plusieurs fois et sans suite. Puisque les autorités ne font rien pour elle, il sera son chevalier blanc. Il sera le seul à avoir ce courage : tuer un homme pour sauver une femme.

Florence Abott, qui manie aussi bien le silence que les mots, se tait quelques secondes.

Quand elle reprend sa plaidoirie, son ton est plus grave encore :

— Paul se sait coupable, ô combien ! Vous l'avez vu pleurer quand Mme Ellis mère est venue témoigner à la barre… Il veut payer pour sa naïveté. Il veut payer pour cet amour aveugle qui l'a poussé au crime. Mais imaginons un seul instant, mesdames et messieurs les jurés, que vous le laissiez sortir de ce box, libre. Que ferait le docteur Ménard ?

Nouveau silence. Elle reprend d'une voix toujours aussi posée, claire, puissante :

— Que ferait le docteur Ménard s'il était libre ? Il ferait ce qu'il a toujours fait, c'est-à-dire le bien. Le bien, parce qu'il est bon et dévoué. Le bien, parce que c'est sa nature. Le bien parce qu'il croyait, encore et toujours, faire le bien en sauvant Camille de son bourreau.

La petite avocate n'a plus rien d'une godiche. Vraiment plus rien d'une débutante.

Elle demande non pas l'acquittement – Paul lui-même ne le voudrait pas –, mais l'indulgence des jurés pour cet homme meilleur que la plupart d'entre nous, pour un homme bon égaré dans le crime.

La petite avocate a terminé sa plaidoirie. Paul lui-même est ému. Maître Florence Abott regagne sa place d'un air modeste.

- 42 -

Son père et son grand-père l'avaient décidé : il deviendrait avocat d'affaires. Il reprendrait le cabinet familial et ferait fortune, comme les siens avant lui, en défendant des gros clients. Mais alors qu'il étudie le droit sans grand enthousiasme, un oncle lui offre *Le Pull-Over rouge*, un livre de Gilles Perrault sur l'affaire Ranucci. Un fait divers, l'histoire vraie d'un jeune homme de son âge, vingt-deux ans, accusé du meurtre d'une petite fille en 1974, condamné et guillotiné en 1976. Des incohérences, des zones d'ombre subsistent. Dès lors, Olivier de La Marsaudière se passionne pour le pénal. Il sera avocat pénaliste pour traquer les paresses policières, les instructions judiciaires trop à charge, dénoncer les doutes et s'assurer qu'ils bénéficient à l'accusé. Il est pointilleux sur le droit et chaleureux quand il plaide. « Quelle que soit sa faute, cet homme, cette femme est l'un des nôtres », répète-t-il à l'envi, car les pénalistes ont des arguments récurrents, comme les brodeuses ont leurs motifs, qu'elles reprennent d'un ouvrage à l'autre. « Il n'y a pas de monstre dans cette cour d'assises. Il n'y a que nos semblables, des êtres humains qui ont été des enfants comme nous tous, mais… »

Il commence ses plaidoiries avec des airs de fils à papa, la raie des cheveux bien droite et la robe noire d'aplomb. Il les termine décoiffé, moite, épuisé par l'effort et les nuits sans sommeil passées à creuser ses dossiers et à réciter ses arguments. C'est pourtant sans assurance qu'il se lève lorsque la présidente annonce :

— Maître de La Marsaudière, c'est à vous.

Fixant un point sur le mur, il s'avance dans le prétoire en confessant combien cette affaire le laisse perplexe. Sa cliente lui demande de ne pas reconnaître les faits. Elle l'a dit au cours de ce procès : elle n'est responsable de rien. D'ailleurs, les gendarmes l'ont trouvée au cimetière alors qu'elle venait fleurir la tombe de son époux. N'est-ce pas une preuve de son innocence et de l'amour qu'elle lui portait ? Voilà l'histoire qu'il devrait raconter, celle d'un crime commis par un amant jaloux, dans le dos d'une épouse fleur bleue. Évidemment, ce n'est pas si simple. Camille a menti. Elle a menti sur son état de santé, sur son histoire familiale, sur sa relation de couple, sur ses sentiments à l'égard du docteur Ménard, peut-être. À bien des égards, Camille est une faussaire. Mais tout repose sur une nuance cruciale : a-t-elle menti tout court, sans intention criminelle, ou a-t-elle menti pour que son mari meure ? Pour que Paul Ménard devienne son bras armé ? C'est toute la question de ce procès. Autrement dit, est-elle une criminelle manipulatrice ou une simple affabulatrice ?

— On nous a répété que Camille Ellis est une pousse-au-crime qui, bien avant sa rencontre avec le docteur Ménard, s'était renseignée pour le séduire. Est-ce si sûr ? Qu'est-ce qui le prouve ? Il y a tant d'éléments qui plaident en faveur d'une mythomanie sans intention meurtrière ! En faveur d'une mythomanie sans queue ni tête, qui improvise au petit bonheur la chance des mensonges incohérents que seul le docteur Ménard, ce passionné, fou d'un amour aveugle, peut prendre pour argent comptant.

» Quels éléments en faveur d'une mythomanie sans intention meurtrière ? D'abord, Mme Souffleau refuse de faire incinérer son mari. Une coupable – ou même une simple complice – aurait réduit en cendres le corps de sa victime, afin de détruire à jamais les preuves de son crime. Pas de corps, pas de trace ! Autre argument : lorsqu'on est coupable, que fait-on ? On se cache, or Camille s'exhibe. Elle se pavane, achète de nouvelles robes, recrépit sa maison. Elle s'offre un canapé en cuir et un cabriolet Mercedes. Autant de dépenses somptuaires qui la font remarquer. Dernier argument : à supposer que Camille soit coupable, elle a réussi le crime parfait. Son mari est mort et enterré sans qu'elle soit inquiétée. Les assurances-décès lui ont été versées. Aucune enquête préliminaire. Les autorités militaires n'ont pas bougé, les gendarmes non plus. Formidable, bravo. Le crime est parfait. Totale impunité. Un vrai coupable se réjouirait, mais secrètement, bien sûr.

» Or, que fait la prétendue « machiavélique » Camille Ellis ? Elle va réveiller les soupçons de l'armée de l'air en sollicitant le colonel Maurel. Elle le braque en insinuant qu'il serait responsable de la mort du major. Autrement dit, elle accuse indirectement la base d'avoir négligé la santé de ses hommes. Si elle est coupable, c'est d'une stupidité inouïe. Quand on est coupable, on ne va pas frapper aux portes pour dire : « Ohé, je suis là et vous êtes coupables du crime que j'ai commis ! » De deux choses l'une : ou Camille Ellis est d'une habileté diabolique, mais elle l'est jusqu'au bout, c'est-à-dire qu'elle commet le crime parfait et se fait oublier. Ou nous devons admettre que son incroyable maladresse prouve son innocence.

» Mais alors, me direz-vous, pourquoi Camille ment-elle, si ce n'est pas pour amener son amant à tuer son mari ? Elle ment par narcissisme, pour rester au centre de l'attention. Elle ne peut pas supporter qu'on la quitte des yeux ! D'une manière ou d'une autre, elle cherche à fasciner. C'est le syndrome de la diva. Nous l'avons vu au cours de ce procès, Camille n'a jamais été vraiment aimée. Ses parents étaient froids. Son mari était loin. Et quand il était là, c'était à distance, à la salle de sport, avec les chasseurs, dans son garage. Camille est seule à crever, en rase campagne. La Beauce, mesdames et messieurs les jurés, n'est vivable que par le travail, la famille, la vie sociale, le bénévolat. Elle n'a aucune de ces aspirations. Elle est snob. C'est une coquette. L'ex-reine de beauté est faite pour être vue. Elle se revitalise quand elle sort de chez elle, belle, élégante. Quand les regards des hommes glissent le long de son corps. Alors elle renaît. Ça ne lui suffit pas. Dès qu'elle rentre chez elle, l'ennui la reprend. Le vide aussi. La dépression.

» Que se passe-t-il quand elle rencontre le docteur Ménard ? Il la comble, il la remplit d'amour pur. Car lui l'aime vraiment, profondément, au-delà des apparences. Elle est sa chérie, son bébé, sa fille, sa femme, sa sœur. Il l'aime pour elle, corps et âme. Néanmoins, il se lasse de son labyrinthe de secrets et d'affabulations. Il s'éloigne. Elle le rattrape en jouant sur la fibre médicale. Elle devient malade, victime, pauvre femme violentée et violée. Elle lui sert l'histoire qu'il veut entendre. Celle qui touchera le bon docteur. Il tombe dans le panneau.

» Je sais, poursuit l'avocat, combien Camille Souffleau a pu vous paraître antipathique. Je reconnais que ses grands airs, sa façon de se dérober aux questions ne plaident pas en sa faveur mais, dans une cour d'assises, on ne juge pas un caractère, on juge un crime. Un crime dont Paul Ménard a eu l'idée et qu'il a avoué. Camille est-elle la coauteure de cet assassinat ? Nous sommes sûrs qu'elle a menti, mais nous ne saurons jamais si elle l'a fait pour tuer son mari. De même, nous sommes certains qu'elle a administré le traitement, mais savait-elle qu'il l'empoisonnait ? Sur ces deux points, le dossier est vide, absolument, totalement vide. Si bien que je vous demande d'acquitter ma cliente au bénéfice du doute. Un doute qui, d'après la loi, je vous le rappelle, mesdames et messieurs les jurés, doit profiter à l'accusé.

- 43 -

Les avocats ont défendu leurs clients avec cœur et brio mais les jurés n'oublient pas le réquisitoire de l'avocat général, ironisant d'une voix forte, en parlant du docteur Ménard :

— Mais donnons-lui la Légion d'honneur pendant que nous y sommes ! Félicitons cet admirable docteur, ce bon Samaritain, ce Zorro, qui a eu le courage de tuer un homme. Dois-je vous rappeler les faits ? M. Ménard commence par se déguiser : plus de barbe, plus de lunettes, il vouvoie sa maîtresse et sonne à la porte alors qu'il a les clés. Ce qui suppose déjà une morale douteuse et une complicité des deux accusés qui pouffaient à cette comédie, a rappelé la petite Céleste. Et ensuite ? Ensuite, le bon docteur Ménard ne tue pas un étranger. Il assassine méthodiquement un malade angoissé par la maladie, qui se raccroche à lui. Si encore il ne l'avait vu qu'une seule fois, en coup de vent ! Mais non : le docteur Ménard s'est rendu à neuf reprises au chevet de l'homme qu'il assassine. Neuf fois il l'a examiné, rassuré, palpé. Et Ménard continue de penser que cet homme désemparé est un tortionnaire, allons donc !

» On veut encore nous faire croire à un Paul Ménard épuisé, harcelé, incapable de prendre du recul… Mais voyez comme il est lucide, comme il prend son temps pour maquiller l'empoisonnement en mort naturelle. Voyez comme il réfléchit au bon protocole, aux bons dosages ! Et avec quel soin il vide et remplit les gélules toxiques, injecte l'insuline mortelle. Et en ayant sous la main son antidote !

» Quant à Mme Souffleau, c'est un ange. Elle ne comprend pas ce qu'on lui reproche. Elle invente une vieille amie pousse-au-crime, mais est-ce sa faute si le docteur Ménard se prend pour le chevalier blanc ? Les faux dessins ? Ah bon, ils seraient de sa main ! C'est possible, mais comment pourrait-elle s'en souvenir, elle dessine tout le temps ! Et certes, elle n'a jamais été battue. Elle n'a jamais été violée. Elle n'a jamais porté plainte. Elle l'a seulement prétendu. Est-ce sa faute si son amant, ce grand naïf, l'a crue ?

» Elle avait un mobile pour tuer son mari. Ainsi, elle résolvait, du même coup, ses problèmes de couple et ses problèmes d'argent. Ses problèmes de couple, car le major voulait divorcer. Il avait découvert qu'elle avait un amant. Il avait découvert qu'elle ne travaillait pas, que leurs comptes bancaires étaient vides, que la maison de Cernon allait être saisie. Qu'allait devenir Camille divorcée, sans emploi, sans argent ? Ménard ? Elle ne l'aime pas assez pour vivre avec lui. La mort de Marc Ellis arrange tout. Grâce à l'argent des deux assurances-décès, elle devient riche et libre. Elle garde sa chère maison de Cernon. Elle prétendra tout ignorer des assurances, comme du reste. Camille Souffleau n'est jamais responsable de rien. C'est une innocente-née.

» Allons donc, mesdames et messieurs les jurés, de qui se moque-t-on ? Les deux accusés sont des criminels, les deux coauteurs du plus grave des crimes : l'assassinat avec préméditation, une très longue préméditation de vingt-sept jours. Je requiers, pour l'un comme pour l'autre, une peine de trente ans de réclusion criminelle.

Le procès se termine. Que vont retenir les jurés de ces audiences, de ces témoignages, de ces plaidoiries ? La présidente demande aux accusés s'ils ont quelque chose à ajouter. Paul demande pardon à la mère du major, à Céleste, à sa famille, à ses enfants. Il est sincèrement désolé. La présidente s'adresse à Camille :

— Et vous, madame Souffleau, avez-vous quelque chose à ajouter ?

— Je n'ai jamais aimé qu'un seul homme, mon mari, et je suis innocente.

Le public s'indigne une dernière fois.

Paul et Camille sont ramenés en cellule. Les jurés se retirent pour délibérer et juger « en leur âme et conscience ». Après quatre heures et quinze minutes de débats, la sentence tombe : les deux accusés sont déchus de leurs droits civiques, civils et familiaux pour dix ans.

Le docteur Ménard est interdit d'exercer la médecine à vie et condamné à vingt ans de prison. Les circonstances atténuantes ont joué en sa faveur. Pour la petite avocate, c'est une victoire. Elle se retourne et prend la main de son client. Il l'embrasse, la remercie. Elle a été formidable.

— Merci, Florence, merci.

Et il se rassied, effondré.

Camille, elle, est condamnée à vingt-cinq ans, cinq ans de plus. Personne n'a cru à son innocence. Elle foudroie son avocat du regard.

— Vous êtes viré !

Quelques jours plus tard, celle qu'on surnomme dans les journaux « la veuve noire » fait appel. Elle a engagé un ténor du barreau.

Deux ans plus tard, bien que Paul ait accepté le verdict, ils sont rejugés ensemble car, dans cette affaire, ils sont indissociables. L'avocat général requiert la même peine : trente ans pour les deux accusés. Celle de Paul est confirmée à vingt ans. Celle de Camille est durcie : trois ans de plus qu'en première instance. Vingt-huit ans !

- 44 -

Vingt ans sans autre paysage que ces miradors, ces hauts murs, ces rouleaux de fil de fer barbelé, ces barreaux aux fenêtres. Vingt ans sans entendre d'autres bruits que ceux des œilletons, des verrous, des déclics électroniques et des cris d'hommes en cage. Vingt ans sans autres compagnons que les matons, les détenus arpentant les coursives. Vingt ans sans toucher une peau, caresser un chat, savourer un croûton de pain frais. Vingt ans encore sans suivre les marques du temps sur le visage de ses enfants. Ne pas les voir être amoureux et devenir parents. Vingt ans avant de sentir le parfum d'une herbe coupée et celui d'une femme.

Au cours de sa première nuit en centrale, Paul décide d'en finir. Il va cesser de boire, de s'alimenter. Il superposera les vêtements pour que sa maigreur passe inaperçue. Il prétextera un gros coup de fatigue pour ne pas sortir en promenade…

À 18 h 30, les auxis servent la gamelle. Il vide son repas dans les toilettes. À 19 h 30, le maton de garde ferme les cellules, une à une. Bruits de trousseaux, de clés, œilleton levé, baissé.

— Allez, bonne nuit ! dit le surveillant.

— Merci, à vous aussi, répond Paul d'une voix enjouée.

On peut le déplacer, le nourrir, le fouiller. On peut aussi ne pas le déplacer, ne pas le nourrir, ne pas le fouiller. Il obéira. Tranquillement. Il se destine à une mort lente, sans éclat, sans rébellion. Il suffit de ne rien faire et d'attendre sa dernière heure. Il y a de la douceur dans ces idées noires. Il repense au procès, à Manon si jolie, la queue-de-cheval en l'air, regardant son père avec des yeux chauds. Il est prêt à en finir pour trouver la paix. S'endormir. Il n'aura plus à s'interroger sur l'amour de Camille. Plus à se demander si elle a joué avec ses sentiments. Plus à repasser le film de leurs amours dans un sens : elle m'a aimé, puis dans l'autre : elle ne m'a jamais aimé. Il ne la verra plus tantôt comme sa femme adorée, tantôt comme une perverse au cœur sec. Il n'aura plus à se voir comme un héros ou comme un imbécile.

Minus va s'endormir tranquillement comme le pauvre type qu'il a toujours été. Hélène avait raison de l'appeler « mon pauvre Paul ». Il regarde la photo de Marilyn. Camille était si belle, pourtant, avec sa pointe du diable, ses pieds en dedans, son tutu blanc, ses épaules nues et son regard perdu…

Dans la nuit, on l'installe sur une table d'examen. On le ligote pour qu'il se tienne tranquille. Il voudrait parler, bouger. On lui pose un casque de vélo en plastique dur sur le visage. Il a du mal à respirer. Une voix profonde explique :

— C'est une antenne.

Dans la main, on lui donne une poire à presser en cas de panique, puis on l'engouffre dans un tunnel blanc aux parois de porcelaine. De l'orgue, une messe de Haendel, croit-il reconnaître. Il passe une IRM. Soudain, tout s'éteint. Un test du système électrique ? Il presse la poire. Aucun signe de vie.

— Il y a quelqu'un ?

Pas de réponse. Il demande plus fort :

— Il y a quelqu'un ?

Pas un son, pas un mouvement.

— Au secours !

Il hurle en se tortillant pour défaire ses liens. Ils sont serrés. Il est prisonnier. Un silence de mort règne dans le service. Il imagine une attaque terroriste. Au gaz sarin. Il est cerné par les cadavres étendus sur le sol, dégoulinant de leur lit. La cuve l'a protégé des émanations. Est-il le seul survivant ? Il tente encore de remuer bras et jambes. Des hommes en noir, avec un masque à oxygène sur le visage, vont venir le délivrer. Il panique.

— Au secours ! Au secours !

C'est alors que la haute stature de son père se découpe au bout de ses pieds.

— Putain, Minus, arrête de brailler. On n'entend plus que toi : « Au secours ! Au secours ! » On dirait un chiard beuglant au sein de sa mère. Je t'interdis le suicide, tu m'entends ! C'est un ordre. Pas de ça chez nous. On vit. On assume. Même ses conneries, surtout ses conneries ! Y a que ça à faire : assumer ! Tête haute, mon gars, bats-toi ! T'es déjà dans le trou, tu vas pas te pendre en plus. Pense à tes gosses… Allez, debout, du nerf, de la poigne, Minus. Ou alors, je vais t'en coller une pour te remettre sur pied !

— Au secours ! Au secours… crie Paul.

— N'aie pas honte de toi, jamais, jamais ! conclut le Commandeur d'une voix d'outre-tombe.

Un poing énergique tambourine de l'autre côté du mur.

— C'est pas bientôt fini, ce vacarme ! Tu vas la boucler, oui !

Réveillé en sursaut, Paul se redresse sur sa couchette et se fige comme un gosse pris en faute. Son cœur cogne. Son souffle est court. Il regarde autour de lui : la porte verrouillée, la fenêtre en hauteur, les barreaux… Des bruits de télé lui parviennent. Des pas dans le couloir se rapprochent. Contrôle œilleton levé, baissé. On s'éloigne. Le bruit électronique d'un pêne qui se déloge. On tire une chasse d'eau. Le tuyau glougloute. Paul se rendort, exténué. C'est un bruit d'œilleton puis d'une clé tournée dans la serrure qui le met debout, d'un coup, comme un diable sort de sa boîte. Réflexe de pension, il remet de l'ordre dans ses cheveux et son pyjama. Il est déjà au garde-à-vous.

— Bonjour, petit déjeuner ! annonce le surveillant.

Paul regarde sa montre : 7 heures. Un auxi lui tend un plateau. Il a faim. Il se rassied lourdement sur son lit. Vingt ans ! Il pense à son père. Il aimait tellement mieux sa mère, si douce, si faible, si malade. Heureusement, ils n'ont pas assez vécu pour le voir en prison.

Ils n'ont pas vu le procès. Il imagine Tarzan témoignant :

— Je n'ai jamais compris mon fils. Il est si… chochotte ! Il aime la médecine, les mourants, les enfants, les petits chats… Sa mère l'a trop couvé. Et ses malades ? Un dévouement pathologique. Faut croire qu'on s'emmerde en Beauce. Se donner à ce point-là, c'est plus du métier, c'est de la prêtrise. Et sa passion pour cette folle ! Je le lui ai toujours dit : beaucoup de baise, pas d'amour. Les sentiments n'apportent que des emmerdements. Quant à sauver des vies, quelle blague ! On ne guérit personne ! On répare, on repousse l'échéance finale, quoi de plus ? Regardez, moi, j'ai des coronaires en carton, une sténose du tronc à cinquante pour cent. Et pourtant, j'en ai opéré, des gens, l'équivalent d'une jolie petite ville de province. Les premières greffes cardiaques, j'y étais ! Et mon tour est venu.

» C'est une foutue merde, la vie. Ça finit toujours mal. Une seule chose à faire : jouir ! Il a jamais voulu entrer ça dans sa petite caboche. Il voulait être « utile », quelle idée, mais quelle idée ! Sois utile à toi-même, ce sera déjà pas mal, voilà le message que j'aurais dû transmettre. Quant à bosser, d'accord – faut bien gagner sa croûte –, mais vivre, c'est tellement mieux. Son problème, c'est qu'il a confondu les deux. Du coup, quand il s'est mis à vivre, c'est au centuple, la folie, la passion. Quelle bêtise, mon gars ! Et maintenant tu es en prison. Pour un peu ça me ferait rire, tant c'est à contre-emploi. Le gentil garçon condamné pour meurtre avec préméditation ! Remarque, y a une logique. Tu vois pas le mal. Tu crois qu'on te ressemble, que les gens sont mignons et pleins de bonnes intentions. Quelle blague ! C'est la jungle et, de temps en temps, au milieu des broussailles, un joyau d'humanité, comme une erreur de la nature.

» C'était pas le cas de ta mousmé. Une âme noire comme du charbon. Tu t'es fait avoir jusqu'au trognon, mon garçon, mais c'est pas une raison pour te laisser aller. J'aimerais encore être de ce monde pour te botter les fesses. Y a toujours du possible, jusqu'au dernier moment. Moi aussi, j'avais la trouille. Passer sur le billard pour un chirurgien, ça m'a fait réfléchir.

Une sorte de bilan. Je pensais surtout au mal que j'avais fait, car personne n'y échappe. Dans une vie, on fait l'ange et la bête, c'est inévitable… Moi, c'est ta mère que j'ai amochée. Elle m'aimait trop. En adoration, trop dévouée, la chérie. J'en demandais pas tant. Bref, elle en est morte et tu m'en as voulu. À part l'épouser, que pouvais-je faire ? La rendre heureuse ? Pas de mode d'emploi pour moi, encore moins pour les autres. Dans la salle d'op', je pensais aussi à toi, mon fils. Je croyais bien faire, t'apprendre à être un homme. Je t'en voulais : tu n'étais jamais assez d'accord, assez ressemblant, assez moi, quelle arrogance !

» Dans mon métier, j'étais Dieu et j'y croyais. J'oubliais ce gamin au cœur énorme que j'ai blessé en lui sciant le sternum. Cette aiguille qui a dérapé : déchirure de l'aorte, et d'autres erreurs encore. Dans le milieu, on appelle ça des « impondérables ». Pour moi, manque de concentration, manque d'application, manque de minutie, trop de fatigue, ce sont des fautes. Que de l'évitable, au fond. Faut vraiment être aveugle pour s'endormir tranquille en se prenant pour un saint. On a tous du lourd sur la conscience. On fait du mal, Minus, sans le vouloir, par négligence.

» Quand je suis arrivé au bloc, je pensais à la destinée. J'étais prêt à vivre autant qu'à mourir. Assumer tout le parcours, y a que ça à faire. Prendre le bon comme le mauvais. Sois courageux, mon petit, ça t'aidera. Je suis mort sur la table, sans m'en rendre compte. Mais, toi, j'espère que tu vivras. Où qu'on soit, on peut encore faire l'ange, si possible, plutôt que la bête.

C'est drôle de parler comme son père, avec ses mots, ses idées.

« On ne peut pas en vouloir aux humains d'être… humains. » Voilà ce qu'aurait dit Tarzan à Minus.

Paul beurre sa biscotte. Il avale une gorgée de café lavasse. Il va se battre. Son père l'aurait voulu. Il le doit à ses enfants. Ne pas penser à la porte fermée à double tour derrière lui. Se donner des objectifs. Surtout, ne pas hurler. Ni tambouriner. Respirer. Respirer encore. Se calmer. Faire confiance… Ça va aller. Organiser sa nouvelle vie. Quatre pas dans la longueur, deux pas dans la largeur. Il inspecte les murs, lit les graffitis pour distraire son angoisse.

« Jojo aime sa petite femme pour la vie. »

« Mon cœur à ma mère, ma bite aux putains, ma haine aux gardiens. »

Il sourit, continue son exploration. Il trouve des petites épaisseurs blanches au-dessus de la table. Il les gratte pour les goûter. Du dentifrice ! Pour fixer les photos au mur ? Il cherche celle de Marilyn dans son paquetage et la colle à hauteur d'oreiller. C'est déjà plus habitable. Pour Marilyn (pas pour Camille), pour le rêve, pour Hollywood, pour la tragédie d'un jeune destin brisé. Une tragédie pire que la sienne.

Les jours suivants, il cantine un balai et une pelle, un flacon de détergent à la lavande, un spray anti-moisissures à l'eau de Javel, des éponges à gratter et des lingettes parfumées. Tous les jours, il balaie minutieusement sa cellule. Il brosse le lino. Il récure les robinets, les toilettes, tous les montants métalliques. Rien n'échappe à son désir de propreté. Une petite chaîne permet d'ouvrir la fenêtre. Il aère. Il commande des bougies et des bâtons d'encens, de la lessive, un fer à repasser, un ordinateur et des extras de nourriture : thé, café – ou plutôt Ricoré comme les autres –, gâteaux. L'alcool est interdit, Internet et les disquettes, les CD-Rom aussi, et bien sûr les téléphones portables. Il ajoute à sa liste des enveloppes, du papier à lettres et à dessin, des feutres de toutes les couleurs. Quelle chance d'avoir les moyens !

Sa vie commence à ressembler à quelque chose.

- 45 -

Une fine pellicule de sable couvre le ciment. Un panier de basket rappelle les gymnases de collège. Des bancs disséminés sur les côtés de la cour. Des hommes de tous âges, de toutes tailles, déambulent et discutent, les mains fourrées dans les poches de leur survêtement.

Un type, barbe de quatre jours, ongles sales, cheveux poivre et sel, hirsutes, s'assied sur le banc, à côté de Ménard.

— Je suis l'hôtesse d'accueil de la taule, dit l'homme. Mais attention, pas pédé, va pas t'imaginer des choses. C'est seulement pour la distraction. Si tu veux pas converser, faut me le dire : je suis plutôt du genre bavard. On se fait tellement chier, ici !

— Pas de problème, dit Paul.

— T'es nouveau, toi. Ça se voit à ta tête. Moi, j'ai fait cinq mille sept cent dix jours et le proba répond : « Niet, pas de sortie ! » Il a raison, j'ai la haine. Si je sors, je vais m'en payer un ou plusieurs. Ça me démange. Une vraie cocotte-minute ! En arrivant, je me suis dit : tu vas purger, tu l'as pas volé. Faut être con pour tuer un mec qui t'a presque rien fait ! Tu paies : c'est cher, mais c'est normal. Aujourd'hui, je comprends toujours la peine mais pas ses modalités. C'est bien dit, non, les modalités ? On m'appelle Socrate. Je suis le penseur de service. Les modalités donc, parce que je vais vivre de quoi, dehors ? J'ai cinq mille deux cent vingt francs sur mon livret de Caisse d'épargne ! Même pas mille euros ! Je vais replonger forcément. Vingt-deux ans de taule ! C'est pas la prison qui fait peur, c'est la perspective. Remarque, je pourrais avoir une femme, des gosses et je suis là, comme un con.

Devant eux passe un homme loqueteux, chaussures ouvertes, cheveux collés par paquets.

— En taule, reprend Socrate, c'est comme dehors, t'as des riches comme le grand Black là-bas, avec son pull blanc, ses Ray-Ban, un dealer sûrement, un cinq doigts-six bagues. Et puis t'as les pauvres mecs comme le crasseux qui vient de passer. T'as des fous aussi. On se demande ce qu'ils foutent en prison. Seraient mieux à l'asile. Et des sadiques qui aiment faire mal, surtout aux femmes, aux enfants. Ici, on leur règle leur compte. On peut pas les blairer. C'est notre manière de faire justice. Et puis, y a des mecs comme toi. Des gentils, enfin, relativement. Et en dernier, les rebelles. Ils peuvent pas tenir en place. La soumission, c'est pas leur truc. Faut qu'ils rentrent dans le lard de quelqu'un. Eux, c'est les grands perdants du système à la con. On les fout au mitard. Tu sais au moins ce que c'est, le mitard ?

Socrate se recule pour regarder Paul dans les yeux. On dirait qu'il le regarde pour la première fois.

— Le mitard, c'est simple, c'est une tombe pour un mec qui vit encore. Enfermé dans une cage, rien que pour toi. Et tu peux toujours gueuler, on t'ouvre pas. T'as quand même de la compagnie. Devine quoi ? La Bible, ah, ah, pour te remettre dans le droit chemin.

Sauf que les athées, les juifs, les musulmans, z'en ont rien à foutre de Jésus. Ça prouve bien que c'est un système à la con ! Quand je suis arrivé, on collait quatre-vingt-dix jours de mitard. Les types revenaient complètement dingues. Quatre-vingt-dix jours sans parler, sans voir personne. Aujourd'hui, c'est quarante-cinq maxi. On adoucit le système. Cellules ouvertes dans la journée. Ça nous garde un peu plus humains, il paraît.

Ils restent tous les deux pensifs. Socrate reprend :

— Les matons, c'est comme partout, y en a qu'on respecte parce qu'ils ont un bon fond, un fond responsable, père de famille. Y a aussi les petits cons qui se croient d'une race supérieure. Ils jouent aux petits chefs. Ils t'écrasent avec des mini-supplices, comme celui de la goutte d'eau sur la tête, ploc… ploc. Au mitard par exemple, ils laissent la lumière allumée, jour et nuit. Plus la notion du temps. Tu perds la boussole. Tu sais plus qui t'es, si c'est le jour ou la nuit. Quand tu sors de là, t'as envie de cogner pour exploser leur sale petite cervelle de maton de merde…

Socrate s'enflamme. Paul se racle la gorge pour le ramener au calme.

— Et nous, faut qu'on baisse les yeux, qu'on dise amen. C'est le plus dur. Faut un sacré contrôle de soi. Y a un type, dès qu'y rentre du mitard, il y repart aussi sec. Et gare au maton qui le reprend, il est foutu. L'autre lui attrape un bras et lui balance sa bouffe, sa pisse ou sa merde à la gueule. Ou pire, il lui prend la tête et la défonce. On peut plus l'arrêter. Ingérable, le mec, enfermé dans une spirale. Il sait plus que hurler ou faire mal. À propos de merde, y a des gags savoureux, si on peut dire. Un beau mot encore, « savoureux ». Imagine un paquet abandonné sur une coursive avec les uniformes autour, suspicieux. Et si c'était une bombe ? Les gradés débarquent, affolés. On échange de portable à portable. On appelle les démineurs qui arrivent dare-dare. Et finalement, c'est rien qu'une belle grosse merde de détenu. Ce genre de vannes, ça nous profite des jours.

Paul ferme les yeux et tend son visage vers le soleil. Socrate continue son monologue :

— Y a aussi des grands voyous à la Mesrine, des « bonshommes », comme on dit ici. Des Môssieurs avec un M majuscule. Ils ont du fric, des relations, du prestige, ce sont des VIP. Même les gradés leur font des courbettes. Comme dehors, je te dis. Ils pourraient se faire la malle en hélicoptère. Remarque, y en a de moins en moins des bonshommes, avec la vidéosurveillance et tout ça. Par contre, toujours plus de dealers et toujours plus de terros et des barbus. Feu d'artifice à Saint-Michel, on fait péter le RER B. On dit qu'ils sont bons pour l'asile, ceux qu'ont fait ça, mais je t'en foutrais, des malades psychiatriques. Des fanatiques, oui ! Et ça fait que commencer, tout ça au nom d'Allah qui approuverait. Enfin, c'est ce qu'ils disent. On se prépare des sacrées emmerdes, c'est moi qui te le dis. Suffit de venir ici pour s'en rendre compte. Et nous, on est comme des toutous, on pense qu'il faut être gentil. C'est comme croire que le taureau chargera pas sous prétexte qu'on est végétarien. Tu sais ce qui manque le plus, aujourd'hui ? C'est le bon sens et les yeux ouverts. On suit son idée, et on sait plus raisonner logique. Simplement logique.

Socrate reste un moment silencieux.

— Moi, personne viendra me chercher en hélicoptère. Avec mille balles, je fais quoi en sortant ? Et à quoi ça me sert, d'aller à l'école, si dehors, je peux pas gagner ma croûte ? Ici aussi, y a du chômage. Pas de boulot pour tout le monde. Je me demande si je sais faire quelque chose de mes dix doigts et… de ma bite. Si je saurais encore baiser. On se branle tous devant la télé. Ça rend voyeurs. On s'astique quand ça s'embrasse, mais rien ne dit qu'on saura bander devant une femme, une vraie ! Et la boucle est bouclée, les modalités de la peine, je te dis… À part nous punir, faudrait savoir ce qu'on attend de nous.

Paul se lisse la barbe qu'il laisse repousser.

— Tu sais ce que j'aimerais ? demande Socrate. Qu'on ait besoin de moi. Pour voir ce que ça donne. Jusqu'ici, je suis pas un type très bien. Je sais même pas si j'aimerais ça, être un brave mec. Peut-être qu'on y prend goût. Y a bien des sales types qui prennent goût à faire chier le monde !

Ils restent silencieux, en regardant un petit groupe jouer au basket.

— T'as intérêt à te blinder ! Ici, tout sonne plus fort, une vraie cage de résonance. Les regards, par exemple. Un geste gentil, un docteur qui t'ausculte avec respect et tu chialerais presque. Ça se sent, ces choses-là, mais un mec, un mec vraiment vicelard qui te regarde en se passant un pouce autour du cou, comme s'il allait t'égorger, ça peut te faire flipper pendant des nuits…

Intarissable, il continue :

— J'ai pas besoin de cours, j'ai besoin de comprendre comment j'ai pu tuer un mec qui m'avait presque rien fait. Si on m'avait expliqué les choses quand j'étais gosse – je dis pas que c'est la faute à mes parents, mais des coups et pas d'amour, ça m'a pas aidé.

Paul hausse les sourcils.

— Le bâton, y me tapait dessus dix fois par jour. Une grande histoire entre lui et moi. Si on donnait à tout le monde sa dose de douceur, y aurait moins de malheur sur terre. C'est ça, l'injustice. Y en a qui savent même pas ce que c'est, l'amour. C'est ce qui manque le plus, ici. L'autre jour, y avait un pauvre gosse planté au milieu de la coursive qui pleurait comme un môme. Sûr qu'un câlin lui aurait fait du bien, mais on s'est méfiés : et si c'était une ruse pour nous planter ? Et si les autres nous prenaient pour un pédé ? On l'a laissé sur place, avec ses larmes de môme. C'est pas humain, j'te dis. Y a que la loi du plus fort qui fonctionne ici, comme partout, sauf qu'en plus, on est fliqués. On peut pas s'évader. On peut pas se défouler. Alors il faut se blinder. On y arrive. Presque trop bien. Par moments, je me fais peur. Je crois que je ressens plus rien. Je suis mort à l'intérieur. Glacé comme en hiver. Je me fous des autres. Ils peuvent crever. Y a plus que moi qui compte. Moi et ma survie.

Socrate se redresse, comme s'il en avait fini.

— Bon, assez pensé. On va passer au concret. Y paraît que t'es infirmier ou un truc comme ça…

— Médecin.

Socrate siffle d'admiration.

— Ah ! docteur, comme qui dirait… Bravo, monseigneur. Bon alors, voilà ce qu'on va faire. Dans deux minutes, je tombe de mon banc. Évanoui, les yeux fermés, enfin tu vois le truc. Toi, tu te précipites et tu gueules qu'un mec est en train de crever, du genre : « Écartez-vous ! Écartez-vous ! » Forcément, ça fait du spectacle. Les gars rappliquent. Quand t'as fait le plein de spectateurs, tu commences le bouche-à-bouche et le massage cardiaque ou les deux, enfin, ça, c'est toi qui vois. Évidemment, t'as du mal à me ranimer. Je suis entre la vie et la mort. Tu prends ton temps. Mais, comme t'es balèze, tu me sauves la vie. Après cinq bonnes minutes de pompes sur mon palpitant, voilà que je renais de mes cendres, et grâce à toi. Là, ils comprennent que t'es le Doc et sacrément bon dans ton domaine. Ils comprennent aussi qu'un jour, ça pourrait être leur tour d'avoir besoin de toi, tu piges ?

Paul opine, épaté.

— On va te respecter, c'est moi qui te le dis. Avec les gradés, tu fais autrement. T'attends le bon moment, du genre un mec qui se gratte le bras ou le cou. Il a des rougeurs et tu lances, l'air de rien, tout fort : « Ce serait pas la gale ? » Et là, tu vas te marrer ! Bonjour l'affolement. Les matons, le taulier et toute la clique vont fouetter comme des malades. Et… te demander ton avis, tu piges ? Bon, si t'as envie de me rémunérer pour tout ça, je suis pas contre…

C'est ainsi que Paul devient « le Doc ». Pour tout le monde. De retour en cellule, il en sourit encore. Une lettre de Daniel l'attend.

Mon cher ami,

J'ai trouvé une bonne âme pour prendre en dictée mes derniers instants, car je crains bien que ceci soit ma dernière lettre. Que dis-je ? Non, je ne le crains pas ! Je l'espère. Vous êtes en prison, hélas, mais d'une certaine manière, moi aussi. Je ne parle pas de miradors ni de barreaux aux fenêtres mais de mon corps. Si je commande à mon orteil de faire signe à la ravissante infirmière qui entre dans ma chambre par exemple, il ne répond pas. Et quand je lui ordonne d'arrêter de souffrir, il continue. Ma carcasse n'en fait qu'à sa tête. Elle se vide et se métastase. Elle souffre sans mon consentement. Cette existence autonome – alors qu'il s'agit de moi tout de même ! – me révolte. Je me sens grugé. J'ai bien pris soin de ma petite personne, je me suis privé de bonbons toute ma vie et voilà le résultat ! Mon ancien corps était source de joies ! Souvenez-vous : le bonheur de nager, de pédaler, de bander... Et aujourd'hui, tous ces désagréments. Je le vis comme une trahison et une prison dans laquelle je suis enfermé, définitivement.

Mais le plus insupportable, voyez-vous, est le mensonge qui entoure mon incarcération corporelle. Le corps médical – le corps, quelle ironie ! – affirme que, si j'y mets du mien, je vais guérir. Ainsi, ma « guérison » serait une affaire de volonté et de soumission à leur égard. Je dois me rendre à l'évidence, mon ami : je suis mortel et la faucheuse ne va pas tarder à m'emporter. Telle est la vérité toute crue.

Je suis donc triplement victime : de mon corps qui ne m'obéit plus. De mon moral qui baisse. Et victime de la connerie médicale qui veut me faire prendre un cancer généralisé pour un rhume des foins guérissable par la pensée positive. Le professeur Tannenbaum auquel vous m'avez adressé sait écouter. Dommage qu'en trois ans je n'aie pu le voir que deux fois. Un professeur n'est plus un médecin. Il est professeur...

Pardon pour l'amertume mais la prison, à côté, c'est de la rigolade (je plaisante évidemment, il n'y a pas de comparatif en matière de catastrophe). La réalité est que personne ne me plaint comme je voudrais être plaint, c'est-à-dire comme un bébé qui réclame sa maman ET son doudou. Je voudrais pleurer et qu'on me caresse, qu'on me regrette. Seulement voilà, je plaisante avec les infirmières. J'écoute ma femme décrire la poule soie que sa nièce a reçue pour son anniversaire (parce que je suis censé m'intéresser à la volaille !). Et ma fille ? Profite-t-elle de ces derniers instants pour me dire qu'elle m'aime ? Pour me remercier d'avoir été un bon père et d'être resté avec sa mère (à laquelle je n'ai toujours rien compris) ? Non, mon ami, elle me parle des narcisses qui poussent au pied de son immeuble, et pas de n'importe quels narcisses, des narcisses « Tahiti ». Car je suis censé m'intéresser aux fleurs qui s'ouvriront sans moi, le printemps prochain. Merci, ma fille, de les évoquer avec un enthousiasme vibrant que ta nature, jusqu'ici réservée, nous avait caché ! Cette médiocrité de conversation présente un avantage : elle me donne envie de partir plus vite. Finalement, la vie se retire bien avant la mort.

Au début de la maladie, je m'étais promis de rester digne, mais la dignité quand le corps vous lâche !... Je milite maintenant pour le droit à l'indignité. Pour le droit de crier de douleur et d'effroi. Pour le droit d'être câliné comme un enfant qui vient de naître. C'est bien moi, cette manière de militer en silence, en opinant face aux poules soie. Je suis la victime complice de ces faux-semblants.

Un mot de vous maintenant... Tel que je vous connais, vous ne vous pardonnez toujours pas d'avoir « raté » ma maladie. Vous vous reprochez d'avoir traîné, d'avoir fait confiance à ma « bonne nature » et à mon excellente hygiène de vie. Mais qu'aurais-je vécu de plus, mon ami ? Un peu plus d'examens, un peu plus d'hôpital, un peu plus de banalités ? Ne regrettez rien, car je déteste cette vie à demi, cette vie empêchée...

Et moi, n'ai-je pas des raisons de m'en vouloir ? J'aurais dû risquer notre amitié en vous disant le mal que je pensais de cette femme dont vous étiez fou ! Mon impression était mauvaise. Trop de dédain, cette manière de vous traiter ! J'ignorais bien sûr où elle vous mènerait, mais de dimanche en dimanche, je vous ai vu perdre votre enthousiasme, votre confiance en vous, n'être plus que souci et angoisse. Or, qu'ai-je fait ? Rien ! Comme vous à l'égard de ma santé, j'ai minimisé. Je me suis imaginé que cette femme sublime vous enivrait sexuellement alors que, de ce côté-là aussi, me disiez-vous, il y avait des problèmes. J'ai été lâche. Pour excuser ce manque de courage, je me suis raconté qu'on ne peut rien contre un homme amoureux. Est-ce si sûr ? Ma petite voix aurait peut-être arrêté votre geste. Souvent, dans le crime, c'est tout un système qu'il faut dénoncer. Je vous ai laissé vous épuiser. Je n'ai pas rebondi sur vos soupçons. Alors ne soyez pas coupable, mon ami, sinon je devrais l'être aussi.

Mais je dois vous laisser. Je suis fatigué. Je termine en vous disant que je suis toujours aussi fier d'être l'ami du docteur Ménard, cet homme juste et bon qui s'est noyé dans la détresse d'une blonde. Une blonde qui était, reconnaissons-le, super bien roulée.

J'espère que le professeur Tannenbaum me trouvera une place en soins palliatifs. Il paraît – foutaises ! – qu'on y meurt « sereinement ». Adieu, mon ami, le seul que j'aie jamais eu. Soyez bon avec vous-même et faites gaffe à l'altruisme : ça ne vous réussit pas.

Votre ami pour l'éternité,

Daniel

- 46 -

Quinze ans plus tard

Chantal est secrétaire médicale dans une maison de santé installée en ville. Ses patrons, trois jeunes praticiens efficaces, compétents, la tutoient – et réciproquement. Ils l'invitent au pot qu'ils organisent certains vendredis soir. Le reste de leurs échanges se passe essentiellement par courriels. Les patients connaissent les codes d'accès du cabinet. Ils entrent sans frapper, après avoir sonné. Chantal est heureuse quand un malade se hasarde à pousser la porte du secrétariat pour demander un renseignement. Des patients, elle ne sait plus grand-chose. Les occasions de papoter se raréfient. Dans ce contexte, les « fauteuils invités », ses cours d'hygiène, les avis de naissance et d'anniversaire seraient tout à fait déplacés. Elle n'ose même pas s'en souvenir, tant ces pratiques relèvent d'un autre temps, celui de la machine à écrire, des vinyles et du téléphone fixe. Chantal sert de courroie de transmission entre les médecins, s'occupe de dispatcher le courrier, de confirmer ou d'annuler les rendez-vous. Elle regrette le temps du docteur Ménard, celui où elle était quelqu'un, mais elle a deux cent trente-six amis sur Facebook, six semaines de vacances par an et tous ses week-ends libres.

Hélène donne des cours d'espagnol dans une association. L'un de ses collègues, Gilles, est devenu son compagnon. Il fait tout pour qu'elle se sente bien. Ils sont heureux, mais il leur manque la complicité, les références, les souvenirs de bonheurs partagés que tissent les années. Parfois, Hélène se rappelle… et… s'arrête au bord des mots, car ce n'est pas avec Gilles mais avec Paul qu'elle a vécu ces moments-là. Elle aime mollement ses beaux-enfants, qu'elle n'a pas vus grandir, tandis que Quentin et Manon ont peu d'atomes crochus avec leur beau-père. Hélène triche sur ses sentiments. Gilles fait des efforts. Ils découvrent qu'un passé commun, l'amour des mêmes enfants ont une saveur particulière, irremplaçable.

Elle n'est jamais revenue à Saint-Rémy. Un brocanteur a vidé le Château. Une agence immobilière spécialisée dans les « belles demeures de Beauce » en a tiré un bon prix. La tour sud est enfin construite à l'emplacement du cabinet, démoli. Hélène a partagé ses gains avec Paul, scrupuleusement, afin qu'il s'acquitte des indemnités dues à Céleste et à Mémé, soit la quasi-totalité de sa part. Quand elle pense au passé, l'ex-Mme Ménard éprouve une impression de gâchis. Avec son mari, elle ne formait sans doute pas le couple le plus passionné, mais ils se complétaient. Les anniversaires la rendent triste. Elle ne fête plus le sien. Quant à la Beauce, elle n'y retournera plus. Un renoncement douloureux, puisqu'elle y est née.

À vingt-huit ans, Céleste est une drôle de fille, car le malheur crée des personnalités bizarres, parfois intéressantes, souvent difficiles. Elle vit seule dans une impasse, près du métro Saint-Georges, au dernier étage sans ascenseur d'un vieil immeuble avec vue sur les toits gris de Paris. Elle savoure les courbes du zinc surtout quand la pluie les fait luire. De la capitale, elle aime les mauvaises odeurs, son vieil escalier, les murs écaillés, hisser ses packs d'eau en s'accrochant à la rampe en bois, entendre les bruits des voisins, sentir les relents de cire, de poussière et d'ordures qui remontent par la cour. Ce reniement de la campagne l'étonne ; tout le monde aime la nature. Pourquoi est-elle si différente ?

Elle vit dans quarante-cinq mètres carrés découpés en un salon-bureau-bibliothèque, une chambre et une pièce minuscule meublée d'une bonnetière et d'un fauteuil Voltaire, hérités de Mémé. C'est ici, près de la fenêtre, qu'elle lit ou rêvasse en regardant le ciel, la vue, la cour et ses voisins qui s'affairent. Elle aime surplomber la comédie humaine qu'elle ne juge ni ne subit.

Le travail remplit sa vie. Elle est le nègre de ceux qui publient sans savoir écrire ou dissertent sans savoir penser. Elle écrit les Mémoires de gens du show-biz. Certains n'ont pas trente ans ! Elle se glisse avec facilité dans la peau des auteurs. Le temps d'un livre, elle parle comme ils parlent, pense comme ils pensent. Elle sait inventer des anecdotes piquantes, leur prêter des idées qu'ils n'ont pas eues, des intrigues qu'ils n'ont pas vécues. Elle donne sa plume ; ils signent leur chèque. Un échange de bons procédés. Elle est d'une sauvagerie efficace, cassante, pressée. Ses courriels sont expéditifs et précis, pas un mot de trop, signés « Cdlt CE » pour « cordialement, Céleste Ellis ». Nuit et jour, face au mur blanc qui l'aide à réfléchir, elle coupe, retaille, ajoute, retranche dans toutes sortes de textes. Les auteurs la redoutent. Les éditeurs la plébiscitent. Des mauvaises langues l'appellent dans son dos « la Revêche ».

Certains soirs, elle sort dans la rue maquillée, décolletée, offerte. Elle s'assied dans un bar du quartier, rue des Martyrs. Quand un homme qui lui plaît accroche son regard, ses yeux deviennent coquins. Sa bouche sourit machinalement, ses seins se gonflent, ses jambes s'entrouvrent, son ventre existe. Celui qu'elle aimera est soigneusement choisi. Elle le veut jeune, sensuel, viril, respectueux, très attiré, sentant bon. Pour qu'il puisse se croire supérieur, elle dit s'appeler Pauline et travailler dans l'esthétique. Si le courant passe, elle l'entraîne dans une chambre d'hôtel, à côté. Elle le déshabille et l'embrasse, en offrant tout ce qu'elle peut de caresses et de mots, afin de décupler le plaisir qu'ils inventent ensemble, car personne ne fait l'amour deux fois de la même façon, sauf les maladroits. Quand l'ivresse retombe, elle descend chercher les croissants, paie la facture et ne revient jamais. Pour ne rien devoir et ne pas s'attacher. Puis elle rentre chez elle où elle oublie le nom, retient des phrases, des images dont elle fait son miel. Jusqu'à la prochaine fois. Elle n'est jamais heureuse mais parfois comblée.

Dès qu'elle s'est installée chez Mémé, Céleste s'est sentie soulagée. Elle redoutait sa mère, imprévisible, toujours au bord d'un drame, d'un scandale ou d'un instant sublime. À son retour de l'école, serait-elle évanouie, folle de joie, effondrée, en train de coudre ou de repeindre un mur ? Allait-il falloir la servir, la consoler, l'aduler ou filer dans sa chambre pour la laisser tranquille ? Mémé, au moins, ne lui demande rien. Elle n'a pas à être bonne élève pour la flatter, à la relever quand elle meurt, à la maquiller quand elle se prend pour Marilyn. Ni à faire le ménage parce qu'elle a la flemme ou le jardin parce que Papa revient. Mémé ne l'utilise pas comme prétexte, comme bonne, comme coiffeuse, comme aide-soignante. Mémé ne se sert pas d'elle. Mémé l'aime bien. Même si elle préfère regretter son fils.

La chambre de Mémé est un mémorial. Marc est partout. Lui en bébé nu, posé sur un nuage. Lui en premier communiant, raie bien droite, cheveux gominés, culottes courtes, ruban blanc noué autour d'une manche de veste neuve et sombre. Lui en bachelier, dansant avec Mémé jeune, rieuse, épanouie. Lui en major, uniforme et insigne d'aviateur. Lui en marié, sans sa femme. Camille est invisible : déchirée ou gribouillée en rouge. Mémé la hait. Mémé la tuerait. C'est une sacrée femme, Mémé, pleine d'amour et de haine. Mais, au moins, tout est clair. Pas de mystère. Céleste sait ce qui est possible, ce qui ne l'est pas, et ça ne change jamais.

Elle peut mener sa vie d'adolescente, lire, rêver, bouger, manger à peu près ce qu'elle veut, se maquiller à peine pour vivre « une féminité de son âge », dit Mémé qui met des bigoudis et se vernit les ongles quand elle va bien. En revanche, Céleste ne peut pas faire trop de bruit, parler à tort et à travers. Dans la cuisine immaculée, sans autre son que le tic-tac de l'horloge, elles dînent en silence. Un silence que Céleste comprend. Mémé retient les souvenirs de son fils, de peur qu'ils ne se perdent, comme la voix, le rire, comme la mémoire qui rétrécit et se résume, finalement, à des photos sans âme, à des dessins sans substance, à des lettres sans sentiments. Pourtant, Mémé y tient. Elle ne veut pas « tourner la page », comme disent les épargnés. Elle s'accroche à ce qu'elle peut, refuse qu'on la distraie des copeaux de son deuil, seuls restes de son enfant chéri. Mais du sanctuaire elle interdit la porte.

— Vis, toi ! Ne t'encombre pas de fantômes. Les morts, les souvenirs, c'est bon pour les vieilles dames, pas pour les enfants. Tu penseras à tout ça plus tard, quand ta vie sera faite.

Alors Céleste grandit. Elle saute à la corde. Elle nage, fait des galipettes, joue au ballon, à l'élastique. Elle n'a pas beaucoup d'amis. Que dire à ceux qui n'ont rien vécu ? Elle prend soin de Mémé, qui prend soin d'elle en retour. Elle a pour cette vieille femme des petites attentions : un bouquet de fleurs cueilli sur le chemin du collège, un gâteau acheté avec son argent de poche, le plaid remonté sur les épaules de sa grand-mère qui s'endort « devant le programme ». Elle masse ses articulations douloureuses, laque ses cheveux et peint ses ongles en rouge. Mémé éloigne sa main pour admirer l'effet.

— C'est pas mal !

Du marché, Céleste rapporte un de ses tabliers à fleurs nécessaires aux tâches domestiques. Elle la dorlote comme un nourrisson.

— Tu me couves ! constate la vieille dame, tendrement.

Céleste sourit. Elles ne parlent jamais de Camille. Mémé n'a eu à le dire qu'une fois :

— Ne prononce jamais son nom devant moi. Ça me fait mal !

Céleste aime autant ça. Elle se rappelle la belle dame blonde qu'était sa mère. Elle revoit un portail en bois vernis, le docteur barbu, un hôtel luxueux, le papier fleuri dans sa chambre, la petite télé couleur, la haute silhouette de son père marchant devant elle, fusil baissé. Un père à escalader comme une montagne. Un héros qui l'intimidait et ne savait pas jouer.

Un jour, alors qu'elle rentre de la fac, au volant de la petite auto d'occasion que Mémé lui a offerte pour honorer son bac, elle la trouve endormie pour l'éternité, encore chaude. Elle n'a pas peur. Sa tendresse est intacte. Elle lui ferme les yeux, en pensant qu'elle a rejoint son fils et le retrouve enfin, tout entier, image et son. Elle lui offre un beau cercueil, une tombe en marbre noir et deux plaques. L'une indique : « À Mémé », et l'autre : « À ma mère adorée », comme si Marc était là pour la guider au paradis. Elle manque de céder à un brocanteur les albums de famille, les lettres de ses parents, la robe de mariée de sa mère, qui se trouvent dans une malle, au grenier. Elle garde le tout, finalement. Sur les photos, on voit Céleste avec ses parents, à la mer, à la montagne, en voiture. Un jour, elle pourrait vouloir s'en souvenir.

Elle n'arrive pas à pleurer mais elle pense à Mémé tous les jours. À elle, et à son dernier message. Sa grand-mère, qui perdait la mémoire, notait au creux de sa main la liste des courses, les numéros de téléphone, les choses à faire. Il était rare que sa paume soit vierge d'un de ces pense-bêtes. En la retrouvant morte, Céleste se demande si elle a écrit dans sa main un dernier message, une ultime volonté. Elle déplie à peine, et doucement, les doigts noueux et croit lire ces mots, inscrits d'une écriture tremblée, à demi effacée : « Venge-nous ! »

- 47 -

C'est un long week-end de Pentecôte. Après des heures de travail, elle vient de boucler un texte, sans prendre le temps de sortir ni de déjeuner. Parfois, elle se compare à un bœuf agricole qui tracerait son sillon de l'aube au crépuscule. Elle ferme son ordinateur et le désœuvrement lui tombe dessus. Elle tourne en rond. La radio annonce : « Soleil radieux. Les Parisiens sont dehors. Défilé des manifestants de la République à la Nation. Menace de canicule. »

Sous les toits, elle crève de chaleur. Le ventilateur ronronne. Elle s'assied dans son fauteuil Voltaire. Ses cheveux cuivrés dansent autour de son visage si semblable à celui de sa mère. De l'autre côté de la cour, les volets sont baissés, les rideaux tirés. Le seul endroit frais est la cave. Si elle faisait du tri ? Voilà des années qu'elle entasse papiers et manuscrits, livres, vieux vêtements et les reliques de Mémé. C'est ainsi qu'entre une pile de journaux et les affaires de ski, elle tombe sur deux cartons dits « Pour Céleste ». Ils sont passés directement du grenier de Mémé à sa propre cave, sans être ouverts. « Plus tard, se disait-elle, plus tard, quand j'aurai le temps, je regarderai… »

C'est donc sans émotion particulière que Céleste comprend que ce moment est arrivé. Elle incise le carton avec un cutter, comme on feuillette la première page d'un magazine dans une salle d'attente, distraitement. Apparaît la robe de mariée de sa mère enveloppée dans du papier de soie. Céleste se lève, la colle contre son corps. Même taille, elle l'enfile sur son jean, se sent heureuse comme une princesse de porter une robe longue. Elle essaie la voilette, les gants blancs. Un bref instant, un très léger parfum de miel et de lilas couvre l'odeur d'humidité. Elle plonge le nez dans le tissu… Plus rien. Une autre robe, plus courte. Un bibi. Des gants encore. Mémé détestait Camille mais, la connaissant, elle n'a pas pu jeter de si beaux habits. Céleste les plie pour les monter chez elle. Sous les vêtements apparaît un album de photos à couverture plastifiée rouge avec, en guise de serrure, une tête de polichinelle. Elle se le rappelle, elle l'a déjà eu entre les mains…

Une photo de sa mère occupe la première page. Elle porte un short et un débardeur blancs, des lunettes de soleil. Elle pousse un landau qui transporte une petite fille. À côté de sa mère, son père, une cigarette à la main, tiens, il fumait ! Ils ne se regardent pas. Lui marche devant. La mère en retrait. Ils ne se tiennent pas par la taille. Elle seule affiche un sourire radieux.

Autre page, autre image de Céleste. Elle doit avoir deux ou trois ans. Assise sur les genoux de quelqu'un, elle tient le volant d'une voiture. Même air déterminé qu'aujourd'hui, mêmes yeux noisette pailletés d'or, des petites dents pointues. La plupart des enfants sont attendrissants. Céleste ne l'est pas. Elle ne sourit pas. On dirait qu'elle juge.

Elle, encore, en première communiante ! Elle doit mesurer ce mètre soixante-huit auquel elle aspire. Sa mère a écrit, au crayon de papier : « Cernon, première communion, le 6 avril 1997 ». C'est la dernière photo de son enfance.

Dans un autre carton, elle trouve les effets personnels de son père. Diplômes, décorations, tout le mémorial de Mémé et une veste d'aviateur. Elle hésite, comme si elle ouvrait la boîte de Pandore, celle de ses souvenirs. Doucement, elle approche le cuir de son nez. C'est l'odeur qu'avait son père quand il venait l'embrasser, au petit matin, avant de partir en mission. Une odeur d'homme. Elle voulait qu'il l'emmène pour ne pas rester seule avec cette mère trop belle, trop malade, trop bizarre. Elle n'ose pas le retenir. Manque de confiance, manque de proximité ou cause indéfendable. Pour ce militaire, un enfant n'a pas d'états d'âme. Sa place est à la maison. Son rôle : avoir des bonnes notes, être sage et gentille avec Maman. Elle déteste son père, presque autant que sa coiffure en pétard et le survêtement bleu électrique que tout le monde trouve moche.

Un jour, son père a giflé sa mère et Céleste s'est presque félicitée qu'il exprime enfin quelque chose de vrai. Dans le carton, elle trouve l'une de ses dernières lettres, dans laquelle il dit, clairement, qu'il ne veut plus jouer le jeu.

Bamako, le 6 juin 1998

Camille,

Je ne peux plus faire semblant. C'est pourquoi j'ai accepté cette mission, afin de me retrouver seul quelque temps et d'analyser ce qui nous arrive.

Quelle erreur ai-je pu commettre qui te rende si agressive ? Nous avons décidé tous les deux que je serais navigant – et donc que je m'éloigne du domicile conjugal périodiquement –, afin que nous ayons une vie matérielle plus confortable. Mais toi, tu en as lâchement profité pour mener une double vie, en parallèle. Tu m'as volontairement dissimulé des tas de choses (courrier, argent, téléphone...). Tout cela pour faire plaisir à un autre homme, sans te soucier de nous.

Tu n'as certainement pas vu que je n'avais plus le moral. Tu n'as certainement pas vu que ma confiance en toi était sérieusement entamée. As-tu des raisons de me causer tout ce malheur ? Si c'est le cas, tu n'en as jamais rien dit. Et quand tu parles de ta « peur du mari » : à d'autres, Camille, à d'autres ! Je n'ai jamais été un démon. Je ne mérite pas cette vie-là. Le changement dans mon comportement t'est entièrement dû. Je n'ai pas d'autre femme à aimer mais, si nous continuons ainsi, cela pourrait arriver.

Je tenais à te dire cela parce que je n'ai plus foi en rien et que ce séjour sera sûrement le dernier car, lorsque je pars en détachement, je ne suis plus serein comme par le passé. Je ne t'ai jamais trompée, Camille. Et pourtant, ce ne sont pas les occasions qui ont manqué ! Mais pour moi la fidélité, l'honnêteté sont des vertus auxquelles je me suis engagé en t'épousant. Je me suis interdit d'y déroger. J'attendais de ma femme qu'elle adhère aux mêmes valeurs que moi.

Je ne suis pas le genre d'homme à partager sa femme. Si tu le crois, tu te trompes ! J'essaie d'appeler, des « bip » me répondent. Encore un mystère ! J'aurais voulu qu'on se parle et je suis confronté au silence. Il ne me reste que cette lettre pour donner des nouvelles et demander des explications. Je suis à la fois heureux et malheureux d'être ici, car nous nous sommes quittés en mauvais termes. La vie actuelle n'est facile ni pour toi ni pour moi.

Mes questions à ton sujet restent sans réponse. Trop de secrets autour de la gestion du compte courant, de ton emploi du temps, de ta relation avec ce médecin dont on me parle jusqu'ici. Je ne veux plus jouer au chat et à la souris. Je ne supporte plus ces cachotteries. Elles ne m'attirent plus. Elles ne m'intéressent plus. Je veux aimer une femme qui soit honnête.

Ton mari,

Marc

Et enfin, une dernière lettre, écrite à la hâte, avec beaucoup de ratures :

Bamako, le 7 juin 1998

Camille,

Actuellement, je ne me reconnais plus. Je ne suis plus moi-même. Je ne suis pas méchant. Quand on commence à brutaliser une femme, alors il faut dire stop à cette vie-là...

J'aurais pu t'aimer toute ma vie si tu n'avais pas fait tous ces mystères, manigancé toutes ces trahisons. Maintenant, c'est trop tard. Ma confiance est trop abîmée et, quand il n'y a plus de confiance, il n'y a plus rien.

Je te quitte, Camille. Tu auras la moitié de la maison. Tu auras la garde de Céleste mais moi, je te quitte et, en écrivant cela, l'étau se desserre. Je me sens libéré. Je ne veux plus nager dans tes eaux troubles. Je n'ai plus envie de te deviner. Ça ne m'intéresse plus.

Nous réglerons les détails du divorce à mon retour.

Marc

Céleste se rappelle la gifle. Camille se tient la joue, éberluée. Son père furieux attrape son sac de sport. Il sort en trombe de la maison. La porte claque à faire trembler le chambranle. Le portail cogne longtemps avant de se calmer. La voiture patine sur l'asphalte et s'éloigne. Sa mère donne un coup de pied violent dans la porte. Céleste l'observe.

— Ne reste pas plantée là comme une idiote ! dit sa mère en la fusillant du regard.

Est-ce pour cela que Céleste a menti aux gendarmes quand elle a prétendu que sa mère avait cassé des assiettes ? À cause de cette expression : « comme une idiote » ? Est-ce sa faute si sa mère est en prison ?

Ne plus penser. Aller courir. Céleste ramasse les lettres, les remet en vrac dans le carton, grimpe chez elle quatre à quatre avec le carton dans les bras. Elle le pose dans un coin, enfile un short, des chaussures de sport. En courant, elle remonte la rue des Martyrs, l'avenue Trudaine. Elle transpire à grosses gouttes. Ne pas ralentir… Continuer… S'arrêter. Boire. Repartir. Elle est écarlate, les pieds en feu. Le square Louise-Michel… Elle a mal au genou, au tibia, à l'épaule… Elle respire mal. Que cette souffrance fait du bien ! La rue

Lamarck, en montée, un kilomètre cinq cents, l'une des plus longues de Paris et, enfin, au pied du Sacré-Cœur, elle s'écroule sur l'herbe, ruisselante, assoiffée. Le soleil frappe sa rétine à travers ses paupières. Elle se rappelle la balançoire de Cernon, ses jambes tendues, repliées, qui impulsent le va-et-vient et le toit de tuiles qui se rapproche, s'éloigne, se rapproche et s'éloigne encore…

Le lundi suivant, Céleste a repris le travail. Coincée dans une réunion, elle affiche un air buté, le stylo nerveux, le pied gauche impatient. Elle déteste ce genre de pensum. Que de temps perdu ! Le chef est connu pour ses retards. Elle hésite entre partir et rester. Elle voudrait lui donner une bonne leçon ! Un nègre est facile à remplacer. Elle reste. Ses collègues en profitent pour échanger les dernières nouvelles. Distraitement, elle écoute une certaine Audrey qui raconte son travail avec un pénaliste. Il est tellement imprécis, dit-elle, qu'elle passe ses journées dans les archives du tribunal, plongée dans les dossiers.

— Finalement, je trouve ça passionnant. Je ne savais pas qu'on pouvait consulter un dossier d'assises. Les affaires jugées sont publiques : Papin, Dominici, Weber. Consultables sur demande…

Céleste, qui ne dit jamais rien, crée la surprise :

— On s'adresse à qui ?

La réunion se tourne vers elle.

— Au tribunal de grande instance qui a jugé l'affaire. Tu écris une lettre motivée au procureur. En principe, il te répond vite et favorablement.

— Pour n'importe quelle affaire ?

— Oui, sans doute…

De retour chez elle, Céleste tape sur son moteur de recherche « tribunal de grande instance de Chartres », où a été jugée l'affaire Ménard-Ellis-Souffleau. L'adresse postale et le numéro de téléphone s'affichent immédiatement. Elle trouve le nom de madame la procureure (béni soit Internet !) et, dans la foulée, lui adresse une belle lettre manuscrite en disant qu'elle est écrivain, qu'elle s'intéresse à cette affaire et qu'elle lui serait infiniment reconnaissante de bien vouloir lui accorder un droit d'accès à ce dossier jugé dans sa juridiction, en 2000 quelque chose… Elle doit fouiller dans sa mémoire pour se rappeler la date du procès. Quand était-ce ? Elle se revoit quelques années après la mort de son père. La principale du collège la convoque dans son bureau. Une longue femme aux cheveux gris coiffés en chignon banane. Céleste se tient debout, les mains croisées derrière le dos.

— Céleste, mon petit, je voudrais vous donner des nouvelles de… hum… de votre maman. Vous n'êtes pas sans savoir que son procès a eu lieu et… le jugement vient d'être rendu. Son avocat m'a téléphoné. Une lourde peine, une bien lourde peine, déplore-t-elle.

Céleste s'amuse à se déporter sur le pied droit, puis sur le pied gauche, en tournant sur elle-même, imperceptiblement, comme un culbuto. C'est drôle de jouer avec son corps en prenant un air attentif.

— Vingt-huit ans de prison. Avec les remises de peine, je crois que… qu'on… Vous êtes toute pâle… Asseyez-vous, mon petit, dit la principale en se levant pour lui avancer une chaise.

Céleste refuse de s'asseoir mais demande un verre d'eau.

— Bien sûr, bien sûr… (Désorientée, la principale s'agite, trouve de l'eau, un verre.) Ah, voilà ! Tenez, mon petit, buvez !

Céleste s'exécute d'un trait. Elle se sent mieux. La chaleur sans doute. Elle remercie. Elle s'enfuit.

— Ne partez pas !

Céleste est déjà loin. Contrôle d'histoire demain. Elle aura vingt. Vingt et un, si c'était possible.

Dans sa lettre à la procureure de la République, elle donne un faux nom. Le premier qui lui vient à l'esprit : Camille Lamarque. Elle crée une fausse adresse mail, dans la même veine, rien de plus simple : c.lamarque@gmail.com. En revanche, elle met son numéro de téléphone en remplaçant le message habituel de son répondeur : « Céleste Ellis, laissez votre message », par : « Laissez votre message. Je vous rappellerai ».

C'est le greffier du TGI qui rappelle quinze jours plus tard. Moment de flottement quand il demande à parler à Camille Lamarque. L'hésitation n'est pas perçue par l'homme enthousiaste.

— L'affaire Ménard-Ellis-Souffleau, je m'en souviens très bien, passionnante, pleine de rebondissements. Deux avocats excellents, le jeune de La Marsaudière et la petite Abott. Pour un peu, on aurait acquitté le médecin. J'ai gardé beaucoup d'articles. Je vous montrerai tout ça. Si j'ai le temps. On est tellement débordés… Drôle de coïncidence, vous avez le même prénom que l'accusée.

— Et maintenant, quelle est la marche à suivre ? demande Céleste, inquiète de sa fausse identité.

— Eh bien, nous prenons rendez-vous. Évidemment, vous venez sur place. Vous pouvez consulter le dossier aux heures de bureau, en ma présence seulement.

— Parfait, dit Céleste. Mercredi prochain ?

— Oui, c'est possible, répond le greffier. Neuf heures. Ah, j'oubliais, il faudra présenter une pièce d'identité.

- 48 -

Céleste aime l'anonymat et la solitude. L'un de ses plaisirs est de prendre sa voiture ou le train sans que personne sache ni qui elle est ni où la joindre. Parfois, elle fait croire qu'elle est étrangère et qu'elle ne comprend pas le français. Brouiller les pistes. Être une poussière parmi les poussières… Elle roule vers le dossier Ellis dans un état d'excitation joyeuse. Elle aime les débuts, les premières rencontres, les premières bouchées, les premières phrases des livres, quand tout est encore promesse. Cette curiosité se mêle de distance, comme si l'histoire ne la concernait pas. Pour elle, l'affaire Ménard-Ellis-Souffleau reste abstraite, presque aussi lointaine qu'un autre fait divers. Grâce à Mémé qui lui a dit d'oublier tout ça, de construire sa vie avant de se souvenir. Grâce à Camille qui ouvrait de grands yeux quand elle évoquait son père : « Il ne peut pas te manquer ; il n'est jamais là. »

Grâce à ses soucis d'enfant : sa taille qui n'en finissait pas de grandir. Ses règles qui n'arrivaient pas, tandis que ses copines saignaient avec fierté. Ses seins qui restaient minuscules, cette espèce de pâte blanchâtre au fond de sa culotte. Grâce au joli garçon brun aux yeux noirs qui la troublait. Grâce à son avenir qu'elle rêvait. Elle s'imaginait en kit : avec l'intelligence de Mme Guépereau, sa prof de français ; indépendante comme Alice, l'héroïne de Caroline Quine, la détective célibataire qui roule en voiture décapotable. Enfin, elle serait belle comme sa mère, blonde, mince, élégante, avec la peau ambrée par le soleil. La mère de son enfance…

Un fronton de temple grec. Sept mètres de hauteur sous plafond. Un bal de robes noires. Des visages tendus. Et, comme un anachronisme, un portique de sécurité, des détecteurs magnétiques qui sondent les mallettes, les attachés-cases déposés sur un tapis roulant. L'endroit n'est pas banal. N'y entre pas qui veut. Céleste ne s'attendait pas à un tel contrôle. La visite prend un tour solennel. Un vigile inspecte son sac, lui demande de passer sous le portique et de montrer sa carte d'identité. Elle répond qu'elle est désolée, qu'elle l'a oubliée… à l'hôtel. Elle ne savait pas… mais elle peut y retourner… bien que ce soit loin du centre… Elle a rendez-vous avec M. X, le greffier. Elle peut l'appeler… Camille Lamarque.

Le vigile hésite, consulte son registre, téléphone au greffier sans la quitter des yeux, insensible au charme de cette fille aux yeux fauves.

— C'est bon, vous pouvez passer ! Ascenseur de droite, au bout du couloir. Deuxième sous-sol.

Sur les rayonnages s'alignent des centaines de dossiers à couvertures cartonnées entourés d'une ficelle. Une grosse étiquette mentionne lisiblement le nom de l'affaire écrit au feutre noir. L'homme qui surgit de l'allée centrale, en bras de chemise, pressé, porte une pile de documents du même genre.

— Mademoiselle Lamarque ?

Elle hoche la tête.

— Voici une partie du dossier Ménard-Ellis-Souffleau, dit-il en posant deux volumes sur une petite table, près de la photocopieuse. Bon courage, y a de quoi faire ! Les photos et les photocopies sont interdites.

Il s'éloigne et se ravise :

— Au fait, vous avez une pièce d'identité ?

Elle commence à farfouiller dans le grand sac vert qu'elle porte en bandoulière.

— Ça ira, dit le greffier qui n'a pas de temps à perdre.

Il disparaît dans les étages.

Elle défait avec soin l'attache, le cœur battant d'excitation. Un empilement de feuilles s'écroule de part en part. Certaines paraissent rangées dans un certain ordre. D'autres sont égarées. Elle découvre le vocabulaire spécialisé de la police et de la justice : procès-verbal, audition de témoins, pièce à conviction, numéro de scellés, commission rogatoire, officier de police judiciaire, relevés de comptes bancaires, relevés téléphoniques, factures…

13 mars 2002
Extrait de l'audition de Gilles Croisier,
habitant Coinges, 4, rue du Clos

« Le bruit a couru que mon chef, Marc Ellis, aurait eu une liaison avec un personnel militaire féminin ou un personnel civil féminin susceptible de travailler sur la base de B., nommée Perrine ou Claudine... »

Son père, une maîtresse ? Elle poursuit sa lecture, sans émotion mais avec ardeur, comme on lit un polar bien ficelé. Ce recul l'inquiète. Est-elle un monstre d'indifférence ? À l'enterrement, des gens murmuraient.

— Vous avez vu l'enfant ? Elle ne pleure même pas !

Elle appuie sur la touche « enregistrement » de son téléphone. En prononçant les procès-verbaux, elle espère retrouver la voix de sa mère, ses tournures de phrases et ressentir quelque chose. Elle commence par le premier PV. Céleste chuchote :

— « Le mercredi soir, mon mari s'est endormi sur la table de la cuisine. Ce n'était pas dans ses habitudes d'aller se coucher tôt, mais c'est ce qu'il a fait. Dans la nuit, il a vomi plusieurs fois. J'ai appelé le docteur Ménard, du département 28, à Saint-Rémy. Il se trouvait de garde ce week-end. Au départ, il pensait que mon mari avait un problème de foie et que c'était lié à une intoxication alimentaire attrapée en mission. Mais il a trouvé une tension élevée, de l'ordre de 16-17. Le docteur lui a demandé d'effectuer une prise de sang… »

Rien à voir avec le style de sa mère. C'est bien une déposition, incluant dans une même phrase les questions et les réponses. Céleste feuillette les dépositions, prend quelques notes. Elle s'ennuie. Elle en a pour des heures ! Quand elle écrit l'autobiographie d'un auteur, elle se demande comment il mange, comment il dort, comment il aime. Elle va voir les lieux, elle respire les odeurs. On n'apprend rien dans la paperasse, décide-t-elle. Céleste laisse un petit mot au greffier. Elle reviendra demain. Elle quitte le tribunal, savoure l'air frais, monte dans sa voiture et prend la direction du cimetière où son père est enterré.

Elle roule sur les petites routes. Décidément, la campagne lui donne le cafard. Ces hectares de terres labourées, ces maisons délaissées, ces villages déserts, ces commerces fermés et les alignements d'éoliennes qui détrônent les clochers. Elle rêve, elle écoute la radio, évite soigneusement Cernon et Saint-Rémy. Elle veut renouer avec ses souvenirs à petites doses. Elle s'arrête pour prendre de l'essence et un sandwich. Après quelques kilomètres, elle reconnaît l'église à sa flèche dentelée. Elle continue dans le village, trouve un mur d'enceinte d'où émergent quelques croix. Ce doit être le cimetière. Elle se gare, entre dans l'enclos. Combien de tombes y a-t-il : mille, deux mille, trois mille ? Comment trouver celle de son père ?

Elle est désemparée.

Un homme âgé, en tenue d'ouvrier, tenant une pelle et un seau, s'avance vers elle et lui propose son aide. Elle explique qu'elle cherche la tombe d'un major de l'armée de l'air… Sa voix se casse… qui… qui a été victime d'un fait divers… Il y a longtemps, en 1998.

— Ah, l'aviateur, oui, je m'en souviens bien, dit l'homme doucement. Je travaille ici depuis vingt-huit ans. Je connais à peu près toutes les tombes. Elle est par là-bas. Je vous y conduis si vous voulez…

Céleste remonte la vaste allée sablonneuse par laquelle Camille arrivait le matin où les gendarmes l'ont arrêtée. Savoir que la tombe de son père n'est pas un mirage la remue. C'est donc bien une histoire vraie ! Pourquoi son passé est-il si loin ? Est-elle insensible ? Elle voudrait se souvenir de sa chambre, de ses parents, de leurs voix, de leurs baisers – si toutefois ils la câlinaient. Il n'existe en elle aucune continuité, comme si elle venait de nulle part, comme si elle était née de Mémé.

Le gardien l'arrête devant une tombe de grès rose. Un avion doré est gravé dessus. L'homme reste auprès d'elle, à distance. Il doit sentir qu'elle a besoin de lui, mais en retrait. Que d'humanité parfois dans des riens ! Céleste en est touchée. Mais elle refuse de s'attendrir. Elle fouille dans son sac à la recherche d'un peu de monnaie. Elle ne veut pas penser que les êtres humains sont bons. Devoir se blinder la tient debout. Trop de bonté lui ôte ses forces. Elle préfère le mal qui la durcit. L'homme refuse son argent. Elle insiste. Il accepte, pour ne pas la contrarier peut-être… Elle lui demande d'une voix tremblante s'il était là le jour de l'enterrement.

— Oui.

— Est-ce qu'elle pleurait ?

— Qui donc ?

— La mère… (Céleste se reprend.) Je veux dire, la veuve…

— Oui, il fallait la soutenir.

— Et la fille ?

— Je n'étais pas tout près, mais non, je ne crois pas.

Aussitôt, l'homme adoucit sa phrase :

— Mais on peut pleurer sans chagrin et ressentir un chagrin sans larmes.

Elle voudrait s'abandonner sur son épaule, comme dans les films. Elle se juge ridicule. La haine de soi, la haine des autres la densifie. La tombe est spécialement propre, plus que ses voisines.

— C'est vous qui l'entretenez ? demande Céleste d'une voix assurée.

— Oh non, c'est Mme Nuc. Elle habite en face, là-haut, dit-il en désignant sa fenêtre. Elle vient une fois par semaine. Elle a bien connu le petit Marc, comme elle l'appelle.

Céleste se reproche d'être venue les mains vides. Elle aurait dû apporter des fleurs. Elle les aurait disposées dans le vase moulé. Elle doit s'asseoir. Elle se rappelle les sanglots, entendus dans son dos, quand elle a jeté dans la fosse une rose et son nounours. Une idée de sa mère. Soudain, un détail la frappe.

— Mais il manque ses dates !

— Ses dates ?

— … de naissance et de mort !

— Tiens, oui, c'est bizarre ! Dans l'émotion, on a dû oublier.

— Vous avez déjà vu ça ?

— Quoi donc ?

— Un oubli de ce genre…

— Non. C'est étrange… Pardon, mademoiselle, mais on me demande, dit l'homme en soulevant la visière de sa casquette pour la saluer.

— Oui, bien sûr, merci beaucoup, dit Céleste. Puis-je vous demander encore quelque chose ?

Elle farfouille dans son sac vert, trouve une enveloppe, glisse plusieurs billets dedans.

— Si vous pouviez fleurir la tombe de mon père… de temps en temps.

— Bien sûr, vous pouvez compter sur moi, dit-il avec un bon regard.

— Merci, monsieur, merci. Merci beaucoup… dit-elle les yeux pleins de larmes car elle vient de dire « mon père ».

Pour la première fois depuis bien longtemps, elle se sent sa fille. C'est un sentiment à la fois très doux et très triste. Elle pleure. Elle s'enfuit. Le sable tourbillonne sous ses semelles. Elle franchit l'allée, l'entrée du cimetière, grimpe dans sa voiture. De la colère, il lui faut de la colère pour ravaler ses larmes. Elle appuie sur la touche « radio » du tableau de bord. Il est 17 heures, l'heure des infos. Voilà une bonne occasion de se fâcher. Comme d'habitude, les journalistes ne l'informent pas, ils lui soufflent ce qu'elle doit penser de l'actualité. Tant mieux ! Céleste fulmine : elle déteste qu'on veuille la façonner !

- 49 -

Elle dort mal, cette nuit-là, dans sa petite chambre d'hôtel avec ses napperons brodés et ses sacs à parfum en forme de cœur. La dame qui sert le petit déjeuner propose de la brioche chaude, des confitures maison, fraise, abricot, des croissants, des gâteaux. Sans succès.

— Vous ne mangez rien ?

Céleste sourit et laisse sa part à peine grignotée dans sa petite assiette à motifs floraux. Elle demande un doggy bag pour faire plaisir et avale, d'un trait, une tasse de thé vert. Elle marche un bon kilomètre pour rejoindre le palais de justice. L'air est vivifiant, propice à aérer l'esprit de cette poussière qu'elle est en train de remuer. Ce retour en arrière lui paraît malsain. En même temps, fouiller les poubelles de son histoire est devenu comme une nécessité. Pour se sentir libre de vivre sa vie, disait Mémé, elle doit renouer avec ce passé qui la bloque, sans qu'elle sache en quoi ni comment.

Au palais de justice, les vigiles qui la reconnaissent ne lui demandent plus ses papiers. Le greffier l'attend au sous-sol pour lui confier la suite du dossier Ménard-Ellis-Souffleau, qui a passé la nuit dans son bureau. Il lui reste deux jours pour terminer sa lecture. Elle ne mange rien pour gagner du temps. Elle se sent fatiguée. Elle tourne les pages, les remet en ordre scrupuleusement. Elle arrive aux rapports d'expertise psychologique. Paul y apparaît comme un homme naïf et influençable ayant un sens aigu de son devoir. Elle lit en diagonale. Rien de saillant. Quand arrive sa propre expertise, qui lui fait froid dans le dos.

Expertise psychiatrique de Céleste Ellis,
neuf ans

« À l'examen, la jeune Céleste semble très mûre. Elle a une grande capacité d'affirmation de soi. Et une grande aptitude à maîtriser et à contenir les affects. Quand on évoque son père ou sa mère, elle est saisie d'une sorte de froideur affective. Elle reste en distance. Venant d'eux, rien ne semble la toucher. À la demande de sa mère, elle se serait prêtée à des mensonges, à des faux-semblants. Elle aurait servi d'alibi et l'aurait fait avec habileté, sans en éprouver de culpabilité.

Elle aime beaucoup sa grand-mère. Sa nouvelle vie lui convient. Elle n'a pas envie de revenir en arrière. De sa prison, sa mère lui envoie des lettres impersonnelles, sous forme d'exercices à faire. Céleste ne veut même pas lui répondre. Elle n'a pas besoin de devoirs supplémentaires. L'école lui suffit. Sa mère ne lui manque pas. Elle se dit mieux sans elle. Elle ne sait pas si elle la reverra. Pour conclure, la froideur de Céleste est massive. Je recommande une prise en charge psychothérapeutique. »

Dans la même chemise se trouve le témoignage de son institutrice :

« Je m'inquiète pour Céleste qui ne manifeste pas d'émotion particulière depuis la mort de son papa. Comme si ce drame ne la concernait pas. Ses notes sont toujours excellentes. Elle semble même un peu plus sociable qu'auparavant. »

Au sous-sol du palais de justice, la fausse Camille Lamarque se demande si elle est ce monstre que les experts décrivent. Elle cherche d'autres témoignages qui parleraient d'elle enfant, quand elle tombe sur un classeur maladroitement confectionné de feuilles cartonnées blanches, perforées, sur lesquelles on a collé des photos légendées. Il s'intitule « Autopsie ». Sur la première page, on voit des gendarmes s'affairer autour d'une tombe. Il est mentionné en dessous : « 17 octobre 1998, exhumation du corps ». Suivent des photos de gendarmes autour de la pierre tombale déplacée. On retire le cercueil. Puis se succèdent des feuilles volantes, avec des photos d'organes. Le cœur. Page suivante, l'estomac. Page suivante encore, le cerveau. Elle hésite à regarder jusqu'au bout cet ennuyeux inventaire quand, soudain, elle saute sur sa chaise, face à une image choc. Elle en a le souffle coupé. C'est une photo de cadavre.

Un visage de mort, en gros plan, des taches brunes sur la peau. La lèvre supérieure s'effondre sur la gauche, rongée de l'intérieur. Elle reconnaît le cou de taureau, l'arc des sourcils. C'est bien son père. Le magnifique visage de son père, si dessiné. Son père en décomposition. Elle devrait s'enfuir mais il faut qu'elle regarde cette image d'homme mort, pour le faire vivre en elle. C'est une sorte de devoir envers lui. Douloureuse, elle tourne les pages suivantes. Le corps de son père nu lui apparaît, sur le ventre, puis sur le dos. Elle se sent honteuse de commettre cette indiscrétion. Heureusement – délicatesse du rapport de gendarmerie –, le sexe est flouté. Mais certaines parties du corps semblent vivantes, tel l'avant-bras dont la musculature est adoucie par quelques poils blonds. Elle reconnaît le poignet fin, l'os du cubitus saillant : « Ma patte de lapin, riait son père, je porte chance ! »

Si elle ferme les yeux, il est au volant de la voiture. Elle pose sa petite main sur la sienne pour changer les vitesses.

— On est bien tous les deux ! dit-il en lui adressant un sourire rapide.

Alors elle est la plus heureuse des petites filles. Heureuse d'être à la place d'une maman. Heureuse d'être enfin seule avec lui. Si fière que ce grand homme prestigieux soit son père. À mesure qu'ils s'approchent de Cernon, leurs rires s'éteignent. Ils parlent de moins en moins, puis plus du tout. Camille les attend, furieuse :

— Pas besoin d'une heure pour prendre de l'essence ! Au cas où tu ne le saurais pas, les invités arrivent ! Et toi, Céleste, file dans ton bain, toujours à traînasser !

Plus elle regarde les photos, plus elle reconnaît l'implantation des cheveux châtains sur le front, autour de l'oreille, le nez droit, la trace de la fossette sur la joue gauche. Elle s'étonne de la savoir par cœur. D'une certaine manière, elle a son père dans la peau pour l'avoir si souvent observé, aimé. Et elle l'ignorait. L'affaire Ménard-Ellis-Souffleau devient tout à coup réelle à ses yeux. C'est bien son père qui est là, mais avec des cils collés qui lui donnent un air bizarre, différent, déguisé. Céleste continue de tourner les pages. Le médecin légiste écrit ses constatations. Elle passe. Et, brusquement, elle grimace. Elle va se trouver mal. Il lui faut de l'eau. Elle n'arrive pas à reprendre sa respiration… C'est alors qu'une pimpante greffière vient « saluer l'écrivain ». Elle est avenante :

— Je suis tellement contente de vous rencontrer. On m'a dit que vous étiez dans nos locaux, alors je me permets de venir vous voir. J'ai toujours voulu écrire, dit-elle aimablement. Tout le monde me dit que mes SMS sont bien tournés ! Et puis, dans mon métier, on croise tellement d'histoires. J'en ai des tas à raconter. Si vous pouviez me donner quelques conseils…

Céleste la regarde fixement sans répondre. Et soudain, elle rugit comme une lionne :

— Mais qu'est-ce que vous croyez ! Qu'on écrit un livre comme une carte postale ! Qu'il suffit de bien tourner des SMS ! Savez-vous combien d'heures on passe à chercher le ton, la trame, un mot, une scène, une image, une comparaison, la chute, l'incipit ? Mais ce sont des mois, des années à vivre avec ses personnages, à les voir bouger, manger, dormir… Savez-vous combien de sacrifices sont faits pour que ces pensées, ces images, ces mirages deviennent une cohérence ? Aujourd'hui, tout le monde veut écrire, mais c'est un métier, madame ! Un métier qui s'apprend. Et qui demande une discipline de dingue, seul à sa table, à douter et à vivre hanté, coupé du reste du monde, et puis merde à la fin, est-ce que j'ai envie de devenir greffière ?!

— Vous pourriez, balbutie l'interpellée, qui recule devant l'assaut. Avec du travail, tout est possible…

— Du travail et du talent aussi… continue Céleste, qui se venge de son père, de sa mère, de sa vie brisée, et de cette photo qui vient de la bouleverser.

La greffière s'enfuit. Céleste se rassied. Il faut qu'elle ait le courage, la force de revoir… le visage du cadavre, et l'œil sorti de son orbite, énucléé. Il repose sur une multitude de petites aiguilles – pour examen. C'est un œil vivant, un œil qui accuse… Elle ferme les yeux. L'amour de son père lui revient par bribes. Elle se rappelle l'odeur du blouson de cuir qui se penchait vers elle, tout ensommeillée, au petit matin. Il lui caressait la joue, lui déposait un baiser sur le front. Toujours la même scène…

— Je pars en mission, chuchotait son papa. Au revoir, ma Chouchette. Sois bien sage avec Maman !

Elle voudrait mettre ses bras autour de son cou. Sentir sa joue mal rasée, passer la main dans ses cheveux en brosse, s'agripper à son torse fort et musclé. Il est si rassurant. Elle le laisse s'éloigner. L'amour est une faiblesse. Sans faire le lien avec sa peine, elle sent des larmes couler le long de ses joues en suivant la ligne d'escargot qui glisse le long de ses tempes et se perd dans l'oreille. La voiture démarre. Le bruit de moteur disparaît dans la nuit. Elle reste seule, dans l'obscurité, suspendue à cet au revoir. Elle pleurait comme elle pleure aujourd'hui. Une goutte s'écrase sur le dossier. Elle l'essuie vivement, à sa manière brusque. Elle ne reverra jamais son père. Il est mort. Mort et autopsié.

« Venge-nous ! » L'ordre de Mémé l'obsède. Sa mère et l'horrible docteur Cocotte savent-ils le mal qu'ils ont fait ? Ont-ils vu le corps décomposé, les taches brunes, la lèvre rongée de l'intérieur ? Ils l'ont tué, mais ils n'en ont rien vu. Les gens des pompes funèbres ont emporté le cadavre. Ils l'ont fait beau. Il avait l'air en paix dans son uniforme tout neuf, et souriant le jour de l'enterrement, sur sa belle photo en couleurs, celle d'un major aux yeux doux. Puis ils l'ont descendu six pieds sous terre. Sur sa tombe, Camille a oublié d'inscrire les dates : Marc Ellis, pas né, pas mort. Ils sont en prison, les deux criminels, mais aucune image ne les poursuit en leur rappelant, chaque jour, qu'ils sont des assassins. Et des assassins vivants, tandis qu'un homme est mort – par leur faute – et décomposé, rongé par des vers voraces. Céleste devient folle de rage et de haine devant cette injustice.

— Pas le droit de photographier ! a dit le greffier.

Elle l'entend dans son bureau passer un coup de téléphone. Ça ne va pas durer longtemps. C'est un homme pressé. Le cœur battant, elle lisse la page de l'œil énucléé pour qu'elle reste bien ouverte. Elle farfouille dans son sac pour trouver son téléphone. Elle regarde autour d'elle. Elle tremble. Elle cherche fébrilement la touche « photo », se lève à peine, tient son mobile devant l'image. C'est flou. La mise au point prend trop de temps !

Le greffier raccroche. Sa chaise raye le vieux parquet. Elle appuie sur la touche mais, le manque de lumière sans doute, ça ne déclenche pas. Elle hésite à se rasseoir. Enfin, elle entend le clic annonçant que la photo est prise. Le greffier est derrière elle. Il s'avance… le nez dans ses papiers. Il n'a rien vu. Elle retombe sur sa chaise, au bord de l'infarctus.

- 50 -

Quelques jours plus tard, Paul reçoit la lettre d'une étudiante en psychologie qui dit s'appeler Jeanne. Elle écrit une thèse sur le passage à l'acte criminel des gens ordinaires. Elle est arrivée jusqu'à Paul par le bouche-à-oreille. On lui a parlé de lui comme d'un homme intelligent, s'intéressant à la psychologie humaine. Comme d'un homme meilleur que la moyenne, victime d'une tragique sortie de route.

Il y a bien longtemps qu'on ne l'a pas traité en expert. Sans le savoir, cette étudiante lui rend une forme de statut. Sa lettre précise : « Au fond, ma question est la suivante : sommes-nous tous capables de tuer ? Mais avant que nous nous engagions dans cette conversation théorique, j'aimerais savoir, Paul : comment allez-vous ? »

L'ex-docteur Ménard reçoit du courrier. Ses enfants lui écrivent à un rythme mensuel pour donner de leurs nouvelles, envoyer des photos des enfants. Quentin s'est marié avec une femme merveilleuse, commerciale dans une entreprise de pneus. Ils ont une grande fille, Iliana, trois ans, et un petit garçon, Stanislas, six mois. Ils vivent à Clermont-Ferrand, une ville qu'ils jugent beaucoup plus reposante que Mexico. Manon, elle, s'est installée à Lisbonne. Elle est maman d'un petit Samuel qui n'a que onze jours de moins que son cousin. Hélas, ils se voient peu mais se retrouvent avec plaisir, à Noël, c'est devenu une tradition. Ils n'évoquent jamais leur mère.

D'anciens patients lui écrivent aussi, tel Fabien, qui est tellement heureux de n'avoir pas le sida, « grâce à vous, docteur ». Il a fait son coming out, il est pacsé. Son compagnon s'appelle Jérôme. Ils sont accueillis volontiers à la ferme des Rouelles. Francine leur cuisine des petits plats, tandis que son père range ses blagues homophobes et n'en pense pas moins. Quand il est éméché, il se tient les côtes en constatant que « sa bru a de la barbe et des couilles, et que son fils sera bientôt maman » !

Paul n'est donc pas abandonné. Mais un détenu ne reçoit jamais assez de courrier. Le ton de Jeanne lui plaît car elle le traite en confrère, s'intéresse à son sort et donne à ses lettres une tournure personnelle qui les rapproche.

Il l'imagine installée à son bureau : Jeanne réfléchit en jouant avec son stylo. Elle se demande avec honnêteté pourquoi elle s'intéresse au crime. Comment justifier cette curiosité ? Le voyeurisme n'est pas une explication, c'est un jugement. Elle pense, finalement, que « les hommes se révèlent dans des situations extrêmes ». « Là seulement s'expriment le courage, les faiblesses, les qualités humaines et morales, les peurs, les lâchetés. Le fait divers est un miroir grossissant de ce que nous sommes. Voilà pourquoi la psychologie ne saurait s'en détourner, explique-t-elle. Je serais très honorée, Paul, que vous acceptiez de m'aider à réfléchir à ce sujet. »

Il est un peu choqué qu'elle l'appelle Paul. De son temps, le respect passait par « monsieur », « vous »... Pour écouter quotidiennement la radio, il connaît la foire aux prénoms et au tutoiement. Il sera donc Paul, sans réserve. Il accepte de l'aider en lui prêtant l'âge de sa fille. Assis à sa petite table, sur sa chaise à pieds tournés, il réfléchit devant sa feuille de papier blanc. Il s'applique à écrire lisiblement, se fait violence pour l'appeler Jeanne en retour. Et, soucieux de passer pour un gentleman, il répond avec des mots choisis.

Merci, Jeanne, de me demander comment je vais. La prison n'est pas un lieu d'épanouissement personnel, mais disons que je vais bien. J'accepte mon sort. Quoi de mieux que l'acceptation ? Ma vie s'organise entre mes recherches sur l'autisme, mes lectures et mon rôle d'écrivain public. Certains de mes camarades sont si dépourvus de vocabulaire que je me demande si ce n'est pas un facteur prédisposant à la délinquance.

Avant de passer à la théorie, Jeanne demande à en savoir un peu plus sur le drame, comme elle l'appelle. Elle s'intéresse en particulier à la personnalité de Camille, « la grande ordonnatrice ».

Chère Jeanne,

Vous me demandez si Camille m'a aimé. Oh oui, c'était palpable à ces petits gestes qui révèlent les amoureux : redresser un col de chemise, rire aux éclats à une blague, se perdre dans mes yeux. Il y avait un tel emboîtement ! Elle m'écoutait avec avidité, retenait les mots, les expressions, les anecdotes. Parfois, je radotais, alors elle souriait : « Mais ça, amour, tu l'as déjà dit... » Oui, Camille m'a aimé, à certains moments, à sa manière, autant que Camille pouvait aimer. D'ailleurs, au procès, mon avocate Florence Abott l'a confondue grâce à ces détails qu'on avait saisis chez moi :

— Mme Souffleau prétend qu'elle n'est pour rien dans le meurtre de son mari. Et qu'elle a découragé la passion du docteur Ménard. Et ce petit cœur que vous avez dessiné, est-ce pour le décourager ? Et ce petit mot : « Bonne journée, mon Paulo d'amour », est-ce pour le décourager ? Et ce « Je t'aime, mon bel homme aux yeux violets », était-ce encore pour le décourager ?

Indéniablement, elle m'aimait.

Hélas, je pourrais affirmer, avec autant de conviction, qu'elle ne m'aimait pas. Qu'elle ne m'a jamais aimé. Car pas un instant elle n'a pensé à moi. Et aux conséquences que notre acte aurait sur ma vie. Camille est bien trop égocentrique pour aimer qui que ce soit. Si elle est capable d'amour, c'est à la manière d'une comédienne jouant son rôle à la perfection. Sinon, comment expliquer qu'elle tue son mari et se rende, éplorée, sur sa tombe ? Qu'elle achète à sa fille de jolies robes et la rende laide en massacrant ses cheveux ? Qu'elle la traîne partout et la congédie : « J'ai horreur des gosses ! » Elle était Céleste dessinant. Elle était Sophie téléphonant. Elle était Camille femme battue. Et la femme aimante et bonne mère que j'ai aussi connue. La graphologue l'a expliqué au procès : elle possède une personnalité aux contours flous, si bien qu'elle se glisse dans des identités d'emprunt avec art et authenticité. Voilà pourquoi elle est si convaincante.

Vous me demandez si elle avait projeté ce crime avant notre rencontre. Je ne crois pas à ce machiavélisme. Elle a improvisé les roses, le personnage de Sophie, les coups, les tournantes... Et comme je marchais, elle a continué. Nos discussions alimentaient ses mensonges. Je me rappelle lui avoir parlé de ma haine viscérale envers les cogneurs de femmes. Quelques semaines plus tard, elle en devenait victime. Si elle avait été machiavélique, nous aurions réussi le crime parfait.

Son immense ego est la clé de toute l'histoire. Elle est comme une fleur asséchée qui se déploie quand on l'arrose. J'ai aimé toutes ces Camille. Elle me fascinait. Sa personnalité était si riche et perdue. Quelque chose en elle n'était pas construit. Parfois, son regard devenait absent et d'une tristesse si profonde que j'aurais voulu la bercer, la protéger et même l'enfouir en moi, dans mon ventre, pour la calmer. Pourtant, je devais bien constater que mon amour était de moins en moins opérant. Je ne parvenais plus à lui offrir ce bonheur qui la rendait si belle. Ne pas pouvoir la guérir était mon drame de médecin et d'amoureux.

Céleste lâche la lettre. Ces confidences la dégoûtent. A-t-il oublié qu'ils ont tué un homme ? Elle se lève pour préparer un thé. Elle regarde au-dehors les toits de Paris. Ses voisins s'affairent de l'autre côté de la cour. Elle a du mal à se calmer. Elle revient à son bureau et recommence à lire, comme on se remet à une tâche rebutante :

Avez-vous lu l'article paru à mon sujet, lors du deuxième procès ? Un journaliste a demandé à mes anciens patients s'ils me reprendraient comme médecin traitant, après ce que j'avais fait. Eh bien, savez-vous combien ont dit oui ? Quatre-vingts pour cent ! Vous vous rendez compte, Jeanne, quatre-vingts pour cent me confieraient encore leur santé, leur vie et celle de leurs enfants !

Céleste n'en revient pas ! Elle marche de long en large. La tolérance extrême est aussi folle que son contraire. Tout est possible, tout est permis. C'est tout juste si on ne parle pas du « pauvre docteur Ménard ». Oubliés, le major mort, Mémé, Céleste et leurs vies en lambeaux ! Un monde sans mémoire est-il sans cœur ? On nie les victimes en pardonnant aux assassins. Céleste fulmine et… Jeanne remercie Paul de sa confiance.

Il est encore un point qu'elle voudrait creuser avec lui. Qui était Céleste ? Quelles étaient ses relations avec sa mère ? Paul répond d'autant plus volontiers qu'il n'est pas question de son crime.

Chère Jeanne,

Vous me demandez qui était Céleste. Une drôle de fille assurément. Vive, intelligente, très observatrice mais d'une manière clinique. On aurait dit qu'elle prenait des notes. Camille se sentait jugée et, à vrai dire, moi aussi. Nous étions des insectes sous son microscope. En sa présence, je me sentais en faute, coupable d'aimer sa mère, coupable de prendre la place de son père, coupable de lui faire un cadeau (vu la façon dont elle le recevait), coupable de la solliciter pour qu'elle existe dans la conversation.

Pour tout dire, j'étais plein de bonnes intentions mais découragé, voire hostile, tant elle me mettait mal à l'aise. Elle avait le même comportement froid et analytique avec sa mère. Parfois, elle devenait tyrannique. Elle exigeait ceci ou cela. À d'autres moments, elle semblait soumise. Elle portait ses paquets, débarrassait la table, ramassait son manteau. Voilà qui la rendait très mûre, très débrouillarde pour son âge.

Si j'avais été un peu moins absorbé par Camille, un peu moins épuisé, j'aurais su que le dessin – vous savez de quoi je parle, sans doute – ne pouvait pas être de sa main. Céleste n'aurait jamais écrit : « Au secours, docteur Cocotte, sauve Maman. » Elle était bien trop orgueilleuse pour me supplier. Bien trop distante pour m'appeler ainsi, familièrement, bien trop mesurée pour cette emphase. Tout cela ne lui ressemblait pas. Bêtement, je me suis dit qu'elle commençait à m'aimer bien.

Il me revient une anecdote sur Camille et sa fille qui peut vous intéresser. Un jour, j'ai cru faire un compliment à sa mère en louant la beauté de Céleste. Elle avait des cheveux admirables cuivrés et bouclés. « Quelle belle chevelure ! » ai-je dit, admiratif. Camille n'a pas réagi sur le moment mais, quelques jours plus tard, l'enfant avait les cheveux coupés. « Un problème de poux », a justifié Camille. Était-ce vrai ? Je ne l'ai jamais su.

Le résultat était affreux. On aurait dit une condamnée avant le bûcher. De jolie, la pauvre Céleste était devenue presque laide. J'espère avoir répondu à votre question.

Amitiés,

Paul

Jeanne poursuit son exploration des acteurs du drame. Paul Ménard essaie d'être aussi vrai que possible. Il est heureux de servir la science. Il se sent en confiance.

Céleste en profite pour glisser une nouvelle question, beaucoup plus crue que les précédentes : « Vous rendiez-vous compte que vous mettiez à mort le major Ellis ? »

Il la reçoit dans l'estomac. Il n'a pas envie de répondre. Se sentir coupable est une chose. Se souvenir de quoi exactement en est une autre…

Il met plus de dix jours avant d'écrire :

Chère Jeanne,

Votre question est bien cruelle, car elle m'oblige à revivre des heures que j'aimerais oublier, mais, par amitié – et par hygiène personnelle –, je dois faire l'examen de conscience que vous me demandez. Je vais donc me replonger dans ces moments terribles. Oui, je me disais que j'étais en train de tuer, non pas un homme, mais une brute qui le méritait. Car, à mes yeux, c'est lui qui faisait le mal et pas moi ! Depuis, j'ai beaucoup lu et je sais que toute guerre est précédée d'un conditionnement.

On commence par vous dire qu'un homme (votre ennemi) menace votre famille, votre pays, vos biens. Puis on vous raconte qu'il ne pense et ne ressent pas les choses comme vous : est-il même un être humain ? Enfin, si vous ne le tuez pas, c'est lui qui vous tuera. La fameuse logique du : c'est lui ou moi. C'est ainsi que l'on part faire la guerre, la fleur au fusil, que l'on extermine un peuple, que l'on massacre son voisin. Bien conditionné, l'homme ordinaire est capable du pire. Or, j'ai été conditionné par Camille Ellis. Pendant des semaines, elle et Sophie m'ont martelé que Marc était une brute néfaste, toxique, et qu'il fallait l'éliminer.

On ne devrait jamais croire les jugements sans nuance. Mais j'étais faible ou plutôt affaibli par le manque de sommeil, l'angoisse, l'épuisement. Avais-je conscience de me sacrifier ? Mais oui, naturellement. Je me prenais pour une sorte de héros de la cause des femmes. Comme les soldats sacrifient leur vie en se glorifiant d'être patriotes, avec le secret espoir d'en réchapper.

Et puis un jour on est en prison ou blessé ou malade et là, on ne se « sent » plus, on se « sait » mortel, ce qui est très différent…

Héroïsme, sacrifice… Céleste est outrée par le vocabulaire de Paul. N'a-t-il donc rien appris ? Elle décide d'écrire une dernière lettre. Paul répond par retour de courrier.

Chère Jeanne,

Vous me demandez quand j'ai compris la mystification. Au procès. Et quand j'ai cessé d'aimer Camille ? Au procès. Très exactement au moment où la présidente a montré le courrier de Camille se plaignant au juge de mon « harcèlement ». Pour l'aider à supporter son sort, je lui envoyais des lettres que je croyais pleines de poésie, illustrées de dessins d'oiseaux, de fleurs. Je voulais l'enchanter, la distraire, et elle se plaignait de moi au juge ! Sa duplicité m'a sauté aux yeux. Elle m'a dégoûté. Camille est une faussaire du sentiment. Elle a toujours été double : avec le major, avec sa fille, avec moi. Aimer, c'est aimer un corps et une âme, une façon d'être au monde autant qu'un physique. Or, d'un coup, l'âme de Camille m'a donné envie de vomir. C'était la fin.

Bien affectueusement,

Paul

Il s'est attaché à cette étudiante exigeante et profonde qui l'oblige à réfléchir. Il y a si longtemps qu'il n'a pas eu d'interlocuteur. Il est heureux que son expérience tragique puisse lui être utile. Mais, brutalement, Jeanne cesse tout contact, ne pose plus de questions, ne répond plus à ses lettres. Face à ce silence, il se sent floué, une nouvelle fois. Elle l'a dépossédé jusqu'à la moelle. Il se reproche d'avoir tout livré, sincèrement, une fois de plus. Il a cru à une amitié. Il n'était qu'un objet de curiosité à interviewer.

- 51 -

Céleste téléphone à la prison pour obtenir un parloir avec Paul Ménard. L'administration lui répond qu'il a été libéré.

— Quoi ?! Si vite !

Elle entre en fureur.

Son interlocuteur lui explique :

— Ici, on n'est pas en Amérique. On ne colle pas mille ans de prison. À mi-peine, un agent de probation étudie le dossier. Parce que soit le détenu a compris la sanction et il n'a pas l'intention de récidiver, soit il est irrécupérable. Plus on durcit l'incarcération, plus on la prolonge, plus on fabrique des bombes à retardement. C'est pour ça qu'on allège le régime carcéral : on appelle les détenus par leur nom, on les laisse sortir en journée. On essaie de se comporter en êtres humains, de les considérer comme des personnes. C'est un parti pris, parce que c'est dur, la prison, vous savez…

— Être assassiné aussi, c'est dur ! assène Céleste.

— Bon, je dois vous quitter. Je n'ai pas vraiment le temps d'analyser la politique carcérale de la France. Adressez-vous au garde des Sceaux, mais je pense qu'il vous dira la même chose que moi.

Le gradé raccroche. Céleste fait de même, excédée.

Comment va-t-elle retrouver Paul ? Par son avocate ? Par Internet ? Il faut qu'elle réfléchisse… Toute cette histoire la préoccupe. Elle se concentre de moins en moins. Elle dort mal, mange peu. Son travail devient moins précis.

Par chance, dix-huit jours plus tard, elle trouve dans son courrier un petit paquet de format rectangulaire. Elle reconnaît l'écriture serrée et tremblée de Paul. C'est un cadeau qu'il lui fait, un livre qu'il a trouvé sur les quais de la Seine. Il est écrit par un psychiatre qui analyse les mécanismes du crime passionnel. Il espère qu'elle va bien et que la rédaction de sa thèse avance. Pour l'instant, il séjourne dans un foyer de réinsertion. Il doit réapprendre à vivre dans un monde qu'il ne connaît plus. Dans quelques mois, il s'installera à Nancy pour commencer une nouvelle vie. Il espère la rencontrer un jour ou, à défaut, avoir de ses nouvelles.

Céleste relit la lettre plusieurs fois. L'expression « nouvelle vie » lui est intolérable. Son père aurait bien voulu continuer la sienne, tandis que, lui, l'assassin, va retrouver l'air pur, s'offrir de bons petits plats, se faire des amis, rencontrer l'amour, peut-être, car certaines femmes raffolent des criminels, paraît-il. Céleste répond :

Cher Paul,

J'ai eu si peur de vous perdre ! Je ne savais pas comment vous joindre. Merci infiniment pour ce livre qui me sera précieux, mais moins que vos analyses et votre expérience. Moi aussi, j'aimerais beaucoup vous rencontrer. Que diriez-vous du quartier de l'Odéon, la semaine prochaine, par exemple jeudi, 17 heures ? C'est central, au Café des Éditeurs, puisque les livres vous ont accompagné pendant votre incarcération.

Bien cordialement,

Jeanne

Boiseries, livres à portée de main, chauffeuses en cuir rouge. C'est un lieu cosy pour une vengeance mûrie.

Paul, libéré, doit réapprendre à vivre. Le jour l'aveugle. La nuit l'effraie. Il ne sait plus conduire, ni payer, ni parler. Facebook, Twitter, Insta sont, pour lui, du chinois. Il se sent illettré dans son propre pays. Tout l'agresse : la lumière crue, les passants pressés, les couleurs criardes, les enseignes, la musique, les coups de klaxon, les voitures, les bus, les vélos qui surgissent. Il manque de se faire bousculer. Tout indique que le temps a passé. Un chanteur autrefois brun apparaît sur une colonne Morris vieilli, épaissi, les cheveux blanchis. Paul se sent dépassé, à côté de la plaque. Qu'a-t-il de commun avec ces innocents attablés aux terrasses, qui sirotent leur cocktail en devisant ? Rien. Rien du tout. Son monde désormais est celui des paumés, des taulards, des exclus et de la Ricoré.

Il se redresse, Tarzan serait fâché qu'il s'apitoie. Il franchit la porte à tambour. Son corps amaigri flotte dans ses vêtements démodés. Il cherche des yeux une jeune fille, mais laquelle ? Il n'a pas pensé à demander une photo de Jeanne ou une description physique. Manon lui sert de référence. Y a-t-il une queue-de-cheval dans la salle ? Interrompant son tour d'horizon, il sursaute. Il a reconnu quelqu'un. Cette lumière parmi les ombres, ce cou gracile, ces boucles blondes qui s'échappent d'un chignon, la naissance des épaules, les fines chevilles serrées l'une contre l'autre, les gants blancs, le petit sac posé à côté d'elle, les talons hauts. Il s'approche, tremblant.

— Camille ?!

Sa voix s'enroue. Il répète un peu plus fort :

— Camille ?

Il reste interdit. Lentement, la femme dévoile une pommette, une aile de nez, son front, ses yeux… C'est elle, même peau, même structure de visage, même joue ronde, enfantine, délicieusement modelée. Mais Paul réalise que cette femme est bien trop jeune pour être Camille, Camille toujours emprisonnée.

— Céleste ?

Céleste est une enfant… Non, une femme, mais ce n'est pas elle qu'il vient voir… Tout s'embrouille.

— Céleste ?

La femme en blanc se retourne entièrement et plante sur lui son regard bleu.

Céleste a les yeux noisette… Il ne comprend rien.

— J'attendais Jeanne, dit-il, dérouté.

— Mais je suis Jeanne, dit Céleste.

— Vous êtes… Expliquez-moi !

Il s'assied, secoué. Un serveur s'approche. Il ne sait plus choisir.

— La même chose que mademoiselle… que madame… Un café, merci beaucoup.

Il ne sait plus quels termes employer. Il est choqué. Pour lui, commander une consommation est le bout du monde. Elle jubile. Elle a réussi son effet. Le fond de teint, la perruque blonde, les lentilles bleues, la robe blanche de sa mère. Dans le minuscule sac à main assorti, elle a glissé sa carte bleue, ses clés et l'arme de sa vengeance.

Elle va prétendre qu'elle est mariée et mère d'une petite fille ravissante. Poli, il demandera à voir l'angelot blond qu'elle décrit. Elle sortira son téléphone de son sac et… lui plantera sous le nez l'abominable image d'énucléation, en la commentant :

— Voici mon père, ou plutôt, ce qu'il en reste, ce que vous en avez fait. Voyez la lèvre rongée, les taches brunes de décomposition, regardez bien… et son œil, cet œil qui vous accuse. Rappelez-vous ces vers : « L'œil était dans la tombe et regardait Caïn. » Caïn, c'est vous !

Il aura une réaction d'effroi.

Elle enfoncera le clou en termes crus :

— Pendant que vous mangez, pendant que vous dormez, mon père pourrit.

Il en fera des cauchemars. Il ne verra plus une bouche sans penser à Marc, plus un œil sans penser au sien. Même une peau tavelée sera évocatrice. Paul ne dormira plus sans faire des cauchemars, le cauchemar d'un œil accusateur sorti d'outre-tombe. Et cette amande enrobée de chocolat sur le bord de la soucoupe, il n'osera plus la croquer puisque Marc ne mange plus, ne boit plus, ne respire plus. Et là, enfin, son père et Mémé seront vengés, car l'abominable docteur Cocotte prendra, alors, la pleine mesure de son crime !

Paul pique du nez vers sa tasse de café. Il agite nerveusement sa cuiller. L'amande est intacte. Il n'arrive pas à regarder Céleste dans les yeux. Il ne sait pas quoi dire ; il a tellement honte. Il garde la tête baissée.

Elle note la calotte blanche et chauve de son crâne ridé. Elle voit son cou maigre et fripé comme celui d'un poulet. Elle remarque l'imper usé dans lequel il se noie. Où est passé le grand docteur Ménard, si vif, si sûr de sa science ? Celui que les passants saluaient et que les patients gâtaient ?

Il sort de sa poche un porte-monnaie miséreux. Il en extrait un billet de dix euros plié en quatre, qu'il dépose précautionneusement sur la note imprimée.

Elle pense à sa propre vie, solitaire et brisée, emplie de mille souffrances. Ses yeux rougissent, son nez s'enflamme. Tout ce gâchis, toutes ces ruines autour d'elle. Devant ce vieux monsieur exsangue, elle se sent gagnée par une sorte de pitié. Une pitié universelle qui les englobe tous les deux. Assez de drame ! Elle n'ajoutera pas de malheur au malheur. Saturée de noirceur jusqu'à l'écœurement, elle a besoin de calme, de paix et de bonté. Son téléphone regagne sa place, dans le petit sac, qu'elle ferme et repose sur ses genoux.

Paul a pris une expression tragique. Il est désolé, tellement désolé pour tout, pour son père, pour elle… Il s'en veut. Il bredouille. Céleste pleure. Son rimmel coule. Il fait mine d'avancer la main pour prendre la sienne, mais se retient.

Peut-il encore s'autoriser à avoir du cœur ?

- 52 -

De retour chez elle, Céleste ôte son déguisement. Elle retrouve la couleur de ses cheveux, nettoie sa peau plâtrée, jette ses lentilles à la poubelle. Elle replace les reliques de sa mère dans le plus bas tiroir de la bonnetière. Elle enfile les grosses chaussettes qui lui servent de chaussons, un pyjama large et duveteux orné d'un nounours sur la poitrine. Elle ébouriffe ses cheveux et décide de se mettre au travail, confiante.

D'habitude, elle ignore la panne d'inspiration, le syndrome de la page blanche. Il lui suffit de relire ses notes, de s'installer devant son écran et les phrases jaillissent, simples et justes. Mais revoir Paul l'a bouleversée. Incapable de se concentrer, elle marche dans l'appartement, regarde par la fenêtre, le ciel gris, les voisins qui cuisinent, se disputent, s'apprêtent à sortir. Elle consulte son agenda. Elle doit rendre son manuscrit dans dix jours. Un délai serré mais tenable : elle dormira peu et travaillera la nuit.

En réalité, elle n'aura pas la paix tant qu'elle n'aura pas ouvert ce cahier intitulé « Céleste », écrit de la main de sa mère. Mais pourquoi a-t-elle si peur de le lire ? L'a-t-elle déjà feuilleté ? Des fleurs et des oiseaux illustrent une couverture colorée. Elle imagine sa mère enceinte, la choisissant avec soin. La première page est écrite à l'encre bleue. Le tracé est rond, les majuscules nombreuses et démesurées.

14 août 1989

Ma fille est née à 14 h 36. Dix heures de travail. J'ai cru mourir.

Le docteur V. m'a trouvée « vaillante ». L'enfant mesure quarante-neuf centimètres. Elle pèse 3,150 kilos. La sage-femme m'a félicitée : elle est parfaite ! Les oreilles bien collées. Une peau impeccable. C'est le plus joli bébé de la maternité. Heureusement, je n'aurais pas supporté qu'elle soit laide. J'ai quand même eu du mal à la prendre dans mes bras à cause de cette écume sur la peau. On aurait pu me prévenir !

On l'a appelée Céleste. Pour une enfant tombée du ciel, après tant d'années de patience, c'est bien trouvé.

Son père l'adore, mais c'est tout de même moi qui l'ai portée !

Je n'allaiterai pas.

17 septembre 1989

Je suis montée sur la balance : affreux, sept kilos de plus !

Céleste tourne les pages fébrilement, une à une, puis par paquet. C'est tout. Sa mère n'a plus rien à dire…

Céleste s'effondre devant ce vide. Elle sanglote. Elle suffoque. Elle cherche dans l'armoire à pharmacie un tranquillisant pour arrêter ce flot, n'en trouve pas. Elle se couche, se relève, se recroqueville face à la bonnetière. Elle se balance, d'avant en arrière, comme les autistes, les fous, les malheureux à crever.

Elle ouvre la fenêtre. Elle entend le bruit mat que ferait son corps en s'écrasant dans la cour. A-t-on le temps de penser ? Combien de temps ? Quel échec de se dire que personne ne sera là pour la regretter. Elle a du mal à respirer. Elle va appeler les secours, les urgences psychiatriques. Sauter par la fenêtre pour que sa mère regrette tout le mal qu'elle a fait.

Céleste ne sait pas être heureuse. Mais, par chance, Mémé lui a appris à ne pas se faire de mal. Il faut qu'elle crie pour se libérer. Ou qu'elle enfile ses baskets pour aller courir. Elle n'a pas cette force. Elle ne peut que s'accroupir et se bercer en pleurant… Et soudain, elle pense à la plaque à l'entrée de son immeuble :

Docteur Christophe Parrant
Psychiatre

Dans le petit monde des auteurs, chacun a son psy. Elle, se confier à un Jivaro, à un réducteur de tête ? Comme tout le monde ? Jamais de la vie ! Elle se relève, enfile une vieille veste, fait chauffer de l'eau pour boire l'une de ces tisanes qui lui rappellent Mémé. En revenant à son bureau, elle googlelise le docteur Parrant. Sur Internet, on dirait un vieux mafieux napolitain. Visage rond comme la lune, cheveux rares, petits yeux vifs. Les commentaires le décrivent comme un spécialiste « compétent, à l'écoute ».

Elle tremble comme une feuille. Elle vide la camomille dans l'évier, se sert un premier whisky, puis un second. L'angoisse ne passe pas. « Je recommande un suivi psychothérapeutique », notait l'expertise. Elle ne sait plus quel jour ni quelle heure on est, mais elle sent que le moment est venu d'écouter ce conseil.

Elle sort de son appartement, descend l'escalier, s'arrête au troisième, hésite, se retourne, grimpe quatre marches, redescend. Elle est au deuxième. Elle s'aperçoit qu'elle est en chaussettes, qu'elle serre un nounours sur sa poitrine ! Elle s'apprête à remonter chez elle, s'assied sur une marche. Elle se sent si mal. Elle voudrait pleurer pour chasser cette boule qu'elle a dans la gorge. Elle n'y arrive plus.

Elle se relève vivement. Elle descend jusqu'au premier, jusqu'à la porte où une plaque dorée répète :

Docteur Christophe Parrant
Psychiatre

Elle fixe les lettres sans bouger. Elle sonne. Pas de réponse. Elle sonne de nouveau, décidée.

Toujours rien. Elle sonne en continu. Du bruit à l'intérieur, un pas traînant, des mots sans impatience :

— Oui… oui… j'arrive…

Une voix d'homme. La porte s'ouvre. Il est conforme à la photo Google. En plus… endormi. Ses quelques cheveux en bataille. En kimono orange et noir. D'une voix ensommeillée, il interroge :

— Oui ?

Céleste tangue d'un pied sur l'autre, les bras croisés contre elle, comme si elle grelottait. Elle doit paraître complètement folle, vêtue comme en plein hiver, debout sur le palier d'un inconnu.

— Euh, je suis votre voisine du sixième…

— Oui ?

— Et… j'ai vu que… votre plaque… Enfin, je suis passée plusieurs fois devant… et…

— Oui ?

— Je ne vais pas bien du tout.

Elle s'étonne de l'avoir dit. Car maintenant qu'elle l'a dit, elle ne va pas mieux… mais pas si mal. Et mal, mais pas tout le temps, mais beaucoup plus… ou plutôt moins, puisqu'elle l'a dit… Les fibres du tissu se resserrent sous ses doigts crispés. C'est l'évidence… C'est criant…

— Et ? répète le psy.

— Est-ce que… Enfin est-ce que… Est-ce que vous pouvez… ?

Elle désigne l'intérieur de l'appartement. Pourrait-elle entrer ? Jamais elle n'a demandé d'aide et… elle vient de le faire. L'enjeu est vital.

— Euh…

Il hésite. Il montre le pyjama rayé qui lui tombe sur les pieds. Des pieds… nus.

Elle comprend que le moment est mal choisi.

— S'il vous plaît, j'ai tellement besoin qu'on m'aide… Ma mère a tué mon père. J'ai menti. C'est ma faute. Elle est en prison. Je l'ai abandonnée…

Le psychiatre hésite, sourit avec bienveillance.

— Bon, si c'est une urgence !

Et il s'efface pour la laisser entrer.

- 53 -

Huit mois plus tard

La veille, emprunter la route nationale qui mène au centre de détention. Dormir à l'hôtel Formule 1 le plus proche. Se retourner dans son lit toute la nuit, se réveiller à l'aube, prendre une douche interminable pour gagner du temps. Hésiter à se maquiller. Ne pas le faire, finalement. Avaler un café en vitesse, fumer une cigarette empruntée, tousser, reprendre sa voiture. Se perdre entre les échangeurs, repérer une architecture concentrationnaire, dans un no man's land. Ne pas pouvoir imaginer que sa mère y vive.

Longer le mur d'enceinte. Se garer à des kilomètres. Marcher au milieu des familles, comme en plein exode. Le défilé de la misère. Faire le pied de grue. Recloper. Parler pour parler, avec une fille en noir, jupe courte, ventre à l'air, piercing dans le nez.

Ne sentir que son cœur battant et sa peur au ventre. Vouloir rebrousser chemin, aller vivre ailleurs, à l'autre bout de la terre. Entendre l'annonce : « Les parloirs de 10 heures, vous pouvez entrer. » Suivre le flot, dans le couloir aux murs bleu ciel, passer les contrôles, déposer ses clés, ses papiers, laisser fouiller son sac, ses poches, ses formes.

Et attendre encore, en transpirant de trac.

Céleste n'a pas vu sa mère depuis vingt ans. Peur de la voir abîmée, vieillie. Peur des reproches qu'elle pourrait lui faire. Peur de souffrir par elle, encore. Peur d'affronter son orgueil, sa haine, son indifférence. Peur d'avoir pitié d'elle, terriblement. Se souvenir que Camille aime surtout Camille.

La porte s'ouvre. Céleste retient son souffle. Elle aurait dû enfiler un vêtement moins chaud. Cette manie de s'envelopper dans une couverture en toute saison ! Son front, ses joues doivent briller. Sa mère jugera le tout « inesthétique ». La surveillante s'éclipse. Une ombre s'avance et la pièce s'éclaire soudain d'une aura particulière.

Camille porte un caftan d'or, un turban moiré dans les cheveux, du kôhl sur les yeux. Céleste retrouve sa fascination de petite fille devant cette belle femme, si lumineuse. Par comparaison, elle se trouve si commune !

Son visage est à peine griffé. Ses yeux sont toujours aussi bleus. Des boucles blanches encadrent son visage délicat. Elle rayonne encore. Céleste en a le cœur pincé. Apparemment, Camille n'a souffert ni de son crime, ni de sa fille absente. Elle s'assied en face de Céleste et lui sourit simplement.

— Je me suis lavé les cheveux pour toi, dit-elle en ôtant son bandeau.

Elles restent silencieuses.

— Comment tu trouves ? demande Camille en désignant la série d'anneaux dorés qui orne son poignet. C'est un cadeau de mon amie Leïla. Elle est marocaine, précise-t-elle.

Céleste se juge « minable » sans maquillage, le pull informe.

— C'est un joli bracelet, un semainier ? demande Céleste.

Camille élude.

— Tu as l'air bien, dit Céleste.

— Détrompe-toi ! J'ai toujours ces maux de tête. On ne sait pas ce que j'ai, évidemment. C'est bien moi de ne rien faire comme tout le monde. On est assez bien soignées ici, j'ai passé des examens, les infirmières sont compétentes, mais il est très difficile d'obtenir des informations, y compris sur sa propre santé. Je prends des médicaments, de toutes sortes, sinon je ne tiendrais pas. Et toi, tu en prends ?

Céleste la regarde, abasourdie.

— Des médicaments ?

— On nous les distribue le matin. C'est la seule chose qui soit faite dans les temps. Sinon je m'occupe. J'ai monté une sorte de petite entreprise. Décoratrice-styliste. C'est fou ce qu'on peut faire avec trois bouts de chiffons. J'habille les femmes, les murs, les meubles. Je suis très connue, tu sais. Sur mes conseils, elles achètent du tissu et j'en fais des reines. Elles me paient, pas en argent, mais en services : du ménage, des gâteaux, du parfum. Tu sens ? dit-elle en tendant son cou vers sa fille.

Céleste a un mouvement de recul.

Camille passe à autre chose.

— J'ai aussi appris à couper les cheveux. Décidément, j'ai de l'or dans les mains. Et toi ? Tu as revu des gens ? Je n'ai pas de nouvelles.

— J'ai revu Paul.

— Paul qui ?

— Paul Ménard.

— Ah lui ! lâche Camille qui retrouve la mémoire. Tu l'as revu ? s'étonne-t-elle. J'espère que tu es bien consciente que, sans lui, ton père serait toujours vivant !

— J'essayais de…

— Oui, on essaie tous, mais toi, au moins, tu as la chance d'être libre.

— La chance ?

— C'est ce que j'ai appris en prison, dit Camille. À positiver. Ça change la vie. Tu devrais essayer. Enfant, tu étais si sombre…

— Pas très heureuse, peut-être…

— Comment ça, pas très heureuse ? Mais tu avais tout ! Tu étais vêtue comme une princesse, tu étais nourrie, tu allais à l'école, tu avais des jouets à ne savoir qu'en faire et ta mère pour toi toute seule. Alors, pas très heureuse, de quoi, au juste ? Et moi, que devrais-je dire ?

Céleste baisse la tête.

Camille la dévisage.

— Et qu'est-ce que tu fais comme métier ? demande-t-elle gentiment.

— J'aide des gens à écrire, je revois leurs textes…

— Ah ! C'est bien. Moi aussi, j'aurais aimé écrire. Quel genre de gens ?

— Des chanteurs, des acteurs, des sportifs aussi…

Camille tire sur un fil de sa manche de caftan. Elle paraît s'ennuyer.

— Et tu gagnes bien ta vie ?

— Suffisamment.

— J'ai besoin de serviettes de toilette et d'une couverture. Mon rêve, c'est de dormir dans des draps propres et doux. Avoir du beau linge, de marque… Tu en as, toi ? Mais peut-être que tu n'as pas le temps…

— Si, si, bien sûr.
— Tu es mariée, tu as des enfants ?
— Non, je t'aurais écrit pour te le dire.
— Ça te manque ?
— Quoi ?
— Un mari, des enfants…
— Pas pour l'instant.
— Tu as raison. Il ne faut jamais regretter. Et tu vivais où, toutes ces années ?
— Chez Mémé.
— Ah ! Je comprends mieux ton silence ! Elle n'a jamais pu me supporter. Du jour où elle m'a vue. Il faut dire que belle-mère, belle-fille (elle fait un geste de friction), c'est toujours la guerre. Je lui volais son fils chéri. Impardonnable ! Son mari avait plus de classe. Tu te souviens de ton grand-père ? Dommage, ce sont toujours les meilleurs qui partent en premier.

On entend des bruits dans le couloir. C'est la surveillante qui signale la fin du parloir.
— Tu es belle, ma chérie, et… tu t'habilles, tu te maquilles quelquefois ?

Céleste opine.
— Mais pas pour ta mère, bien sûr…

Céleste la fusille du regard.
— Je plaisante, dit Camille en lui posant la main sur le genou. Tu n'as pas changé, sourit-elle, toujours ce petit manque d'humour, à ce que je vois. C'est pas grave, tu as d'autres qualités. Sans doute.

Avant de partir, elle ajoute :
— J'ai été très malade, tu sais. On m'a opérée, un triple pontage, tiens, regarde…

Elle remonte un pan de son caftan, en le roulant sur lui-même.

— Tu vois la cicatrice…

Elle attrape le doigt de sa fille et le fait remonter le long d'une ligne de peau rouge.

Céleste détourne les yeux et bloque sa respiration pour ne rien sentir de cette nudité qui l'incommode.

La surveillante rappelle la fin du parloir.

— Tu n'y mets pas beaucoup du tien, constate Camille. Tu ne m'as jamais supportée, c'est comme ça depuis le début. Toujours à faire la tête. Que ça ne t'empêche pas de saluer la vie pour moi ! Et… d'envoyer du linge à ta mère, dit-elle en éclatant d'un rire mélodieux.

Elle disparaît en laissant Céleste hébétée, perplexe, furieuse, coupable, diminuée, sous le charme…

Sur le parking de la prison, dans sa voiture à l'arrêt, elle en tremble encore.

Elle tire son mobile de son sac, cherche un contact dans ses favoris, se met à pleurer pendant la sonnerie.

— Allô, docteur Parrant ?

- 54 -

Vingt ans après la mort de Marc Ellis
15 juillet 2018

Si on sait regarder, écouter, la beauté est partout, gratuite, à portée d'œil et d'oreille. Paul arpente les rues et s'en repaît. C'est un visage, une voix, le pavement d'une place, le dessin d'une porte, la couleur d'un mur, l'amour qui se lit dans un geste… Néanmoins, il est seul. Et triste.

Il a choisi d'habiter Nancy, un studio minuscule à proximité de la place Stanislas pour sa grille ouvragée, son dallage noir et blanc, et l'imposante statue du roi de Pologne devant les allégories de l'horloge : la Prudence et la Justice. La prison s'éloigne mais le travaille encore, par petits cercles concentriques, à bas bruit, à la manière d'un ténia qui parasite des intestins.

Il y a tant de choses qu'il s'interdit : aimer, rire, trinquer, jouer aux boules, engager une conversation. Parfois, il voudrait crier : « Vous voyez, je suis libre mais, pour moi, rien n'est simple, rien n'est permis. Condamné à vie, voilà ce que je suis ! » Il se sent en marge, irrécupérable, sans voir qu'il s'exclut lui-même et se punit.

Il se mêle à la foule parfois, comme ce soir, finale de Coupe du monde de football 2018. La place Stan est noire de monde. Un écran géant diffuse le match France-Croatie. Mbappé, Griezmann, Lloris… Quand l'arbitre siffle la victoire de la France, c'est une explosion de cris. Des jeunes, des vieux, des parents, des enfants, des supporters déguisés et grimés sautent de joie dans un même élan. Accolades, embrassades et turlututu…

Paul assiste à cette euphorie le cœur chagrin. Il repense aux parties de foot avec Quentin. À Hélène et Manon, habillées en tricolore, lors des fêtes du bicentenaire de la Révolution. Langues de belle-mère, pétards, klaxons… quel vacarme ! Il voudrait se boucher les oreilles, assourdir les cris, les flonflons, les hurlements. Assister à cette liesse, magnifique, sans le son.

Il en est là de ses considérations douces-amères, quand un frôlement d'ailes caresse son crâne nu. Il lève les yeux. Ce n'est pas un oiseau, mais un enfant juché sur les épaules de son père emperruqué. Il doit avoir trois ou quatre ans. Dans cette position, il domine Paul d'une tête. Il a de grands yeux noirs, vernissés. Il tient un drapeau dans chaque main, qu'il n'agite pas. Il regarde Paul avec l'insistance des enfants qui cherchent le contact.

Le vieil homme n'a plus rien à dire ni à partager avec personne. Mais l'enfant ne le quitte pas des yeux. Il attend quelque chose. Paul se mord la lèvre. Le garçon sourit de toutes ses dents et se penche pour lui offrir son cadeau tricolore. Le vieil homme hésite. L'enfant hoche la tête pour l'encourager. Il lui montre comment balayer l'air, de gauche à droite, puis de droite à gauche… Paul l'imite timidement. Si timidement que l'enfant s'assombrit. Paul se force à sourire, y met plus d'entrain. L'enfant jubile et, repris par la fête, se met à chanter, comme son père, à tue-tête :

— On a gagné ! On a gagné !

De temps en temps, il regarde Paul pour s'assurer qu'il s'amuse aussi.

Ils rient ensemble.

— *We are the champions !*

Plus il chante, plus l'enfant rigole, plus Paul se sent gai. Il vit un moment de complicité béni grâce à un enfant rieur et généreux qui chante, les mains plongées dans une perruque cocardière.

Le lendemain matin, Paul Ménard éprouve un sentiment nouveau. Pour la première fois – depuis combien d'années ? –, il sort de son lit, se rase, se lave et avale son petit déjeuner avec allant. Cette ardeur qui l'habite, c'est une envie de vivre, ce désir aux ressorts intimes et si mystérieux en chacun de nous. Il a réfléchi dans la nuit pour arriver à cette conclusion : toute existence vaut la peine d'être vécue, si on peut en extraire quelques enseignements pour les générations suivantes, car personne, au soir de sa vie, n'échappe à ce besoin de transmission.

Or, d'un certain point de vue, le destin du docteur Ménard est exceptionnel : un parcours sans faute, suivi d'une sortie de route spectaculaire. Quelles leçons en tirer pour les léguer à Manon, à Quentin, à ses petits-enfants, au bébé que Chantal, devenue grand-mère, couvre de baisers ? Et à ce petit enfant d'hier soir, qui l'a ramené dans la vie ?

En pensant à Camille, il pourrait mettre en garde contre les faussaires du cœur qui miment l'amour sans l'éprouver. Mais les menteurs, les manipulateurs sont-ils si nombreux ? Et puis, la jeunesse a besoin d'aborder l'amour en confiance. Pourrait-il exprimer la même idée, d'une manière plus positive ? Paul réfléchit : « Prenez soin de vous jusque dans l'amour » ? Oui, c'est mieux, mais ça sonne mal. « Prenez soin de vous ! », c'est un cliché, une phrase qu'on dit sans la penser vraiment. Il lui faudrait une sorte de slogan. Il cherche encore… et trouve quelque chose de plus authentique : « Ne faites pas comme moi ! Ne foutez pas votre vie en l'air ! Prenez soin de la vôtre. Une vie, c'est un trésor. Aimez-la, choyez-la ! Et surtout, prenez le temps de réfléchir avant d'agir. »

Oui, voilà le bon message ! Paul est content. Le ton est juste. L'impératif adapté pour impliquer son auditoire. Ah, il faudra tutoyer : « Ne fous pas ta vie en l'air, aime-la, choie-la » (ou choye-la ? Il vérifiera plus tard). Il se voit déjà dans une classe, face à un auditoire d'adolescents attentifs, passionnés par son histoire. Il fera la tournée des établissements scolaires, comme autrefois les déportés racontaient l'horreur des camps, afin que les hommes n'oublient jamais qu'ils sont frères.

Ce matin-là, dans les rues de Nancy, le docteur Ménard parle tout seul et marche vite, le buste droit. Il est heureux. Heureux à la perspective de semer des petites graines de bonheur et de bonté qui pousseront bien quelque part.

Remerciements

Je dédie ce roman aux femmes victimes de violences conjugales et sexuelles. Elles sont innombrables et leur drame n'est pas une fiction. Comparativement, les faussaires et leurs mensonges sont une poignée. Une poignée qui nous invite au discernement.

Merci à Hubert, mon amour, pour son soutien, ses vacances en solitaire, ses plateaux-repas et les moments de relecture : « On a été bons ! »

Merci à Lilas Seewald d'avoir cru en ce premier roman et de l'avoir accompagné avec patience, sensibilité, intelligence et sérieux.

Merci à Carine Verschaeve et à son équipe des éditions Belfond pour leur implication.

Merci à Vincent et Alena, Sébastien et Constance, de nous donner tant de raisons d'être fiers d'eux, sur tous les plans.

Merci à Iliana, Stanislas et Samuel d'être nos merveilles.

Merci à mon ami Hervé Gouëzel de consulter la liste du *Point* chaque semaine.

Merci à Bernard Leduc pour la confiance qu'il m'a donnée.

Merci au docteur Madeleine Pouderoux pour sa gentillesse et son expertise médicale.

Merci au docteur Marc Vultat, si soucieux de ses patients, d'avoir imaginé, par pure amitié, un crime médical.

Merci à maître Julien Fournier pour son expertise juridique.

Merci à maître Philippe Lamotte pour son amitié, son expérience du barreau et le temps qu'il m'a consacré.

Merci à Alain Benard, greffier, et à Bruno Albisetti, procureur adjoint.

Merci à Daniel Penchemel d'avoir inspiré le personnage de Daniel.

Merci à Claire Pouderoux de m'avoir parlé de Lucie.

Merci à cette enfant douloureuse et résiliente qui a inspiré Céleste. Elle se reconnaîtra.

Merci à Brigitte Lancry de m'avoir rappelé ce fait divers.

Merci à Guilhaine et Gérard Bessou pour notre escapade berrichonne.

Merci à Patrick Benhaïm pour ses informations sur Orléans et ses environs.

Merci aux auteurs qui ont nourri ce livre, en particulier Sylvie Balland et Jean-Baptiste Luron (*Les Grandes Affaires criminelles du Cher*), Piedad Bonnett (*Ce qui n'a pas de nom*), Pierre Bost (*Monsieur Ladmiral va bientôt mourir*), Emmanuel Carrère (*L'Adversaire*), Françoise Chandernagor (*La Première Épouse*), Patrick Dugois (*L'Enfant frigo*), Anny Duperey (*Le Voile noir*), Éric Dupond-Moretti (*Bête noire*), Jean Feugereux (*La Beauce*), Arthur Frayer (*Dans la peau d'un maton*),

Peter Handke (*La Femme gauchère*), Marie-France Hirigoyen (*Abus de faiblesse et autres manipulations*), Natascha Kampusch (*3 096 jours*), Stephen King (*Écriture*), Françoise Lefèvre (*Le Petit Prince cannibale*), Martin Winckler (*La Maladie de Sachs*), Daniel Zagury (*La Barbarie des hommes ordinaires*).

Pour réagir à ce livre, dialoguer avec l'auteure :
patricia.delahaie@gmail.com

Composition et mise en pages
FACOMPO, Lisieux

Imprimé en France par CPI
en janvier 2023
N° d'impression : 3051082

Pocket – 92 avenue de France, 75013 PARIS

S32903/01